大鱼

有爱的青春陪伴者

谈轻 著

我见过银河，独独爱你

花山文艺出版社

图书在版编目（C I P）数据

我见过银河，独独爱你 / 谈轻著. 一石家庄：
花山文艺出版社，2019.3
ISBN 978-7-5511-3462-0
Ⅰ. ①我… Ⅱ. ①谈… Ⅲ. ①长篇小说一中
国一当代Ⅳ. ①I247.5
中国版本图书馆CIP数据核字(2019)第035826号

书　　名：我见过银河，独独爱你
著　　者：谈　轻

统筹策划：张采鑫
特约编辑：颜小玩
责任编辑：卢水淹
美术编辑：胡彤亮
责任校对：齐　欣
装帧设计：刘　艳　西　楼
封面绘制：柠檬-moon
出版发行：花山文艺出版社（邮政编码：050061）
（河北省石家庄市友谊北大街330号）
销售热线：0311-88643221/29/35/26
传　　真：0311-88643225
印　　刷：湖南凌宇纸品有限公司
经　　销：新华书店
开　　本：880×1230　　1/32
印　　张：9
字　　数：236千字
版　　次：2019年5月第1版
2019年5月第1次印刷
书　　号：ISBN 978-7-5511-3462-0
定　　价：36.80元

目录 Contents

目录

Contents

Xie zi

楔 子

墙壁上挂着的时钟在午夜三点准时敲响，池亦然关上阳台的门，抱着红酒杯，提着睡裙的裙摆慢悠悠地走进屋里。

画板上挂着的设计图被风一吹，哗啦啦作响。

瞥了眼上面未画完的男装图，池亦然将酒杯放下后把画一张一张都收起来放回到抽屉里。

仔细看时不难发现，里面已经有很多像这刚放进去的画纸一样，尚未画完，且都是男款设计。

空了的画架旁边凌乱散落着几支还未削尖的画笔，她走过去整理好，下意识地把手伸向床头柜摸索了一阵儿，想要找烟盒跟打火机。

好半天才反应过来，她根本没有。

“你的所有样子我都喜欢，唯独抽烟。女孩子不要抽烟，对身体不好。”

熟悉的话在耳边响起，字里行间明明都是关怀，在这深夜里却如同窗外呼啸的寒风一样冷得令她不自觉地打了个寒战。

“渣男。”

池亦然腹诽了一声，扶着床头站起来，视线不经意落在某处，顿了顿，数秒后伸手过去拨弄了一下。

床头贴满的便笺纸，连带着想起梦里那些难听的言语，令她悄然红了眼，却还得忍下那一阵阵涌上来的腥甜。

从前的她从未想过，有一天会把自己的日子过得这么狼狈，皆因为遇见了一个人。

人间一趟，洪荒浊浊。

所有的爱与热烈，都在年少时奋力倾之，而后醒来，如同大梦一场，是爱着，还是恨着，区区几个词说也说不清，只是会在数不清的漫长的黑夜里，对那个人，思之又想。

“池亦然啊，醒醒吧。”

指尖抚平便笺纸，低声的呢喃卷入风中，很快飘散消失在夜里。

Chapter 01

梦醒时见你

昨夜又是无眠，熬到后来躺回床上休息也不过一两个小时，醒来的时候，眼睛都肿了。

用冰勺子捂着往洗手间里走去，每一步都是有气无力地拖着，池亦然想，她大概是“水逆”了吧。

“嘭！”

一声巨响打破了晨间的宁静，紧接着是奶声奶气的嘶喊声：“然妈妈，起床了！”

她差点被一口牙膏泡沫呛到。

池亦然漱完口，连脸都没来得及洗就往门口赶去，直接掠过一大一小，双膝跪地抱住自家大门门框：“祖宗，我这门都快被你给踹掉了！”

“有那么夸张吗，池亦然？”

林为安牵着儿子钟其叶的手往屋里走：“别蹲那儿了，去把脸洗了然后吃早饭，买了你最爱吃的粤式肠粉。”

听到“肠粉”两个字，池亦然眼睛一亮：“还是闺蜜靠谱。”

她洗完脸，喝了一杯温水，进餐厅的时候就看见钟其叶小家伙坐在高凳上，胖乎乎的小腿腾空荡呀荡。

“来来来，其叶小宝贝，干妈抱一抱。”

钟其叶是钟慕远跟林为安的儿子，今年一岁半，模样像极了林为安小时候，特别可爱。从小大人们就觉得他比别家小孩子生得聪明，从爬到走路再到牙牙学语，总是快了一大截儿。为此，钟慕远还面不改色地揽下功劳：“儿子像我，聪明。”

软乎乎的小团子抱在怀里，就跟搂着一个大型暖宝宝一样舒服，再有就是面前这碗冒着香气的肠粉，池亦然不自觉地感叹了一句：“在国内生活是真的滋润。”

“早些年就让你回国发展了，那会儿怎么不见你说好？”

林为安坐在池亦然对面，还操心着自家儿子的脸上的口水，拿着软毛巾探起身子擦拭，随口一提：“对了，我今儿过来是有正事要跟你说的。先前你设计的战队服，集团跟队里都很满意，过段时间拍定妆照你可得去现场观摩一番。”

说起战队服，池亦然吃着肠粉的动作都慢了一拍，原先还担心着从前未在这个领域做过设计，也不知道做出来的成衣别人会不会满意。

现在看来，都是她过于谨慎担心了。

从芬兰回国后，池亦然很长时间都没有画设计图，再接单子，就是 Swing 的新赛季战队服，还是看在钟慕远的面子上。

由高定礼服转到电竞比赛服，不得不说跨度很大，最初听说设计师是 Yizzan（池亦然），中寰集团的高层都瞪大了眼表示难以置信——

是啊，谁敢想过新赛季的队服会交由高定大师 Yizzan 负责，还以为她再也不会碰画笔跟设计稿了呢。

事实上，当初找到池亦然的时候，她是拒绝的：“我怕我画不出来……”

犹豫着说出了这样一句话，眼底的黯然跟苦涩是林为安认识她二十多年从未看见过的。有那么一刻，她觉得自己的心像被一双手用力揪住，很是难受。

“老池，如果连你自己都放弃，那么谁都无法帮你证明，你是可以重新回到那个高台的！”

高台。

池亦然攥紧了手中的画笔，是啊，她是想要回去的……

而后长达半个月的时间里，她都扎根在基地，临时安排的工作间里铺满从前 Swing 战队队服的设计图。小白板上写满了她这段日子观察后所想到的灵感点，从样图到定稿，花了两个星期，结果一出来，基地所有人上至老板下至饭堂做饭的阿姨都拍手叫绝。

实在是太帅了！

立体建模在大屏幕上播放，人手一张定稿，成衣还未出来但大家都挑不出任何毛病。新战队服延续了 Swing 战队红黑色调的风格，在从前战队服的设计基础上多了许多硬朗的细节，以简约线条为主。从肩膀延伸到臂弯处是 Swing Game 的英文，除了左胸口 Swing 的 logo 以外，战队服没有其他的图案跟文字。连帽设计采用外黑内红的搭配，一旦戴上帽子，整个人的气场就显露无遗，在保证舒适度的前提下，添了几分帅气。看过其他战队的战队服，多数都是以运动衫或者是风衣款型为主，谁都没见过这种斗篷式的造型，一时间总觉得眼前一亮。

因为成衣出来还需要一段时间，池亦然便从基地搬回别墅，又过起了“晚睡晚起，睡醒养蛙”的佛系生活，这时听林为安说要拍定妆照，也是起了兴趣。

“时间定在什么时候？”

池亦然换了一个姿势抱钟其叶，不忘将桌上的奶瓶递给他。

“这周五，听说请了一个很有名的摄影师来拍定妆照，过几天还有专人来拍宣传片，这一次公司可以说是高度重视了。”

“很有名的摄影师？”池亦然秀眉一挑。

林为安点头，不过具体是谁她就不清楚了。自从休完产假回公司上班后，她便没有再负责 Swing 星辰联盟这一块项目。

“名字听过总觉得很熟悉，就是想不起曾在哪里听人提起过。”

“然妈妈，宝宝放，放。”

钟其叶扭动胖乎乎的身子挣扎着想要从池亦然身上下去。顺着他的意，她抱他离开餐桌，看着小家伙屁颠屁颠往客厅跑的身影，眼底布满柔意。

“喜欢就自己生一个啊，现在可就只剩你孤家寡人了。”见池亦然很长时间才将目光从钟其叶身上收回来，林为安托着腮帮子，说话时语气里带着深意提醒她，“我上次在 Swing 基地里可都瞧见了，顾皖迟的桌面壁纸可是你。”

顾皖迟是 Swing 电竞战队里的上单选手 Wan，心仪池亦然，基地里无人不知无人不晓，可偏偏就池亦然本人在那里装糊涂。

“嗤，胡说八道什么，我从不对小弟弟下手。”

“‘小狼狗’这个词你没听说过？”林为安伸手点了点池亦然，“像你这种女人，就最适合‘小狼狗’。放心，姐们帮你打听过了，Wan 的家庭背景还是不错的，你不就喜欢打游戏厉害的男生？”

池亦然悻悻地笑了笑：“算了，我目前对谈恋爱没什么兴趣。”

耗时耗力不说，还会赔上一切。她吃过一次亏长了记性，就再也不敢了。

时常有人说，一物降一物是对爱情最好的诠释。

池亦然手撩着头发，微垂着头，发丝遮挡住她眼底的神色，却看得见那微勾的红唇。

嘴角的笑容嘲讽，弧度间是对爱情的不屑。

话停在嘴边最终还是没有说出口，林为安知道，池亦然这是被伤透了。有些人总能对过往的感情轻描淡写，不合适便分开，误会跟背叛都是能在时间的帮助下逐渐淡忘。

她相信性情豁达如池亦然，总有一天也能从过去彻底走出来。

冬末的天自然是每一寸皮肤都能感受到严寒，池亦然穿着长及脚踝的黑色羽绒服，脚踩一双白色帆布鞋，不走近看脸上的妆容，总觉得是个刚踏入大学校门的小姑娘。

今天是 Swing 战队拍摄春季赛定妆照的日子，林为安早上九点钟就打电话来嘱咐她一定不要迟到。

从住处到基地不过半个小时的车程，池亦然到时，没轮到拍摄的队员们正坐在大厅里玩自拍。

大饼先看见的池亦然，连忙迎上来打招呼：“池小姐，欢迎欢迎。”

初次见面时，池亦然还是作为林为安邀请的同伴一同观看 Swing 的比赛，那时候在赛场后台，谁曾想过眼前这个容颜精致的女人会是那个大名鼎鼎的高定设计师。到底是从事电竞职业的，对设计圈的事情全然不了解。

直到后来介绍她是战队服服装设计师身份的时候，他们一搜资料，一个个瞠目结舌——这简直就是设计圈的大神人物啊！

“Yizzan。”

Wan 穿着战队服走了过来。

“挺帅气的，很适合你。”池亦然不吝啬称赞，目光越过 Wan 身后看向摄影棚，似乎负责拍定妆照的团队已经到了，正在调试灯光。

“Ziko 已经拍完了，你要看一下照片吗？”大饼邀请池亦然朝摄影棚走去。

“好啊。”

跟着走过去，距离越来越近，电脑前站着个人正在说话，身旁围着他的几个人点头倾听着。举手投足的每一个动作，最关键的是说话的声音，一下下打在池亦然心头上，突然感觉一阵慌乱——

“这里还需要修一下。”

“对的，就这块。”

熟悉的嗓音宛若细丝将她神经捆住，一用力，紧绷住直冒冷汗。

会不会是听错了？

池亦然不敢呼吸，她攥紧了垂在身侧的手指，目光锁在那身影上一动不动，慢慢走近直到视线越来越清晰，当能确定是那个人时，双脚不受控地往后踉跄了两步。

一别经年，企期再遇。

“池小姐？”

人怎么就突然跑开了？大饼一脸诧异地喊了声。

正在做准备的Wan闻声看过来，但已看不见池亦然的身影。

那个人怎么会出现在这里？

池亦然脸色苍白地往基地大门快步走去，途中遇见过不少工作人员，认识她的纷纷主动打招呼，可她就跟看不见一样，一路跌跌撞撞，满脸的失魂落魄。

钟慕远正站在门口抽烟，他单人照部分最早拍完，出来透透气等着拍团体照的同时也在等林为安。

看见池亦然那会儿，他正把烟点燃：“你去哪儿？”

见人没反应，钟慕远又喊了她的名字：“池亦然。”

日光将她的影子拉长，转过头来的一刹那，光线打在她的脸上，在长发丝跟黑色羽绒服的衬托下，脸色透白。

见鬼了。

这是钟慕远的第一个想法。

“有烟吗？给我一根。”涣散的目光在钟慕远指尖上的烟头凝聚，池亦然开口问道，声音沙哑干涩。

“你什么时候会抽烟的？”嘴上这么问了句，但钟慕远还是从口袋里掏出烟盒，取出一根来递给池亦然，见她手指头熟练地夹住香烟，倒真像是个老烟杆。

“打火机。”

“真会？”

池亦然没有回答钟慕远的话，红唇含着烟头，一只手半掩着挡风，打火机划动了好几下都没有把火点着。

听见她暴躁地说了句脏话，钟慕远眉头一挑，略微诧异：“你真的没什么事？”

香烟终于点燃，浅白色的烟雾从红唇中徐徐吐出，在冬日里仿佛跟空气融为一体。

池亦然低着头，睫毛微颤，隔着烟好似整张脸都蒙上了雾气，她不说话，整个人就跟放空了一样连眼神都变了。

钟慕远最不懂女人，平日里没少被林为安吐槽，这会儿撞见这一幕，话都不敢说，烟也不敢抽，轻咳了一声慢慢退到了池亦然身后。他一边掏出手机打电话，一边往基地大厅走去——

“喂老婆，你到哪儿了？你闺蜜有点不对劲……”

池亦然全然没有注意身后的一切，原先慌乱且紧张的情绪逐渐被尼古丁所缓解，眼皮不再狂跳，脊背也不再冒冷汗，冷静下来时眼底又恢复了往常的漫不经心。

不过是一个男人而已，她怎么又慌了。

“我以为是我听错了。”

一道男声响起，宛若隔世。

抽烟的动作顿住，思绪仿佛回到了很久很久以前，那段在芬兰的日子，星星日月为证，对这个声音的主人，她曾深爱过，也痛恨过。

尼古丁的苦涩停留在唇齿间，锃亮的黑皮鞋出现在视线中，池亦然点了点烟头，一截灰稀零零落在地面上，她缓缓抬头，眼眸里满是冷色。

“Yizzan，真的是你。”

懒洋洋的目光疏疏落在池亦然指尖上几乎快要燃尽的烟头，倏地变得凌厉：“我说过吧，女人不要抽烟，很伤身体。”

看看，又是这种自以为是的语气。

池亦然冷笑了一声，吊着一双好看的眸，双手环抱后退靠着墙壁，玩味地打量着眼前这个熟人：“大摄影师还喜欢好管闲事？”说完，又抽了一口，再吐出烟雾，一系列动作熟悉得仿佛演练了千万遍。

白色烟雾在两人之间弥漫开来，和着那古怪的气场，就这样彼此盯着对方看，谁都没有开口说话。

打破这份僵持的是男人袭来的手，在池亦然想要再抽一口烟时，一把夺过紧接着摁灭在一旁的花坛上。

迅雷不及掩耳，倒让池亦然愣了几分。

“Yizzan。”

基地门口上演“壁咚”，池亦然本能地想要直起身逃脱，结果又被男人一把按了回去。他猛地欺身逼近，几乎是可以触碰到眼睫毛的距离。

“江景川，你看着点地方别要流氓！”

气压骤凝，池亦然低喊了一句，只差抬脚用力踹过去，如果不是林为安出现的话——

“老池！”

接到钟慕远电话的时候林为安离基地还有不到五百米的距离，一听说闺蜜有事，一下车就小跑过来，结果看见眼前这一幕。

光天化日之下壁咚要流氓？看池亦然那张脸还有皱紧的眉头就知道，她肯定不是自愿的。

“你什么人啊，动手动脚干什么，松开手，松开手！”冲过来的林为安二话不说抡起包包就往江景川身上砸，“我报警了！我告诉你，我报警了！”

这边，江景川不晓得从哪里突然杀出来一个女汉子，问都不问清楚就直接上手，挨揍的同时还不忘把池亦然护在身后，生怕一个不小心打到她。

“为安，干什么？”

钟慕远赶了过来一把将林为安抱开，瞥了眼狼狈的江景川，疑惑这两个人之间的关系的同时，解释道：“他是摄影师，负责我们定妆照拍摄的。”

摄影师？

传说中很难请到的摄影大师江……江景川？

林为安挥舞着包包的手停在半空中，看了看江景川，又看了看他身后紧紧护着的池亦然，数秒后咳起来：“他……他们……咳咳咳……他们……”

钟慕远搂住林为安的肩膀，一边往屋里带，一边还不忘捂上她的嘴。原先他是不懂女人事，不清楚为什么池亦然情绪大变，但现在他是看明白了，怕是故人重逢，中间有太多故事是他们旁人掺和不得的。

等到他们进门，池亦然这才推开江景川护着她的手，拂了拂袖口不多看他一眼准备离开。

“亦然。”

“江景川，这是你工作的地方，如果你不想给我还有你自己添麻烦的话，我想陌生人的身份比较适合我们。”池亦然侧脸看他，“当然，从很久以前我就已经把你当陌生人了，请自重，江先生。”

等到江景川从池亦然那冰冷淡漠的语气里回过神来时，她的身影早已消失在视线中。

战队助理小金跑出来询问什么时候可以开始继续下一部分的拍摄，他抿唇没有说话，只是扫了眼脚边被碾扁了的烟头，抄在口袋里的手越攥越紧。

“进去吧，我们继续。”

回到摄影棚里，正在补妆的Wan一看见池亦然，什么都不管直接奔过去：“亦然姐，你没事吧？”瞳仁里写满了担心，半空中迟疑了许久的双手还是扶住了池亦然的胳膊，“你的脸色很难看。”

眼角眉梢的关切之意，旁人一眼就看出来。

池亦然摇了摇头：“我没什么事，你不用担心我。”

目光瞥见Wan战队服领口处有一片衣角拧了进去，池亦然很自然地抬手帮他整理，并没有想太多，反倒是Wan，紧张得喉结上下滚动。

基地里其他工作人员看见了这一幕，纷纷上前起哄：

“顾皖迟，可以啊……”

“Yizzan 你可知道，Wan 等这一天等了多久。”

“……”

场面越来越不受控制，Wan 见池亦然蹙了蹙眉，连忙转身将她挡在身后，拦住那些上前凑热闹的人：“别乱说。”

“没事。”

池亦然抬手轻轻触碰 Wan 衣服后背上的战队 logo，这是她设计的第一套电竞战队服，其中情绪错综复杂。

她原以为，再也不会设计男款的了。

“准备拍摄了！准备拍摄了！”

场工的声音打断了池亦然的思绪。

Wan 转过头来红着脸道歉，手不自然地放到后颈挠了挠：“你……你会留下来看完我的拍摄吗？”

池亦然愣了愣，勾起嘴角答应：“好。”

这一声好，落在不远处经过的江景川耳朵里，似曾相识的回答席卷了他脑海里关于过去的全部回应。

只是她的这抹温柔，经年之后留给了别的男人。

意识到这一点，江景川嘲弄地摸了摸嘴角，扫了一眼不远处那个站着的电竞选手，见对方还在笑，越发觉得刺眼。

拍摄进行到后面，别人总是几个姿势拍好几张，轮到 Wan，都还没站稳就听见相机“咔嚓”一声。姿势还没怎么摆呢，摄影师就说可以了，Wan 一脸蒙：“江老师，这就结束了？”

江景川摆弄着手中的相机，头也不抬：“不然呢？”

语气这么冲。

Wan 愣了一下，他没得罪过这个人吧？

离开基地，空旷的停车场里是混乱的脚步声，到了车前，光是遥控开锁就摁了好几次，池亦然的手指头哆哆嗦嗦一点力气都提不上来。她极少有这样慌乱的时候，坐进驾驶位，双手扒在方向盘上，重复做着深呼吸的动作。

她眉眼低垂，看不清楚眼底的情绪，长长的睫毛在眼睑投射出浅浅的阴影。

心脏扑通扑通狂跳，鼓动着耳膜，回想着从在摄影棚里看见那道身影，到他追出来将她抵在门口的墙上，池亦然忍不住低头苦笑——

有生之年，狭路相逢。

越是以为这辈子不会再见到的，越是在不可思议的场合里以意想不到的身份出现，定妆照的摄影师?

“呵……”

她还以为，他是只会给女模特拍私房照的三流摄影师呢。

眼底有心事是装不出来的。

见过池亦然后，江景川的情绪就发生了变化，眼前的工作人员忙忙碌碌，打光，取角度，为 Swing 的电竞选手补妆。

而他，沉默不语地看着屏幕上对方才拍摄的效果展现，脑海里浮现出来的却是另一个人的身影。

比起初见时的模样，她的美分毫不减，只是身上的那抹清冽跟疏远，又深了几分。明明笑容得体，却如刀，一下一下割在他的心上。

她手指略微一动，他的心就跟着紧张一分。

他会不自觉地把目光落在她身上，见她跟另一个人接触，心里越发抓狂，呼吸也压抑得难受。

“江老师。”

江景川控制鼠标的手有一瞬间顿住，复而很快稳下来。

寻不到池亦然的人，回想起方才在外面时的场景，林为安找了过来。

她的声音里没有那种小女生的妖娆与魅惑，只是突然扬高的声调像极了从前跟他打闹时嚣张跋扈的池亦然，这才让江景川一瞬间有了错觉。

“方才不好意思，还没来得及跟你道歉。”

江景川抬起头来，视线落在林为安的脸上：“没关系。”

“江大摄影师是本市人？”林为安背着手撑在桌面上，面对面打听道。

微笑热情的模样让身旁站着的人无不面面相觑，这是什么情况？嫂子有了大神还不够？

“不是，我是寒城人。”

“啊……”林为安了然地点点头，“那，江大摄影师从前是在哪里工作啊？国外？这次集团能请到你来帮忙拍摄定妆照，真的是我们的荣幸。”

江景川扫了眼林为安上扬的眉眼，嘴角微勾，视线回归到屏幕上，将照片保存好后这才站起身来。

“我叫江景川，你可以直呼我的名字不用叫什么江大摄影师；其次，听说你是中寰的项目总监，难道不清楚这一次定妆照拍摄是我主动自荐的，并不是集团出面邀请？”

林为安：“……”

“对了。”江景川伸出手来，嘴角挂着一抹看似吊儿郎当实质却透着股认真的笑容，“认识一下，我还有另一个身份，池亦然的追求者。”

脚下打滑，林为安差点站不稳，如果不是钟慕远正巧走过来将她扶住的话。

听队员们在说，嫂子跟摄影师很聊得来，钟慕远回想起她在大门口对人家拎包就揍的画面，生怕摄影师“有仇必报”，所以换完衣服就赶紧过来。

走近了发现，气氛果然非比寻常。

“怎么？”钟慕远看了眼怀里笑容僵硬的妻子，又转向面前这个痞子笑的摄影师，虚虚环在她腰间的手臂忍不住收紧，“认识？”

林为安摇了摇头，眼珠子滴溜溜转，停在江景川身上打量了数秒，笑道：“从前不认识，指不定以后就认识了。”

老池的追求者?

就知道事情肯定不简单。

定妆照的工作沟通还在继续，等不到池亦然的林为安退到门口打电话，响了很久对方才接听，声音听上去却没有什么异样。

“老池，说好了拍照结束后聚餐来着，你人哪儿去了？”

“我就不去了，临时有点事情要处理，帮我跟大饼说一声，抱歉爽约了。”

林为安一边听，一边瞥了眼屋里人来人往，心下回想着江景川的身份跟过往经历，像他这样满身痞气的男人，倒跟池亦然挺像。

“那个……”

“为安。”林为安话都还没说完就被池亦然直接打断，“我在开车，不方便讲电话，先这样挂了。”

“小样儿，就知道躲！”

挂断前听见这样一声抗议，池亦然神色一恍惚，差点抓不紧方向盘。似曾相识的话，她也从另一个人口中听到过，到底还是把她藏紧的事情给勾出来了……

池亦然的反常让林为安想起来一年前在芬兰发生的事情，除了工作上的不顺心以外，在感情上似乎也发生了些变故。

她见过池亦然热恋中的模样，也见过池亦然伤痕累累时的一蹶不振，这些跟屋里那位大摄影师有没有关系，她一定要知道。

“今天的工作到这里，定妆照就交给江大摄影了。”

“放心，下周三之前会给到你们宣传部。”

闻声转头，就见大饼将人送了出来，林为安倚靠在玻璃门处，视线与江景川对上，后者眉头一扬，礼貌地点头算是打招呼。

“林总监。”江景川走近，脚步停下来，“可以问你要一下亦然的联系方式吗？”

林为安嘴角一勾，笑容有几分挑衅："如果我说不行呢。"

江景川听着拒绝也没生气："那我就只能用自己的方式去打听了。"

"江景川是吧？"林为安少有这样连名带姓地称呼别人，语气上自然重了几分，"还不了解你是什么人之前我能随随便便给联系方式？追求者也分好桃花跟烂桃花，我丑话放在前，要是让我知道你伤害过老池，什么摄影界大师，不存在的。"

吓唬人的本事，可都是从池亦然身上学来的。

江景川听完低头笑了笑，神色不明的样子让人根本猜不透他在想些什么。直到他人离开，林为安才收回视线，半晌，长呼出一口气。

吓死了，威胁一个陌生人，池亦然从前是怎么做到昂首挺胸不大喘气的？

没从池亦然的好朋友身上要来池亦然的联系方式，这根本为难不了江景川，只要知道人在这里，他总会有其他办法。

三天后，Swing 战队在官博上公布新赛季的队服定妆照，一时间引来上千条转发跟评论。

不少人纷纷号叫这简直是手机锁屏壁纸，值得天天舔屏的水准，什么打比赛？出道当明星能不能考虑一下？

也有一些人注意到，这一赛季的队服同往日有较大的区别，跟中规中矩的运动服比起来，这种设计款式，多了连帽设计以及板型上的修整，显得新潮了许多。

当看见设计师的名字时，不少人脑海里都隐约有了模糊的印象，这不是那个曾风靡时尚圈的华裔高定设计师 Yizzan？怎么，狼狈逃回国后转行设计电竞战队服了？

原以为她只会设计那些高台上夺人眼球的高定成衣、晚宴礼服，没想到这次会是电竞圈的战队制服。在岁月的衬托下，她的风格有了爆发性的改变，不再是那些柔软细腻的线条，而逐渐变得硬朗成熟。

"Yizzan 这是借着 Swing 的平台重新出道了？"

“哇，她还是我心目中的女神！过了这么久，她设计出来的衣服照旧夺人眼球！”

“这就是 Yizzan 品牌吧？不拘泥于高定这一块，现在连战队服都可以做到这么亮眼，到底是一根线条就让老外倾心的大设计师。”

“喂喂，楼上这么瞎捧的时候可还记得人家是怎么回国的？大秀在即，一件新设计都拿不出来最终被人抢了名头。工作室还使用低级布料欺骗消费者，怎么，捧做女神之前都不晓得先打听一拨？”

……

“画不出设计稿”“布料丑闻”，这些字眼在时隔一年之后重新出现在世人眼中。微博上，“Yizzan”“高定大师”“布料丑闻”等词语一时间成为热搜。

认识且一直站在她这边的粉丝始终坚定自己的想法，为池亦然说话；而那些从前不了解，现在看了过往八卦的电竞粉丝却开始指责 Swing 为什么找来这种劣迹斑斑的人当新赛季战队服的设计师。

“劣迹斑斑？”

正刷着微博的池亦然看见这个字眼，忍不住冷哼一声。比起一年前扛不住舆论打击变成一只缩头乌龟等着闺蜜将她从芬兰带回国来说，现在的她，显然已经不把这些言语当成一回事了。

玩着手机 APP 里的养成游戏，从养男人到养青蛙，她的日常生活不再是扎进工作室里对着一堆布料发呆。Swing 战队的设计图已经完成，后续款项也已经收到，工作告一段落的她开始思考着下一步要尝试什么风格。

网友评论里有一句话说得不错，从前她是令人仰望的高定大师，但现在不是了。

现在她要做的是，成为高台上的设计大师，不限于高定，而是整个时尚设计圈。

“咚咚咚！”

敲门声打断了池亦然的思绪，她将平板随手搁置在沙发上便走去开门，评论页面还没有退出。

“谁啊？”

知道她住这里的人并不多，这个时间会是谁过来？打开门的那一刹那，池亦然下意识的反应就是狠狠把门砸上。

猜中了她想法的江景川也是第一时间伸出手来挡住，谅她也舍不得把他胳膊夹断。

“你怎么知道我住在这里？”池亦然那陌生的目光跟冰冷的语气，令江景川心头一凛。

“亦然，我想跟你谈一谈。”

门外走廊的灯光深深浅浅打在他俊挺的鼻梁上，阴影衬得他领口别着的黑曜石格外醒目。曾无数次出现在梦境中的容颜如今就近在咫尺，池亦然攥了攥拳头。

“我以为我们之间，是无话可说了。”

许是居家的缘故，池亦然的容颜上没有半分妆容痕迹，散落的碎发遮挡住她眼底的冷意，却藏不住她五官里的那份艳丽。

江景川并未接她的话，而是维持着撑着门的姿势，用下巴点了点：“你穿得太少了，小心着凉。”

他们之间，不应该是这样互相关心的聊天氛围。

见池亦然不回答，也没有其他多余的动作，像跟自己杠着脾气一样站在门口，江景川收回手：“非要这样吗？”

“那你说，像我们这样的关系，还适合说什么？”

明明比江景川矮了一些，可就这么看着时，池亦然的气场却不比他差，眉角眼底都是肆意张扬的傲气。

“从前是我的不对，这段时间……”

“江景川——”池亦然打断他的话，红唇轻启，一字一句，说得清晰，“提从前最没有必要，你走吧，我现在过得很好，没有你，我的生活很平静。”

仿佛再多听一句，或者多说一句，就会伤到自己那般，她索性什么都不说，转身离开。

把门关上，毫不留情。

一年零三个月八天，她的臭脾气，一丝没改。

隔着门板距离，一个人在里，一个人在外，曾经朝夕相处，日夜缱绻的人如今却跟陌生人一样。

那时相爱，又怎会想到有这样的结局。

江景川会找过来，必定是有人跟他说了这里的地址。想了想，池亦然拿手机拨通了林为安的电话。

“林为安，你这个叛徒！”

电话刚一接通，池亦然就喊了一嗓子，结果对面冷场了十秒钟才有所回应——

“池亦然，我是钟慕远。”

“……”

以往被当成偶像一口一个大神地喊着，今天帮林为安接个电话听见这一嗓，钟慕远想，他势必要重新认识一下池亦然了。

“我老婆正在哄小叶子睡觉，你有事儿？”

池亦然摁了摁愁苦的眉头，稳住声音里烦躁的情绪：“大神，待会儿你让为安给我回个电话，我有急事找她。”

“嗯。”钟慕远想了想，在挂电话前补充一句，“下一次别对我老婆大喊大叫，她心脏不好。”

池亦然：“……”

秀恩爱了不起啊！

足足等了一个小时，才等来林为安的电话，所谓“钢铁直男”，说的应该就是钟慕远这样的人吧，明知道她有多着急，还真的等林为安哄完孩子才说出电话的事情。

在此之前，池亦然拿着手机在阳台来回踱步好几圈，盯着楼下小区门口，时不时还得蹲下生怕被看见。

以江景川的性格，在楼下蹲个一夜不是什么稀罕事儿。

“老池，这么晚了你找我有什么事情吗？”

“你说呢？”

林为安疑惑不明，瞥了眼在书房打游戏的钟慕远，捂着手机往卧室里走去：“到底什么事情啊，我是真的不知道。”

“江景川你认识吧？你居然把我的住址告诉他？”

“不是吧！你们俩真有事儿啊！”

池亦然：“……”

都什么时候了，林为安的关注点还是这么与众不同，这让池亦然很是头疼：“你能不能认真一点……”

“怎么啦，他去找你了？”林为安一方面好奇这两个人之间的关系，另一方面还是很冷静地跟池亦然解释，“我没有告诉他你的联系方式，他的确跟我要过，但我没给。怎么，他还真的是你的追求者啊？”

“追求者？”池亦然愣了一下，不是前男友，而是变成追求者？

“对啊，他跟我说他现在在追求你。”

“胡扯！”池亦然一把抓起枕头重重扔在床尾，嗓音里故作哭声，“林为安，你们中寰招人怎么都不事先了解一下！江景川他就是个人渣！”

“怪我们中寰干什么，他在摄影界的确是广受好评啊，而且这次是他毛遂自荐要来负责定妆照的，不关我们的事。人渣？这是你单方面的说法吧？怎么，从前不都是你撩别人然后不负责任的嘛，现在被人反撩了？”

她什么时候撩完别人然后不负责任了？她是那样的人吗？本是过来兴师问罪的结果被林为安倒打一耙，池亦然愁得恨不得把自己埋进被窝里。

“老池……”林为安犹豫着开口问道，“江景川，是不是就是你在芬兰交往过的男朋友？”

语气里的那份试探，让池亦然顿住了，很长时间里，她都不知道怎么开口。

见池亦然沉默没有回答，林为安就知道自己猜中八九分。

“那……你有什么打算吗？”

江景川看上去就是那种浪荡公子的类型，说是追求者，有几分真心也看不出来。如果说曾经是男女朋友的关系，那必定是发生过什么，才会分开。如今重逢，来势汹汹，池亦然又会怎么选择？

作为池亦然的好朋友，林为安自然是关心她的，不舍得她受伤。

“没有。”她脑子里乱得跟一团糨糊一样，全然不似把江景川堵在门口时那么淡定，“他已经知道了我住在这里，我想我是不是应该搬家了。”

以池亦然对江景川厚脸皮程度的了解，有今天这种追上门来，就可能有明天出现新邻居的戏码。

“这么短的时间内你上哪儿找房子？再说了，这地儿不是池叔叔帮你挑的，当初就是看中了高规格的安保系统你才答应住下的不是吗？”

高规格安保系统？

从今晚江景川敲响她房门那一刻起，什么安保系统她再也不信了。

“你再观察几天吧。别动不动就搬家，要是真不在意这个人了，他就算是日日夜夜蹲你门口，你都能把他当成垃圾桶无视。就得让他觉得，重新出现仍旧无法打动你半分，感情是没办法继续下去了，这样才会放弃。”

池亦然苦笑：“这时候的你倒真有种当初我开导你的模样。”

“是吧，在你身上学来的，我总要加学费还回去的。”

清楚了自家地址不是林为安暴露的之后，对于江景川打听人的手段，池亦然又有了全新的认识。

嗓子眼发痒，她索性起身从抽屉里翻出烟盒跟打火机，光着脚朝阳台走去。

繁星，深夜，还有厚重的冷色里渺渺的烟雾。

从前会不由自主地想起他，带着满满的愤懑跟恨意，随着时间的流逝，自以为淡化了这个人在心目中的位置。

现在好了，都是自欺欺人。

再想起，还是会寡欢，还是会委屈。

Chapter 02

无人长街下的思念

白城大院，清早的街道寂静得只有树叶落地的声响，岗哨站得笔直，目光直视前方，从他们的眼睛里看不到一丝的情绪波动，直到江景川出现。

门口的动静引来院里人的注意，范丞搂着一个姑娘走出来，眯着的眼倏地睁大：“景川！”

江景川淡淡扬高了下巴，吹了声口哨，帅气的模样惹来范丞身旁的姑娘的注意，仰起头来小声问：“谁啊？”

“给你介绍介绍，我们大院的大人物。”

“什么大人物，别胡说八道。”

一个拳头招呼过来，还是熟悉的问候方式。

“还以为你要过几天才过来呢，怎么，妞到手了？”

江景川托他打听池亦然住址那会儿，他还正好奇着呢，到底是什么样的女人能惹得江大少爷千里迢迢从寒城过来。

“这事儿下次再说，这位不介绍一下？”

“女人。”

范丞的回答散漫而又不正经，仅仅一个眼神彼此间就心照不宣了，他江景川在感情上想安稳下来了，人家范大公子还舍不得。

“我进去跟外公打声招呼，你在这里等我一下，有事要跟你商量。”

“去吧，老爷子怕是等急了。”

江景川离开后，范丞将原本搂在女人肩膀上的手收了回来，从口袋钱包里取出一张卡交给她。后者心领意会，笑眯眯地接过然后转身离开。

在树荫下的亭子里等了不到一个钟，就见江景川走了出来，锃亮的黑皮鞋踏在那斑驳的石阶上，一下，又一下。

“我还以为老爷子会跟你聊上个几小时。”踩了踩地上捻灭的烟头，范丞将搁放在一旁的钥匙递给江景川，“你要的场地，人手我也给你准备好了，怎么样，够不够兄弟？”

“谢了。”江景川拿过钥匙在手心里掂了掂，“老爷子也就是问问我接下来的打算，花不了多长时间。”

“摄影展开幕，请我去剪彩吗？或者放炮仗？”

范丞嘴角一撩，江景川就知道他在动什么歪脑筋。

“你声势弄得越大，我越是感谢你。”

“真的？”范丞挑眉。

“不信你试试。”

听江景川这话，再看他的表情，范丞舌尖抵着腮帮子，想了想，打个响指表示明白。

三天后，白城艺术中心一个摄影展拉开大幕，当天的热闹可谓是盛况非凡，一整排豪车拉着广告不说，门口还有俩大炮仗。

“青年摄影师江景川个人摄影展”顺利登上了白城当地新闻头条，而这个作品展的主题就像是一块大石头，从摄影圈重重砸到了隔壁的设计圈，一时间掀起巨大波澜——

摄影大师江景川跟高定大师池亦然是恋人关系？

“爆炸了，爆炸了，Yizzan，炸了！”

工作室主管兼池亦然经纪助理小良，继钟其叶小朋友之后，又一个来访爱砸门的人。

蓬头垢面拉开门后，池亦然只想把一支画笔塞进小良的嘴里：“大清早的吵什么吵，说了多少次摁门铃别敲门，我家门坏了你赔啊？”

“我的祖宗，现在还是研究门的时候吗？”小良一把将池亦然推回屋里，熟门熟路地从她沙发上翻出平板电脑来，唰唰唰点出一个页面，捧到她面前，“大小姐，你炸了。恋爱绯闻，今日头条！”

如果说在Swing基地见到江景川时第一情绪是慌张，那么在见到跟自己有关的摄影展时，池亦然就只剩下满腔的气愤。

这个男人到底是怎么回事？

到底想要干什么？

居然是以她为主题的摄影展，展出的所有照片都是池亦然的日常生活照，虽然没有一张是摆拍，却能给人眼前一亮的感觉。有些甜美，有些深沉，有些妖娆，有些清纯，他就像是一个魔法师，用他的镜头将池亦然身上所有不为人知的美一一展现出来。

作为一名合格的摄影师，每一部作品都是有灵魂的，越能让人感觉到共鸣，越说明他是在用心拍。

恰恰就是这样一种态度，呈现出来的每一张照片都会让人不自觉想到同一个点，那就是他对池亦然的感情。

如果不是喜欢，如果不是爱，就不会有这样一双眼睛去发现她的与众不同。

古话说得好，情人眼里出西施，哪怕是不经意间的一个小动作，他都能抓拍出最美的角度。

“真的好美啊，从前觉得Yizzan设计的衣服很好看，现在才知道，她本人更夺目。”

“可不是嘛，你看这张，日光下的侧颜，简直无死角好吗？”

……

且不说来看展的男士们对这些照片是什么评价，向来对同性苛刻的女生们都纷纷表示这样的颜值不进娱乐圈，不喊一声“女神”，简直亏了。

“江先生您好，我们是白城‘八爪娱’，请问您可否腾出一点时间接受我们的采访，就几个小小的问题而已。”

摄影展规模声势浩大，记者们怎么可能放过，而且这女主角前几日才上过微博热搜，如果能挖出什么料来，指不定下个月涨工资呢。

江景川穿着一件深色暗条纹西装，剪裁得体衬得他硬朗的气质更浓几分。在记者的邀约下，他微低头，下颌线条落入一旁摄影师的眼睛里，成了最佳角度。

“当然可以，请问吧。”

从出身名门到海外游历数年，从别人眼中浪荡不羁的私房照摄影师到如今各大时尚媒体杂志抢着约拍的摄影大师，江景川的成名路可谓是两极分化，曾饱受舆论也享尽了无数好评。

记者循规蹈矩问了几个问题之后，终于落入到今天这场摄影展的主题上——

“江先生，今天这场名为‘秘密’的爱情主题展，是不是算正式公开您跟时尚设计师池亦然的恋情？”

恋情？

江景川抬起手指摸了摸下巴，弯了弯唇漫不经心地拒绝：“这个问题……抱歉，我不回答。”

记者愣了一下，尴尬而又不失礼貌地笑了笑，却也是历经大小采访场合的人，在这个问题上被拒绝回答，那么干脆转一转方向再问一次：“那么，从今天这场摄影展上不难看出，江先生对拍摄女性的视角手法也有很独特的研究。是谈过数场恋爱积累下来的？可不可以告诉我们，这恋爱史中又有哪一场恋爱，最让您印象深刻？”

江景川的眼睛一眨不眨地盯着女记者看，微抿的嘴角让人觉得有种气场包裹过来。就在记者想着是否要放弃这个问题的时候，就听见他勾唇回应了一句——

“恋爱史？我谈过的恋爱不多，唯独记得跟她的，因为最刺激。”

“啊——这个流氓！这个渣男！”

池亦然站在沙发上大喊了一声。

视频里放着江景川接受采访时说的话，评论里不少粉丝表示眼红跟羡慕，一时间，“痴情男人”的头衔跟江景川本人牢牢铸在一起。

而作为事件女主人公的池亦然，则在一圈评论里逐渐迷失了理智——

“我能说我现在激动得像是一个两百斤的大胖子吗？有生之年我的男神居然跟我的女神是一对！”

“不该吧，这两个人居然有关系！”

“都说时尚圈的水很深，果不其然呢，可为什么在知道收了我男神的人是池亦然后，我都快激动哭了？”

“天啊，看看看看，江景川说那句话的时候眼里的感情，分明是爱啊！说最刺激，就这三个字，我能脑补一百万字以上的霸道总裁文！”

“……”

颤抖地看着网上这些评论，再点开来那些以她为主角的系列照片，池亦然气不打一处来：“现在的小女生怎么回事，动不动就说是爱？这是亵渎！还有，这算是侵犯我的肖像权吧？”指着摄影展上展出的照片，池亦然单手叉腰，“小良！我要告江景川，以工作室的名义告他侵犯我的肖像权，毁坏我的声誉！”

“可是Yizzan，你不觉得他把你拍得很美吗？特别是这几张，你看，跟你在一起工作这么久，我从没见过你这么妖孽的模样。”

小良选出的几张照片，是池亦然穿着白色丝绸长睡衣，端着红酒靠在阳台栏杆看夜色的样子，那时候她正跟江景川住在一起。

这些照片是什么时候拍的，她并不清楚。

两个人工作不同，但都是需要灵感的，她借夜色寻找，他从她身上寻找。

在一起的很多时间里，他时常拿着相机摆弄，拍很多她生活中的样子，有睡着了的，也有对着空气发呆的，甚至吵架后她鼓腮帮子的模样都曾被他抓拍过。

这就是他们之间独有的相处方式，只是没想到，那时候没看过的照片，有一天会以这样的方式公布在世人面前。

“什么妖孽。”池亦然一掌“啪”地盖在屏幕上，不许小良看，“少儿不宜！”

能挡住照片不让小良看，却挡不住江景川那连开一个星期的摄影展。就这样，池亦然的照片以难以想象的速度传播开来。最夸张的时候，她能在自己微博的评论下面刷到不少用她照片作为头像的粉丝……

那种感觉，简直难以用语言来形容。

就在所有人都以为这是一段美好的恋情，等着双方微博发糖时，池亦然的“RAN”工作室发出一纸声明，告江景川侵犯肖像权，损毁池亦然名誉。

“哈哈哈哈哈哈，这是今年我听到的最好笑的笑话了。”范丞扶着桌角笑弯了腰，“景川，你还没在女人身上栽过跟头吧？这次这个可真是厉害。”

“她不生气，倒不像我认识的池亦然了。”江景川闲适地把身子往后靠在窗棂前，从口袋里掏出打火机，也没有烟，就这样一下一下拨弄着盖子，“我就是想把她逼出来。”

“她这是把你给告了。”范丞提醒江景川，“本来挺好的氛围，多少小姑娘都把你捧成个痴情人设，现在好了，一纸声明书，都骂你是流氓了。万一闹大了让老爷子知道，看他怎么收拾你。”

大院里的那位，还是有点威严在的。

江景川收起手中的打火机，走到书桌前坐下，桌面上放着一个相框，里面是池亦然的侧颜照。不论是谁，看他办的展览是她，桌上放着的照片是她，钱包夹层里的照片是她，都会想，他一定很爱这个女人。

可偏偏这个女人就是不相信。

一想起当初离开时池亦然说过的那句话，想起她那双充满冷意丝毫不退让一步的眼睛，心底那股情绪又渐渐弥漫开来，扩散到四肢百骸。

“她不舍得告我的。”

漆黑的眸里，深邃中透着坚定。

范丞先是嗤笑了一声，见江景川态度仍旧这么认真，不由得收起嘴角那份戏谑。

“行吧，既然你这么认真，兄弟我也只能是支持你，有什么需要帮助的就跟这次一样直接开口就行。”

“谢了。”

“客气。”

一阵手机铃声打断了两人间的谈话。

范丞注意到，听见铃声的那一瞬间，江景川的眼底像是闪过一丝亮光，抓起手机滑动屏幕的动作快得就在眨眼间——

这怕是通知彩票中奖的电话？

“喂，亦然？”

电话打通，还是这个号码。池亦然倒吸一口冷气，想方设法地压下心中那股莫名的情绪：“江景川，你到底想要怎么样？”

“我能不能见你一面？”

网上声明发出去后，没有等来江景川的道歉，也没有等来展览撤走的消息，想起他的耍赖皮，池亦然不得不主动约他。

她抱着试一试的心理打通那个从前倒背如流的电话，在听见熟悉嗓音的一刹那，百感交集。

她曾像无数热恋中的小姑娘一样，也爱抱着手机煲电话粥，也会把某个电话号码背得滚瓜烂熟，也会在睡前跟睡醒时对着这个号码的主人说晚安跟早安……

现在，这个电话的主人用着小心翼翼的语气问她能不能再见一面的时候，她难受得差点把嘴唇咬破。

地点约在了市中心一家咖啡厅，距离池亦然的工作室很近，走过去不到几步路而已。

“下午三点，不许迟到。”

“好！”

挂断电话那一刻，范丞觉得江景川笑得像是个二百斤的大傻子。

范丞不由自主地摇了摇头：“啧啧啧，你已经不是我认识的那个江景川了。”

女人，就是祸水。

摄影展上的旧照片，无疑就是一把开启关于过去的钥匙，从前那些稍微模糊了的往事，如今清晰地呈现在她面前。

无时无刻不在提醒着，他们曾有多亲密。

这些年，池亦然不谈男朋友，面对那些追求者总是保持着若即若离的距离，不失礼，也从不给予一点希望。

林为安总说她凉薄，可谁又知道，她只是怕极了这种能逐渐发酵、膨胀，势如破竹，框住一整颗心乃至一整个人的感情。

约江景川见面前，池亦然偷偷去了一次摄影展现场，乔装打扮，走之前向小良确认了千儿八百遍，会不会被认出来。

来摄影展上的人并不算少，进门时映入眼帘的是一张偌大的照片，是他们最初相遇时，江景川偷拍她的。

相片旁边，有着几行小字附做说明，池亦然走近了看，上面写着——

初遇，她如一份惊喜空降我的世界。

从此以后，我的镜头里只有她。

身旁站着的小女生免不了小声羡慕：“多好的爱情啊，一看就知道他一定很爱这个女生。”

“是啊是啊，一整个展会，都是她的照片呢。”

很爱吗?

池亦然垂下眸，握着车钥匙的手几乎抑制不住地微微颤抖。

不过一张照片、一个摄影展，便轻而易举地就把自己情深义重的形象刻画出来，江景川是真的有能耐。

小女生们散开，池亦然还留在原地。

望着那照片上的自己，仅仅是一个眼神，就令她回想起很久以前的那个夜晚……

大学毕业后，池亦然没有像其他留学生一样打包行李迫不及待回家，而是选择在芬兰一家独立工作室做设计师。

上大学那会儿，她就在设计圈里小有名气，好几次设计图都获得了知名设计师的表扬，就连毕业大秀都是以她的作品作为压轴。

家境优渥加上本身才华横溢，她的性子比起同龄女孩子都要张扬任性许多。设计师们时常会因为缺少灵感而选择出游或者其他令自己能够放松下来的方式，她也不例外。

在成为知名高定设计师后，慕名而来的女明星、名媛贵妇人越来越多，有时候一个月下来三十天，天天都要扎在设计室里……

就这样，某天熬不住的她丢下一屋子未完成的设计稿，背起小包包上网订了张机票就去短途旅行了。

玩归玩，她心里总是想着设计稿的事情，焦头烂额之际，干脆拎着一瓶红酒往酒店外的桥栏走去。

她窝在桥边发呆，身旁是酒瓶子跟酒杯，跟圆月不知说了多少悄悄话，不经意回头发现有人在偷拍她——

“喂，你在干什么？”

海藻般的长发因为扭头的动作而随风摆动，丝绸长裙没能盖住的白皙小脚在月光的映照下也很是诱人，池亦然的身上无一处不是透着一股风情。

“我？”被点到的江景川满意地看了眼照片，抬头笑，“与艺术碰撞。”

最初以为人家是流氓，结果是个摄影师，还是个中国人，这在异国可是概率很低的一件事情。所谓不打不相识，大概便是如此。

江景川陪着池亦然坐下，同她分享他拍到的照片。

池亦然也不小气，同他分享着带来的红酒。

一个是设计师，一个是摄影师，同在时尚圈里总有些话题是共通的。最主要的是，江景川同池亦然见过的男人都不一样，他的身上带着一股痞气跟不羁，不是那种你感觉很不舒服聊一句话就想脱高跟鞋扔过去的类型，而是聊着聊着，你整个人都会被不自觉吸引过去的类型。

一杯烈酒，两相纠缠。

池亦然从未想过有一天她会这么疯狂，把自己的第一次交给一个陌生人。最重要的是，清晨醒来的那一刻，她没有半点后悔跟惧怕，特别是在他轻佻地勾起她的下巴说了那句话后——

“从今以后，我来做你的灵感。”

这是他们的相遇，比起世间千千万万无数对恋人来说，要荒唐得许多，是他把如同一张白纸的她画成一幅颜色鲜艳的油画。

“设计师的七情六欲必须是饱满的，否则他的作品里，不会有令人觉得有共鸣的感情点。”

这是他撩拨她时，说得最一本正经的话，把她的感情从一片空白调教成了布满烟火气。

不论是样貌、身材，还是声音跟举手投足，江景川身上的每一个点都会让池亦然不自觉沉沦。向来独立的她开始变得像是个十几岁的小姑娘，他们像极了那热恋中的情侣，会牵手轧马路，会一起看电影，也会因为互相探讨作品从而发生意见分歧。

一场原本是为了寻找设计图灵感的旅行，突然多了一个男朋友。

耳边，有车子呼啸而过的声音。

看过摄影展，回忆过从前的事情，再约见面时，池亦然的心里盛着满满的心事。

走进咖啡厅，选了一个靠窗的位置坐下，偏头看着外面车水马龙的大街，阳光从侧面的窗户打进来，时光恬静。

直到视线中出现一抹熟悉的身影，扣上衬衫扣子，把休闲外套换成做工考究的深色西装，穿着一双锃亮的黑皮鞋，宛若一个风度翩翩的贵公子。

她嘴角不自觉勾起一抹冷笑。

“装模作样。”

她合上眼，轻吐四个字。

江景川刚从一个活动下来，衣服还没来得及换，推开门看见池亦然时，眼底还有藏不住的喜悦。明知道她是因为什么而约自己见的面，可还是控制不住情绪。

“亦然。”

空气中飘来熟悉的男士香水味，池亦然抬起头来对上江景川的目光。

见池亦然态度淡漠，江景川苦笑着：“如果你不板着脸，会更好看。”

江景川在池亦然对面位置坐下，解开西装外套上的扣子，露出里面搭着的白色暗纹衬衣，仅一眼，池亦然就认出来那是她送给他的。

桌下紧握着的手指不自觉地攥紧。

他还真的会找准人的痛点，明知道哪里麻木，偏生往上面扎针。在离开这个人的这段时间里，说不清楚都经历了些什么，被家人捧在手心上过惯了好日子的她，曾几何时受到过那些伤痛跟折磨。

熬过了，挺过了，原以为伤口愈合可百毒不侵。

但现在才知道，铠甲也不是坚不可摧。

静默须臾。

池亦然提醒自己此趟来见面的目的，整理好情绪后开口：“江景川，故友重逢旧情重燃，不是我喜欢的戏码。”

她向来不喜欢拐弯抹角，把江景川约过来就是希望事情能够一次性解决，从包包里取出一个信封放在面前的小圆桌上。

江景川眼皮微微抬了抬，也没有主动想要拿过来看的意思：“这是什么？”

“摄影展上的所有展出的照片，还有未展出但跟我有关的，我都买下来。”把玩着桌上的咖啡勺，池亦然慢悠悠道，“你在未征得我同意的情况下将这些照片公布于众还大肆宣传，已经严重影响了我的生活。”

她本就不是那种喜欢抛头露脸的人，在时尚圈里行走了这么多年，从来都是低调行事。可现在，江景川一个摄影展，一句采访中的话将她推入网络舆论中，连挣扎逃脱的机会都没有。

眼中浮起隐隐痛色，池亦然的态度让江景川意识到，她并没有被打动。他伸手将桌上的信封推开，指尖在封口处点了点，盯着她，不急不缓地开口：“我做这些只是希望你能知道，我心里还有你。”

“呵！”

真是好笑。

池亦然侧头看他，光线落在她长而卷翘的眼睫毛上，随着一颤而闪着光，却没有半点温度。

视线下移，落在江景川放在信封上的手指，目光从淡漠变得涣散失神。

“你做这些是为了什么你自己心里清楚，试图用其他人的思维意识强制地影响我的生活。若还有感情，又何须别人来告诉。江景川，好聚好散不行吗？”

江景川站起身来，双手搭在小圆桌上俯身凑近，猝不及防的动作将池亦然困在了位置上：“好聚好散是用在感情断了的人身上才合适的。”

池亦然双手攥着椅子的扶手，盯着他看，丝毫不怯。

江景川目光平静且坚定：“而我，从未停止爱你。所以‘散’，不存在的。”

趁着池亦然发愣，他蜻蜓点水般在她嘴角亲了一下，松开手再坐回位置上时，还不忘用手指摸了摸嘴角，似是回味的模样让池亦然气不打一处来。

“江景川，你别太过分了！”

“来来回回都是这几句话，宝贝。”江景川抬手点了点池亦然脖颈处露出的那条项链，甚是满意地笑，“浑身上下，你的自欺欺人我最喜欢。”

池亦然：“……”

手忙脚乱地把项链藏好，理了理领口然后腾地站起身来，她早该想到的，跟这种厚脸皮的人怎么能讲道理。

“你这就要走？”

江景川一把拉住池亦然的手。

用力挣扎想把手抽回来，结果不过是徒劳费力，池亦然瞠目：“放开。”

江景川迅速起身同她面对面站着：“对不起，把你的生活搞得一团糟，我很抱歉。”

池亦然咬紧后牙槽，死死盯着他看。

“你断了一切联系，搬家换号码直接回国，我找不到你。”

他褪去以往常挂在嘴边的戏谑的笑容，露出这种眼神，用着深情款款的态度。

池亦然尝到了喉头的腥甜，强压下来后冷着声回他：“那你就该有点自觉，彻底消失在我的生命里。”

挣脱开手，转身离去，一个试图回头的动作都没有，背影决绝得像是一年前那个深夜，她说再也不见的时候，也是这般不留余地。

从咖啡厅里出来，池亦然的步履很是匆忙，钻进车后迅速用掌心盖住双眼，任由湿润在手心里蔓延开。

无声流泪渐渐变成小声啜泣，等到缓过神来，她整个人已经精疲力竭。

佛系生活被一个江景川搞得一团糟，接连几天窝在工作室，结果画纸上的线条还是处于起笔的阶段。

似曾相识的状态让池亦然害怕不已，以为都调整过来了，毕竟初次见面还能若无其事地在江景川面前跟 Wan 调笑。现在看来，还真的是高看了。

找不到感觉又压不下心里头的那股烦闷，不到下班时间，池亦然就背着包包偷偷溜出了工作室。开车沿着护城河转了几圈，直到太阳落山，云层颜色逐渐变暗，她才寻了个僻静处停了下来。

古桥边，夕阳西下，只差夜色更沉就会像初次遇见江景川时的画面了。

林为安打电话来时，池亦然正趴在车前盖发呆，一听说晚上要去喝酒，整个人就跟活过来一样精神抖擞。

“算我一个，我也要去！”

“胡桃里”的夜总是热闹非凡，穿过古香古色的走廊在流灯的映照下寻着熟人的身影。耳边是音乐声还有年轻男女肆意谈笑碰杯的声音，留心偷听，可能还会有出人意料的小八卦。

从护城河赶过来，遇上下班高峰期，池亦然整整堵了两个多小时才到，下车那会儿，她捂着饿得咕咕叫的肚子脚步虚浮。

“人在哪儿呢？”

一进门，视线里流光溢彩人头攒动，耳边是各种各样嘈杂的声音，池亦然压低帽檐拿出手机来给林为安打电话，刚接通，肩膀就被人拍了一下——

“啊！”

“亦然姐，是我。”

来人戴着口罩，还扣上卫衣帽子，不仔细看都认不出来。

“Wan？你把我吓了一跳……”

仗着身高优势，Wan 一把压住池亦然的帽子：“不是来喝酒？你怎么弄得跟做贼一样，还要戴帽子？”

“你不也戴了。”

“我是电竞选手，脸熟得很，在这种地方要是被认出来那可就糟糕了。”

池亦然半信半疑地抬头看他：“能认出来你是谁吗？我以为外人都跟我一样，只看 Ziko 的。”

Wan：“你可别太偏心了。”

开着玩笑小吵小闹，在 Wan 的带领下进了包厢，池亦然摘下帽子一看，人差不多都到齐了。再过几天星辰联盟春季赛就正式开始了，今儿也是林为安提议大家聚在一起好好放松放松。

看了眼桌面上放着的橙汁、椰子汁、雪碧、可乐，池亦然瞪大了眼：“不是吧，来胡桃里居然不喝酒？”

林为安指了指自己面前一圈人，提醒池亦然这可都是职业选手，今晚喝酒了，那回基地后怎么训练。

聚会就是聚会嘛，图的是聚一聚的气氛，喝什么有所谓吗？

话是这么说，可此时此刻就需要一瓶酒的池亦然委屈得像是被骗过来的一样。

“先坐吧，别站着。”

Wan 拉着池亦然坐到沙发上，自己也随后坐在身旁。这小动作落在林为安眼里，她朝钟慕远捅了捅，暧昧一笑。

饿着肚子千里迢迢赶过来结果居然是喝果汁，兴致恹恹的池亦然索性自己叫了一瓶酒。深知她酒量的林为安一开始并没有拦着，谁知道这一喝，竟然醉了。

“Wan，来，我敬你一杯。预祝你春季赛旗开得胜，多多拿 MVP！干杯！”

“亦然姐，你喝太多了吧。”Wan 担心地看着池亦然，总觉得她今天的情绪不对劲。

反倒是林为安，大手一挥直说没事儿——

“你不知道老池，她可是千杯不醉的性子。”

等回过神来看才发现，平日里把红酒当饮料的人，今天醉得开始说胡话了。

“老池，老池，你没事吧？真喝醉了？”

池亦然伏在林为安身上，打了一个酒嗝，笑呵呵地指着门口位置：“我要去洗手间……洗手间，你陪我去洗手间。”

“好好好，我陪你一起去。”

怎么回事儿啊，今儿醉得这么快，瞥了眼桌上那个空了的酒瓶子，借着灯光，林为安眯着眼认清楚上面的 logo。

我的天，居然喝这么烈的酒！

扶着池亦然趺趺撞撞去洗手间，等她的时候，林为安就在门口站着，来来往往好些人，目光不经意落在前段拐角的位置。

她眉头一挑，嘴角微勾，是真的很凑巧呢。

来白城发展，江景川先是以一个摄影展先声夺人，然后才低调宣布要开一个工作室。朋友圈里都炸开来了，纷纷嚷嚷着聚一聚。这不，酒后三巡出来抽根烟，调节调节。

“喂，有个姑娘一直在看你，看上去长得还不错。”

范丞跟江景川面对面站着，抽烟时眼睛也不闲，这儿看看那儿瞧瞧，一下就盯上了洗手间旁的林为安。

抛了个媚眼，人家无动于衷，他就知道对方看的不是自己，而是江景川。

顺着范丞的目光，江景川转过头去，四色灯光下，辨认清楚对方的脸时，微微动了眉。真巧，还是个熟人。

“你先进去吧，我跟朋友聊几句。”江景川将烟头掐灭在身旁的烟灰缸里，对着范丞吩咐一句后朝林为安走了过去。

结果倒好，人还没走近，林为安倒是先一步扭头离开，留下一个高冷的背影，惹来范丞拍腿大笑。

“不是朋友？”

故意把后面两个字的发音咬得很重，范丞以手握拳掩了掩唇，他算是发现了，江景川这趟回来是跟姑娘们八字相克了。

“这家伙居然在这儿……”

往回走的路上，林为安步伐加快，拧紧了眉头，心生一计。她推开包厢的门，招手让 Wan 出来，小声对他说了几句，紧接着就钻进包厢里顺带把门关上。

听见她话的 Wan 则快步往洗手间的方向赶，在门口撞见江景川，有过一面之缘的两个人及时认出了对方。

“江老师。”

年纪缘故，称一声“老师”，是对江景川的尊重，但出了基地脱下训练服的 Wan，不论是从身高、颜值还是衣着品位都不比江景川差。甚至这样面对面站着，气势上也半分不弱。

“皖迟？”

顾皖迟是 Wan 的本名，当初拍摄定妆照，大饼也只是随口提了一句，没想到江景川居然记住了。

“江老师在这里是在等什么人？”

前脚林为安刚走，后脚顾皖迟就匆匆赶了过来，联想起那日在摄影棚里池亦然跟这个男孩子的互动，江景川瞥了眼身后洗手间的门，傻子都猜得出里面的人是谁。

“嗯，等个朋友，你呢？”

顾皖迟低头看了眼腕表上的时间，担心地看向洗手间的门：“我等亦然。”

如果没有记错的话，顾皖迟是比池亦然小几岁的，不叫姐而是直呼其名，特别是去掉姓氏的这份亲昵，让江景川听后随即拧起了眉。

顾皖迟却也不看江景川，径直越过江景川，走到洗手间正门口后朝着屋里喊了一声：“亦然，你还在吗？没事吧？”

“她喝酒了？”

江景川的关心让顾皖迟愣了愣，但出于礼貌他还是点头回应：“喝了不少，醉了。”

话音刚落，就有了动静，池亦然扶着墙壁跌跌撞撞走出来，脸颊泛红，眼神迷离，费劲地看着眼前两个男人，开口说话时都带着浓重的酒气——

“公众场合大声嚷嚷什么呢……我不就是上个洗手间，又不是掉坑里了。”

估计是洗过脸的缘故，她额前的发丝还有眼睫毛上都沾着水珠。话是说得很利索，就是身体不听使唤，刚走出门口就差点被绊倒，如果不是顾皖迟眼疾手快将她扶住的话，当着来来往往人的面，怕是要上演一场狗啃泥。

“Wan？你怎么出来了？”池亦然借着顾皖迟手臂的力量站稳，朝四周看了看，“林为安呢？她跟我一起出来的。”

“小叶子生病了，她先回去，让我过来看你，顺便带你回包厢。”

两个人你一句我一句有来有往，反倒是让站在一旁的江景川成了摆设。他的目光落在池亦然微微卷开的领口上，露出半截的嫩白脖颈由于酒气的缘故还染了几分红。

她身子越是站不稳，领口就晃得越厉害，江景川的眼眸几不可见地暗了几分。

“你呢？你怎么也在这里？”

涂抹着酒红色指甲油的手突然指到自己面前，江景川抬眸，看了她一眼后伸手包住她的手指，借势轻轻一带，原本还靠在顾皖迟身旁的人一下子就跌进他怀里。

“江景川！”着急了，连老师这两个字都省去直呼其名，反应过来时，顾皖迟抿了抿嘴角，“江老师，亦然喝醉了，我带她回包厢。”

“印象中，我记得你应该是比她小几岁吧？”提起池亦然，哪怕只是“她”这个字眼，江景川的语气都会很明显地放柔几分，此时也一样，他低下头来看着怀里像只小醉猫的女人，呼吸浅浅地喷在她额头上方，

“我觉得你还是称呼她一声‘姐’比较好。”

男人间的锋芒，有时候仅靠一个眼神就看出来了。

江景川低头触碰池亦然额前碎发的动作，让顾皖迟垂在身侧的手紧攥成拳，下一秒，他上前一步伸手抓住了池亦然的另一只胳膊——

“还请江老师松手，包厢里的朋友还在等我们。”

“松手？”江景川笑了，看着眯着眼打着酒嗝的池亦然，这般昏昏沉沉是喝了多少酒，一想到这里，心头就直冒火，可脸上还得维持着自如的表情。

“她胃不好，一年前就戒酒了你们不知道？还想让她回去继续喝？”

戒酒了？

顾皖迟眼眸骤然一缩，显然是不清楚这样的一件事，仔细回想，认识池亦然这么久她的确很少像今天这样放开了喝。

可是这些，江景川又怎么会知道？

“吵吵吵，吵什么吵，吵死了。”

两只胳膊各被两个男人抓着，这边稍用力，那边便跟紧了。再加上你一句我一句的拉锯战，池亦然愁得眉头都皱紧了：“你们谁陪我继续喝酒！”

“池亦然，你要我说多少遍，女人不要总是酗酒。”江景川的声音沉了几分，明显是带着不悦。

池亦然抬起头来看他，面不改色对着就是一个酒嗝——

“嗝……”

江景川：“……”

这要不是公众场合，要不是旁边还有个顾皖迟看着，他一定要好好收拾这个女人，嚣张了啊，先是抽烟后是喝酒，臭毛病都犯了。

“亦然姐，我带你回包厢吧。”

“Wan？”

“是我。”

听见池亦然叫自己的名字，顾皖迟眼底就跟染上了光一样亮，就在他想要借机把人扶回来的时候，伸出的手却被直接打掉。

“亦然姐？”他面露疑惑。

池亦然摇了摇头，指着江景川：“他……他跟我去喝酒，你先回去吧！”

听见这话，江景川似笑非笑地看着顾皖迟：“听见了吗？皖迟弟弟，你先回包厢吧，你亦然姐有我照顾。”

这张吊儿郎当充满痞气的脸，在这酒色场所，衬着昏暗的灯光，一笑起来，顾皖迟只觉得全身神经紧绷，每一个毛孔都充满着危机感——

“不行，人是我们带出来的，为安姐走之前特意吩咐我要照顾好亦然姐。江老师，还请不要为难。”

“为难？”

江景川低头碰了碰池亦然的脸颊，像是听见一个极其好笑的词语一样：“刚才如果我没有听错的话，是她让你先回去的，不是我。走不走，不是听她本人的意思吗？”

一个喝醉酒的人说的话，怎么能任着来。

顾皖迟急得牵着池亦然的手都不自觉用力：“你知道他是谁吗，你就要跟他去喝酒？”

“他？”池亦然嗤笑了一声，拍了拍小胸脯，“我当然知道！我前男友！江景川！”

“前男友”三个字是一个音一个音读得非常清晰的那种，读完还露出非常骄傲自豪的表情，恨不得让人误会她是跟世界首富谈了场恋爱。

想象过无数种可能，唯独没想过是这种关系的顾皖迟，此时此刻就像是个局外人一样插在池亦然跟江景川之间。

原本握着池亦然手臂的手也缓缓收了回来，那微微的颤抖将他心底里的真实情绪暴露无遗。

而另一个当事人江景川，在听见“前男友”这三个字时只觉得后脑勺被人狠敲了一把闷棍，清醒过来又觉得这个称呼总比路人要强。特别是在看见顾皖迟的表情之后，他自动把前男友的“前”字给去掉了。

得意扬扬地把池亦然重新揽回怀里后，江景川指了指前面的走廊：“你先回去吧，放心，我不会对她怎么样的。”

顾皖迟沉默着没有说话，也没有移动半分。

对他的固执江景川选择视若无睹，朝池亦然说了句“走，去喝酒”，某人就乖乖跟着他一起离开了。

直到身影消失在视线中，队员 Suki 跑出来找他，顾皖迟才彻底回过神来。

“你一个人在这里干什么？出来了半天，可都在找你。”

Suki 拍了拍顾皖迟的肩膀，又看了眼四周：“对了，池设计师呢，她怎么也不见人影了？”

顾皖迟张了张嘴，声音缥缈不定：“Suki，你知道亦然姐跟江大摄影师之间的关系吗？”

“他俩？不是绯闻男女朋友？”

“你知道？”

见 Suki 表情淡定，顾皖迟抿紧了嘴唇重复：“你知道江景川是亦然姐的前男友？”

“是不是前男友我就不清楚了，不过这两个人之间有关系，我倒是知道一些。哎，不对啊……”

Suki 双手抱臂好奇地看着顾皖迟，一个爱慕池亦然，把她照片当作手机壁纸，空闲时间能把她所有秀的视频都补齐的人，居然连这么大的八卦都不知道。

“你不看微博的吗？前段时间的热门头条，你都不关注一下的吗？”

“什么头条，你又不是不知道我这段时间在补直播时间，觉都没怎么睡还怎么有空看微博头条。”顾皖迟有一种为了直播错过了无数个亿的感觉，缠着 Suki 赶紧把新闻翻出来给他看。

“RAN”工作室的声明还挂着，网上却找不到跟池亦然还有江景川的关键词搜索，展览上展出的照片还都是从评论里翻出来的。

“看见了吧，就这样的水准，这样的角度，你要说这两个人没有关系，傻子都不信。”Suki 拍了拍顾皖迟的肩膀，语重心长道，“春季赛就要开始了，先收收心，这两个人的圈子都是深潭，一时间我们也摸不了底。别为了感情影响了比赛，孰轻孰重你自己掂量。”

顾皖迟攥紧了掌心，没有说好也没有说不好，情绪依旧留在方才事件的冲击中。

Chapter 03

我来做你的灵感

离开胡桃里，夜晚清冷的空气钻入鼻腔中，池亦然贪婪地深呼吸一口：“啊……真舒服。”懒洋洋的姿态里透着一股妩媚，再加上那敞开的衬衫领口，随时有走光的危险。

今晚的聚会，江景川算是早退了，给范丞打了个电话说一声后回来，就见经过的男人对着栏杆旁站着的池亦然吹口哨打响指。

这女人，去到哪里都不让人省心。

“走吧。”

对上眼的那一刹那，江景川分明看见了池亦然眼中的清冷，可就在他想要再看清楚的时候，她又像在胡桃里一样打着酒嗝说着胡话，仿佛方才那丝清醒是他的错觉一样。

“我不跟陌生人上车，我妈妈说的，不能跟不认识的人说话。”

指尖抵在江景川的胸口上，用力戳了戳，戳完了自己还咯咯咯笑出声来，那弯弯的眉眼就如同夜里的皎月，亮得让人移不开眼。

江景川目光深深落在池亦然身上，提醒她：“我可不是陌生人，方才是你自己愿意跟我一起走的。”

“哦？这样？”池亦然用力点头，“好！走吧！车呢？车在哪儿？”

对着一个向来演技精湛如奥斯卡影后的女人，江景川根本分不清楚她此时此刻是装醉还是真的醉了。

如果是真的，那么她这动不动就跟别人上车的臭毛病，找个机会他一定要好好教育一下。

“傻站着干什么啊，问你车呢！”

被池亦然一推，倒真的没站稳往后退了几步，听见某人嘀咕了一句“真虚”，江景川伸出舌尖舔了舔嘴角——

小丫头片子，不收拾还真是长了性子了。

“车停在前面，走吧。”

上车之后，一路疾驰，入夜的街道不如白天车水马龙川流不息，池亦然趴在车窗上看着倒退的灯光。

有好几次江景川转过头看她，见她维持同一个姿势，有些好奇她是不是睡着了。实际上，在他看不见的角度，池亦然的眸里透着深沉、坚定，还有另一股说不清道不明的情绪。

不知过了多久，车子停在一个小区里，过了三重安检后池亦然确定，这是一个很高级的小区了，比起她那个以高级安保出名，结果还能被江景川找上门来的别墅强了不知多少倍……

“到了。”

江景川解开安全带下车，绕到另一边帮池亦然打开车门，正准备伸手抱她的时候，就见她抢先一步跌跌撞撞跳下来，穿着高跟鞋的脚重重踩在他的黑皮鞋上——

“嘶……”

江景川倒吸一口冷气。

池亦然却跟个没事人一样，往前跑了几步，原地转圈圈：“哇，真舒服……”

强忍着脚板上的痛意，江景川拉住池亦然的手把她往自家门口带，一路还得顾着不让她撞到花坛跟墙角。

折腾到最后，江景川都没了脾气："池亦然，你到底喝了多少酒！"

"酒？"池亦然咯咯咯笑，"喝酒！我们一起喝酒！"

开门开灯，关门换鞋，平日里五秒钟内完成的动作，今天花了五分钟都没折腾完。

把池亦然扶到沙发上坐好后，江景川能感觉到后背衬衫都湿透了，这比他在健身房做十组腹肌撕裂都累。

池亦然抱着软枕躺在沙发上，嘴里念念有词，还不时挥舞着手脚，总让人觉得下一秒就会把茶几上的茶具给打翻了。

江景川从厨房里出来，手里多了一杯蜂蜜水。

"先把这个喝了。"

池亦然从沙发上爬起来，借着江景川的臂力重新坐好。蜂蜜水的味道调得刚好，不至于太甜。

尝了一口，她满足地舔了舔唇："好喝！"

江景川宠溺地看着她，目光舍不得从池亦然脸上移开半分。有那么一瞬间，他有种错觉，好像过去什么事情都没有发生过，他们还像从前那般相爱。

打破这一切的，是池亦然一个突然凑近的动作——

她双手撑着沙发，身子往前一探，距离近得带着酒味的呼吸直扑脸颊。室内的温度仿佛在这一刻如同添了把柴火一样噌地往上涨……

"咯噔！咯噔！咯噔……"

从她眼里看见自己的倒影，耳边是自己的心跳声，江景川搭在沙发靠背上的手忍不住攥紧来，连呼吸都变得谨慎。

"你觉得……我美吗？"

池亦然垂眸，若有似无地扫了眼江景川的喉结，见它滚动了一下，勾起嘴角。

呵……

男人。

“池亦然。”江景川嗓音沙哑，目光直直盯着她看，“你再撩我，后果自负。”

夜幕似层薄纱，紧紧密密笼罩下来，繁星打着光，让这份旖旎弥漫开来。就在江景川手指挑起池亦然的下巴，想要吻下去的时候——

“呕……”

佛说，心要静。

此时此刻江景川就是这么告诉自己的，作为一个有洁癖的人，光是听这个声音他就觉得身上仿佛有无数条虫子在爬，很是难受。

可怀里的人是池亦然，他又舍不得将她推开，只能是强忍着一下一下拍抚着她的脊背。等到吐完了，罪魁祸首倒头就睡，反倒是江景川身上，一片狼藉。

“等你酒醒了，看我怎么收拾你。”

男人黑着一张脸，步伐凌乱地朝浴室跑去，门“嘭”的一声关上，沙发上原本睡着的人缓缓睁开眼——

眼眸澄澈，满是清明，哪里来的醉意，都是装的。

池亦然翻坐起身，闻了闻身上的酒气倏地皱紧了眉头，环视四周一圈，从茶几下翻出一包湿纸巾，连抽几张擦了擦嘴，这才站起身。

江景川在白城的住处跟在芬兰时的装潢差不多，以简单大气为主，很少有那种浮夸的摆设。搞艺术的人，少不了在家里摆上各种各样能凸显自己品位的艺术品，有的是插画，有的是雕塑，有的是古董，来到江景川这里，变成一大堆乱七八糟的酒瓶子……

“叮叮咚咚！”

指尖在瓶瓶罐罐上敲了敲，转身又朝卧室走去，光着脚踩在地板上，冰凉的触感时刻都在提醒池亦然，她必须保持清醒。

把卧室房门推开，能听见浴室传来哗啦啦的水声，池亦然看了眼房间里的摆设，最后把目光落在那张大床上。

脑海里浮现出从前的画面，他在洗澡，她躺在床上画画，光着腿在半空中晃荡，每次都被刚洗完澡出来的他抓个正着。

一条毛巾盖下来，就把她包成毛毛虫的样子。

“你这大冬天喜欢光着腿的臭毛病，什么时候改一改？”

他跟她在一起，总爱嫌弃她这个不好那个不好，把抽烟喝酒露大腿统统说成是臭毛病。从小骄纵惯了没人管过的池亦然，总觉得自己谈了个假的男朋友，偏偏他不让她做的这些事，自己倒是挺在行。

抽烟能吐出一个个烟圈来，喝酒能把一桌子人都喝趴下，健身回来整天光着膀子在屋里走来走去刻意显摆身材！

每每想起这些，池亦然总觉得五味杂陈。过往的记忆不论是好的坏的，统统都是属于他们两个人的，那时候她甚至幻想过，跟这个人走到最后也不错。

一个稀里糊涂的开始，一个完美的结束。

可后来才知道，稀里糊涂的不是什么狗屁一见钟情，而是她进了水的脑袋。

水声渐渐减弱，池亦然重新抬眼，收敛好情绪后走到衣柜前，哗的一声拉开，指尖落在那一件件整齐熨烫好挂着的衬衫上，鬼主意上心——

不熟悉这屋子里东西放置的位置，身上也没有随身携带剪刀的习惯，翻来覆去从夹层里找出一把指甲钳，池亦然勾唇一笑。

洗完澡从浴室里出来的男人，没走几步，就被地板上四处散落的衬衫给惊到了，随即捡起来翻开，每一件都有不同程度的损坏，有的是被剪出了口子，有的是被划出一大道裂痕，没心思猜作案工具是什么，他抓着衬衫就往客厅奔去。

果不其然，沙发上空无一人，包包、外套还有玄关处放着的高跟鞋都消失得无影无踪。

“池亦然！”

江景川把衬衫往地板上一砸，抓着湿漉漉的头发，气得话都说不出来。

这丫的就是装醉!

早知道她一肚子坏水，就是没想过会演得这么真。一想到浴室衣篓里的那些衣服，再加上她那张装醉撒娇耍无赖的脸，这一夜，他怕是别想能睡个好觉了。

与此同时，始作俑者正开心地哼着小曲儿蹦蹦跳跳离开小区，心情别提有多舒畅，只是来到路口时她怔住了——

江景川住的小区是在远郊，而这个时间点根本没有什么车辆来往，更别说是出租车了。

怎么回去，成了难题。

从包包里翻出手机，都快十二点了，不能打给林为安，只能打给小良碰碰运气，结果倒好，您拨打的电话已关机。

“不是吧？”

暗得看不见尽头的路，难不成要一直这样走到大路口？那怕是天都亮了。

这个时间有谁还没休息，指尖滑动屏幕，掠过一个个人名后出现了“Wan”。

“不行不行，不能耽误了电竞精英。”

在胡桃里，当她说出“前男友”这三个字时，顾皖迟那受伤的眼神就像是一块热铁重重烙在她脑海里，印象深刻。

的确，她那会儿也存了私心，如果能借江景川打消顾皖迟的心思，难受是难受了点儿，也比优柔寡断要好。

不能答应就不应该给希望的。

想入了神，都没有注意到指腹摁到了电话号码直接拨出去，空气中突然传来另一道声音，池亦然这才反应过来。

“亦然姐，喂，亦然？池亦然？喂？出声啊，发生什么事情了吗？”

打来电话却迟迟不开口，顾皖迟很是着急，毕竟这个时间点他生怕是出了什么事儿。

“Wan，是我，那个不好意思，是不小心摁到号码才打过去的，打扰你休息了。”

池亦然一边很不好意思地道歉，一边往大路口走，时不时张望有没有出租车经过。许是听到了呼呼的风声，顾皖迟瞥了眼墙壁上的挂钟，沉着声问她人在哪里。

纠结到最后，池亦然还是很尴尬地把地址报给他，顾皖迟只留下“等我”这两个字，就把电话给挂掉了。

又欠了一份人情，池亦然看着暗下去的手机屏幕叹了口气。

顾皖迟来得比想象中要快，车灯打过来的那一刹那，仿佛一股热流从脚底涌上心头，在这个寒冷的深夜里不禁让池亦然弯了弯嘴角。

“抱歉，给你添麻烦了。”

顾皖迟下车，将身上的外套脱下来披在池亦然身上：“你跟我需要客气吗？穿上吧，挺冷的。”

“谢谢。”

池亦然没有推托，毕竟鼻头都冻红了。

上车后，顾皖迟把暖气打开，并递给池亦然一杯热牛奶：“顺路买过来的，你今晚喝了很多酒，这会儿应该饿了。”

“谢谢……”

见面还不到五分钟，她就说了两次谢谢，顾皖迟看着她欲言又止，但还是什么都没说直接上车把她送回家。

从远郊到市中心的住处，花了一个多小时。路上，顾皖迟很少说话，只字不提今天在胡桃里发生的事情，池亦然几度用眼角的余光偷偷扫过去都没有被发现。

这让她有种错觉，在洗手间门口纠缠着的顾皖迟，不是现在坐在车里的顾皖迟。

微妙的气氛一直持续到家门口，池亦然解开安全带第三次向顾皖迟道谢：“这么晚麻烦你了，下次我请你吃饭！”

“没事，我每天要排位到很晚，这也算是中途出来休息透透气了。”

顾皖迟看着池亦然，似乎是斟酌了很久才开口，“今天……你说江摄影师是你的前男友。”

“是……”

“他这次是为了你才来白城的？你们又重新在一起了？”

“不，他会出现在这里我事先并不知道，我跟他之间的事情比较复杂，一时间说不清楚，但我们不会在一起的。”

池亦然抿了抿唇，将脸颊边的碎发绾到耳后：“Wan，过几天春季赛就正式开始了吧？”

“嗯。”

“加油，希望你不要把精力分到其他事情上，你是一名专业的电竞职业选手，未来一片光明。”

言下之意，说的人有意，也望听着的人有心。

沉默了许久一直看着池亦然的顾皖迟，最终还是点了点头。说不出口的话就像这深了的夜色，被寒冷吞噬。

送顾皖迟离开后，回到家里的池亦然以最快的速度洗完头洗完澡，发梢还没完全吹干就直接往被窝里钻。

没有喝醉跟没有喝酒是两回事，折腾了一晚，她是真的累了。

迷蒙着眼，视线落在窗外的夜色，回想起在芬兰的那个夜，星星似乎也是这般多。

她将他赶出公寓，态度决绝。

他问，为什么连解释都不愿意听？

当时的她，是怎么说的？

记忆模模糊糊，却抑制不住会去仔细回想，她说真真假假心里总会清楚，如果哪一天，有女明星公布与他的恋情，她也一定会在朋友圈里说，这个男人，是她不要的。

那时听见这话，男人是什么表情？

眉头拧紧，眼神里带着痛，呼吸也比平日里滚烫灼热。这毫不留情冷漠的话语，令他觉得眼前的女人十分陌生，仿佛从前在一起的日日夜夜都是假的。

“别再叫我的名字了。江景川，你就是个不折不扣的渣男。”

池亦然清楚记得，这是她对江景川说的最后一句话，用尽她全部力气。

字句入耳，纵然是他这样一个骨子里透着一股坚硬漫不经心行走在圈子里数年的男人，见过无数女人，听过无数撩人的话，以为心如磐石，在那一刻，还是忍不住颤了颤。

人间爱恨，以前有多热烈，往后就会有多难受。

许是想起往事，这一夜的梦境里充斥着行李箱滚动的轱辘声。

第二天一早，林为安来找池亦然，门铃摁了几次也没等来人开门，打电话吧电话也不接。清晨听钟慕远说昨夜她人就没回包厢，反倒是出去接人的顾皖迟一脸失魂落魄地回来，林为安回想起在洗手间门口碰见江景川的画面，心下觉得不好，连公司都不去了，直接往别墅这边赶。

“老池，你在屋里吗？我是为安啊，老池。”

门拍了半天也没回应，林为安直接给小良打电话。

“Yizzan？她今天没来工作室啊，应该在睡懒觉吧，为安姐你帮我好好劝劝她，下周就要交设计稿了，这没动静是怎么回事……”

“好好好，我知道了。”

助理小良唠唠叨叨，别说池亦然不想听，林为安更不想。要不是出来得着急忘记把这边预留的备用钥匙带来，她就不用给小良打电话要门锁密码了。

“叮叮咚！”

屋门打开，林为安顺利进屋，目光被一地狼藉的衣服给吸引住，她咽着口水，努力平稳波动的情绪，开始屏着呼吸辨认这堆衣服里有没有男人的。

一件件挑着手指捡起来，满是昨夜留下的酒气，林为安一股脑收拾完塞进洗衣机里，这才大步往主卧室迈去。果不其然，她一路着急担心着的人正安然无恙地缩在被窝里呼呼睡大觉……

“池亦然！大中午了你知不知道，还睡！”

把人跟翻煎饼似的翻过来，林为安这才注意到她满脸的泪痕还有眼角未干的泪水，吓了一跳：“老池……你这是怎么了？”

池亦然捂着肿起来根本睁不开的双眼，委屈地哭唧唧：“我也不知道……梦里哭了？醒来眼睛都睁不开了……”

问都不用问就知道一定是昨夜受刺激了，要不然怎么会做梦都在哭。林为安也没有多问，扶池亦然起身后匆匆往厨房跑，回来时手里多了俩小冰袋。

“你先用这个敷一下眼睛，饿了吧？我去给你做早餐？”

“这一大早的跑我这里来上演田螺姑娘的戏码，不用上班吗？”说话的声音沙哑得跟公鸡叫一样，难听得池亦然自己都皱紧了眉头。

“喂，你别太过分啊，我因为担心你连班都翘了直奔这里。电话不接，门铃响了也不来开门，我真担心你有什么事情。说什么田螺姑娘，你又不是鲜肉帅哥……”

池亦然捂着眼睛连连点头：“是是是，钟太太你最关心我了。手机调了静音没听见，至于门铃声……”

她不敢说是害怕来人是江景川才没有去开门的，毕竟小良有她门锁密码，林为安有她大门钥匙。

“收拾收拾一下乖乖坐着等我，想清楚有什么话还没给我交代，最好老实一点儿！”

退到门口准备去做早餐的林为安还不忘再警告一句：“关于江景川的事，一字不落地跟我说！”

在芬兰那会儿，池亦然谈场恋爱轰轰烈烈，在闺蜜之间却显得很低调，如果不是有一次被温时抓了个正着，大家都不知道她在谈恋爱。

林为安很是不满地抱怨，明明是好事情，怎么就不一起分享呢。

唯有池亦然自己知道，这段来势汹汹的爱情，比起林为安的两情相悦、温时的日久生情，她的一见钟情是最不靠谱的。事实也证明，闺蜜们能走到最后步入婚姻的殿堂，而她则是拖着行李箱狼狈逃回国。

“有什么好说的……”池亦然咕哝了一声，从床上翻起身，揪着一头鸡窝似的头发往浴室里走去。

等她洗漱完换好衣服出来，林为安已经做好了早饭，瞥了眼墙壁上的挂钟，不，准确来说已经接近午饭时间了。

“真该把你这副样子给拍下来，最好是发到网上去，跟前段时间的热门照一比，看看还有谁愿意把你当成微博微信头像。”

听着这话，池亦然连饭都吃不下去，捂着红肿的眼睛使劲儿想要回想起昨晚都做了些什么梦。

“老池，你不该是那种会为了一个男人醉生梦死的性格啊……”林为安托着腮帮子坐在方桌对面看着池亦然。

“我没醉生梦死，昨天就没喝醉过，谁知道做了什么噩梦把我自己给吓哭了。”现如今，也只有噩梦这个说法可以用来解释自己这双鱼泡眼是怎么来的了。

“谈一谈？跟这个江景川都发生过什么，从前去芬兰把你接回来，只知道你在事业上受到了很大打击，至于感情这方面，合则来不合则散，你们在一起也没怎么跟我们秀过恩爱，以至于分手了我们也不敢多问一两句。”

林为安抿着唇，回想着原先江景川说追求池亦然的那个态度：“是你把人家给甩了？”

“那当然。”池亦然立马坐直身，“否则还等着人家把我给甩了？”

“说说，为什么不要他？”

“林为安，你是来我这里挖八卦的，还是关心我的？”

面对某人一张嗅着八卦气息美滋滋的脸，池亦然顶着鱼泡眼很费劲地瞪她。

“关心！百分之一百二十是关心！我总得知道症结所在才能够帮到你不是？像昨天那样，一个城市说大不大说小不小，是不是每次跟江景川碰面，你都要把自己折腾成这个样子？”

池亦然：“……”

哑口无言。

天御湾。

极少看见江景川病兮兮的模样，以至于接到电话赶过来的路上范丞还在想，万一这个家伙是在开玩笑的话，要怎么表演鞋子塞嘴的戏码。

“你这人挑时间的吧？老爷子找你，你就病倒了，电话也不接，还得我当跑腿的来一趟。”

都住一个大院，小的时候范丞就习惯了林老爷子透过窗户朝他喊，小橙子，打球招呼上我们家景川啊。

现在也是，联系不上人了，林老爷子拉开窗户就喊，小橙子，你有什么办法找到我家川子人哪，告诉他一声今儿来大院吃饭。

“你帮我说一声，就说很忙，下一次找时间再去。”

拖鞋一甩，他又倒回了床上，被子一盖等于把范丞看作是没有的。

“喂，他是你外公不是我外公，我也不是传话筒。”

抬脚踢了踢床上的人，跟僵尸一样一动不动，范丞恼了，直接把被子掀开来：“真有这么严重？昨儿不是还跟哥们儿你一杯我一杯的，泡个妞而已，真把自己给掏空了？”

“滚。”

嗓音嘶哑，全无耐性。

如果不是看在穿同一条裤子长大的份上，听见这个字，范丞早把他用被子包住殴打一顿了。

“为情所困能困成这样，哥们儿真是服了你。”

嘴上嫌弃，可身体还是很诚实，他先是走去厨房取杯子倒热水，再是翻箱倒柜找感冒药。进卧室之前，不忘给林老爷子打个电话，随口捏了个谎，反正日后要去圆的人是江景川不是他，也就不怕了。

“起来，吃点儿药再睡。”

一个感冒，就把江景川折腾成这样，跟昨夜西装革履，浪里浪气的完全不是同个人。看着他把药吃完，范丞把水杯往床头柜一放，揪着被子不让他盖：“先说说，是我看见的那个女人？”

“谁？”

“就那个你说是朋友，结果人家扭头就走的那个。”

哦，林为安。

江景川白了范丞一眼：“我是那样的人？”

“不是，那是谁把你弄成这个样子啊？”

小时候大院里谁不知道，江景川的体质跟铁打的似的，别的小朋友长水痘长疹子，都传染开了也就他不会。一年下来，都不见得感冒发烧过，后来被丢去部队训了两年，割伤了，眼睛都不眨一下。

哪像现在，一个小小的感冒，就病恹恹的。

范丞突然想到另一种可能：“池亦然！你不会是遇见那个池亦然了吧？我昨儿可听包厢里的姑娘说了，咱白城里的一支电竞队也在胡桃里，我没记错的话，你说过池亦然是电竞队战队服的设计师。”

平日里不见得有好记忆，这种时候倒是比谁都记得清。提起池亦然，江景川几不可见地皱了皱眉。

抓到这个细节的范丞猛拍一把大腿：“我就知道是她！”

“你再嚷嚷就给我滚出去。”

一吼，天花板都要震下来了，本就烦躁的江景川更加听不得。

“别啊，说说，真碰上了？人家小姑娘把你怎么了？”

怎么了？

他面色苍白的脸上勾起一丝冷笑，她倒没把他给怎么了。

装醉扛回家里来，先是吐了他一身，紧接着把他一柜子衬衫都给剪了，价值多少不说，脸上写着“生气”两个字，心里还是担心。头发都没擦干把外套一穿就往门外跑，结果怎么着——

他担心的人，在路口徘徊踱步了好一阵儿等来了一辆车。小区四周环境好，连路灯都是敞亮的，托灯光的福，他也看清了来人的脸。

胡桃里洗手间门口，以“前男友”三个字溃败的顾皖迟，用一件外套搭在池亦然身上并将她带回车里的动作，完胜了一个站在小区门口孤寂的身影。

他从不担心自己追不回池亦然，可这并不代表他不害怕她生命里出现了一个可以动摇她的男人。

去芬兰取景本是他计划以外的事情，若不是因为寒城里的人说话太难听，他也不至于一跑跑这么远。江家大公子被人逮着了就说是不务正业，好好的照片拍出来非要说是见不得人的私房照。

总而言之，对于他摄影师这份职业，从头到尾从里到外就没有一个人是支持的。

直到他遇见池亦然，这个从开始就肯定他的女人。事实也证明，在芬兰的这段旅行并不虚，有酒，有美人。

月色下，她的侧颜，她的长发，她的一举一动甚至只是一个出神，就令他忍不住举起相机来抓拍。他贪婪地捕捉着每一个镜头，生怕她是月下精灵，一眨眼就消失了。

“喂，你在干什么？”

这是池亦然对他说的第一句话，到后来他们真正在一起的时候，每每想起，他最喜欢的还是月色下她酒后迷离的那双眼。

池亦然的工作很忙，这是在认识她第十天的时候江景川才发现的。原先以为她跟自己一样，都是一个爱通过旅游来找灵感的艺术工作者，后来才知道，她的生活里并没有那么多时间能像过去这十天一样逍遥自在。

清早从亲吻中醒来，她半露的肩膀在晨曦的沐浴下宛若荧光，说早安的时候，嗓音里透着的慵懒仿佛是昨夜共饮过的美酒，甜美而又令人陶醉。

夜幕降临时小酌一杯似乎成了每一夜入睡前的习惯，总以为她是个话少的人，却会在喝酒之后像个小姑娘一样兴奋地叽叽喳喳说个不停。

Yizzan，池亦然。

成为他女朋友的第十个夜晚，在旅行结束回到赫尔辛基后第一个联系不上的日夜里，江景川想起来搜索才发现，他的这个女朋友还真是了不起的人物。

十八岁进入时尚圈，从上大学开始就屡屡有设计作品获奖，毕业后拥有独立工作室。作为设计圈里长得最像模特的女人，她的妖娆身姿曾担任老佛爷私人定制秀场的亚洲人物。作为幕后圈里最像明星的女人，她的微博拥有千万粉丝，也曾一度引来亚洲顶级娱乐公司寰宇艺人总监的青睐，试图将她带进娱乐圈，打造成全民女神。

江景川移动鼠标一点点浏览池亦然微博上的内容，曝光量极低的自拍下必然有上万的评论跟转发。

她的人就跟她的设计作品一样，神秘、高贵、惊艳。

“女神，娶我吗？”

一条晒奖杯的微博下面刷着同一句评论，江景川不由得好奇起来，查了一下才知道前段时间的国际大秀上，池亦然以中国古典山水刺绣为主题所设计的服装拿下了最高金奖。纷至沓来的报道将她刻画成女神级别的人物，身世背景、身高外貌、才华能力无一不令人艳羡，也难怪大波粉丝涌过来想当“老婆粉”。

为什么不是“老公粉”？

随意点开一张池亦然领奖的照片江景川就知道了，一个眼神冷若冰霜的女人，就像那高山上的白雪，遥不可及。

若是有一点儿小心思，她怕是一个眼神扫过来，旁人就不敢吱声。

“妖精。”

薄唇里磨出这两个字，脑海里浮现出床榻间池亦然热情的模样，江景川的眼睛里带着兴味，他就喜欢与众不同的她。

Chapter 04

你我皆焚琴煮鹤

“十二个电话，江大摄影师有这么想我吗？”

旅游回来的池亦然就跟个陀螺一样转个不停，艺人媒体打电话来催设计稿，原先搁置的任务在找回了灵感以后也马不停蹄开工。

长发用画笔缠上，耳朵上夹着一块画粉，嘴里还叼着米尺，原本束进高腰 A 字裙里的衬衫下摆此时也有些凌乱。工作起来的池亦然，模样完全跟杂志画报上的截然不同，私底下员工曾经打趣过，进工作室的首要条件就是要学会健步如飞，动作慢了就永远别想跟上 Yizzan 的节奏。

深夜繁星，透过落地窗俯视大马路，灯光依旧可来往的车流量比高峰期少了好几倍。终于闲下来有时间喝杯咖啡的池亦然这才发现手机上有一大堆未接来电，全都是江景川的。

指腹在那串号码间来回摩挲了好一阵才拨过去，接通时连她自己都没有意识到嘴角上扬的弧度，还有眼底那宛若盛满了星辰的光。

“还不打算回家？我去接你？”

江景川的声音听上去有些疲倦，身旁还有窸窸窣窣翻阅纸张的声响，池亦然瞥了眼墙壁上的挂钟，心里“咯噔”了一下。

“你不会一直在等我，还没睡吧？”

“嗯，在处理照片。”

池亦然伸了伸懒腰，捡起办公桌上的车钥匙：“那你在家里乖乖等我吧！”

“呵……”

电话里传出一声低哑而又暧昧的笑。

跟江景川在一起，池亦然从没想过主动去打听他的背景跟身份，她是个行走在时尚圈里的人，对细节的把控最是敏感。江景川看上去是个三流摄影师，可他的每一台相机设备，就连小小的镜头都价值不菲。

玩摄影的从来都是不吝啬投资的人，他的衣服、手表、配饰的每一个牌子都是活跃在上流圈的池亦然最熟悉的。

正因如此，池亦然才从不担心自己遇到骗子。谈场恋爱发展到同居，似乎每一步都走得顺其自然，可只有她自己知道，从前可不敢这么放纵。

“嘀”，车子解锁的同一时间，有另一束灯光打过来，耳边响起跑车低沉的轰鸣，手挡着看过去，原本因为想事情而紧皱的眉头瞬间舒展开来——

“你怎么过来了？”

江景川摇下车窗吹了声口哨算是打招呼，池亦然打开车门，手肘撑着车窗笑着看他：“不是说在处理照片？”

江景川扬起下巴指了指，池亦然这才看见副驾驶位上堆满了纸张跟相片，看样子方才电话里听见窸窸窣窣的声响时，他就应该是在停车场里等她顺便工作了。

“太晚了，我接你回去，车就停在这里等我明天接你过来。”

“好呀。”

有人接当然好过自己开车听一路音乐回家，这谈恋爱以前池亦然没觉得单身有什么，可谈恋爱之后她才知道，生活中多出一个人，连空气的味道都会变。

“今天工作室里来了个男模特，把我们一众小姑娘迷得团团转，人家刚进门那会儿，大老远都能听见尖叫声。”池亦然一边帮忙整理照片，一边讲起今天工作室里的趣事。

“一众小姑娘？”

“嗯。”池亦然认真点头，忽而好奇道，“你不关心我欢呼了没有？”

“都说是小姑娘了，你又不是。”

池亦然：“……”

不甘示弱地把男模的外貌、身形都描述了一遍，用上毕生所学的成语来形容，加之那捧在胸前做花痴状的手，不了解她的还真有可能误会她是对人家模特感兴趣了。

前方路口左转，江景川缓下车速回过头认真看她：“看上了？”

“嗯哼？”池亦然伸手比画了一下，“我还近距离帮他量尺寸，那紧绷的肌肉线条，麦色的肌肤……啊喂！”

骤然刹车，轮胎跟地面摩擦发出刺耳的声音，惯性使然池亦然往前狠狠撞了一下，若不是系着安全带，怕是会磕出一个包来。

“大马路上你开什么玩笑，要出什么事故了怎么办？”

“开玩笑？”江景川手搭着方向盘，侧着身子哼了一声，看向池亦然，“还知道马路上不能随便开玩笑会出事故，那你刚才跟我吧啦那么多干什么？至于肌肉线条，宽肩窄腰，八块腹肌跟大长腿……”

这故意拉长的尾音里带着平日里江景川最拿手的勾引跟暧昧，寂静的路口，深夜的马路，有限的空间里——

池亦然只觉得呼吸都变得炽热起来。

“你觉得我身上有哪一处会比那个模特差？嗯？”

池亦然咽了咽口水，眯着眼笑起来：“有没有区别可不是说一说就算了的。”

探过身，长发摆动时空气中多了一份淡淡的香水味道，池亦然的指尖有点凉，一点点触碰他眉间、眼皮、鼻梁到嘴唇上时被一把抓住。

“想来点儿刺激的？”

江景川眯着眼，路灯恰好透过车窗打落在他的脸上，瞧了许久都没发现半点儿开玩笑的意思，池亦然缩了缩肩膀摇头：“我怕上新闻头条。”

说完，规规矩矩缩回到副驾驶位上，惹来江景川一声嗤笑。

“回去之后我让你多了解一样东西。”

“什么？”

深邃的五官一半被灯光映照着，眸里露出一丝淡笑：“人鱼线。”

池亦然听罢，倏地别开脸不去看江景川，心下不知暗骂了多少句不要脸。

回到住处，一下车池亦然就跟装了风火轮似的一溜烟跑开。江景川看了眼她的身影，笑着摇了摇头，自顾自地把车里的文件跟照片都整理好才锁上车门离开车库。

进门玄关处是刚脱下的高跟鞋，一只正，一只反，弯腰捡好，还没起身就看见几米外的一个包包。江景川重复着跟池亦然交往后每日必做的一件事情，像捡宝贝似的从楼下捡到楼上，包包、外套、裙子、衬衫，还有内衣。

把这一切整理好放在床榻旁，抬眼就是蒙上一层雾气的浴室玻璃。

事实上，池亦然并不是这种生活自理能力为零的女人，相反，她的动手能力比社会上许多小姑娘都要强。虽然出身豪门，从小被当成心肝宝贝捧在手里，可从高中开始，池亦然过的就是宿舍生活。

她忙的时候会把屋子弄得一团糟，但收拾起来不用半天时间所有东西就都归置整齐，乍一看还以为是新家。

别的小姑娘十指不沾阳春水，一进厨房除了把锅碗瓢盆弄得叮当响以外连个煎鸡蛋都做不好，可池亦然不是。她看上哪道甜品，沉下心来就能做得跟人家网红餐厅里的大厨做的一模一样，连味道都不逊色半分。

只是这些才能在遇见江景川之后，就都被她偷偷藏了起来。

世界上有这么一种女人，习惯性把自己包装成女强人的形象，做事干净磊落雷厉风行，绝不会被抓到小辫子。谈一场恋爱，恨不得把自己当成妈妈来，管这个管那个，帮男朋友规划人生，指手画脚说这不行那不行，恨不得他的人生她来帮忙过。

在外人看来，时常以冷漠形象示人的池亦然兴许就是这一类的。可恰恰相反，遇见喜欢的人，她恨不得把自己当成什么都不会，好好感受一把被人宠着的感觉。

就像现在——

“江景川！帮我把浴巾拿进来，我忘记取了。”

进门就把衣服脱光了往浴室里钻，洗完澡才恍然大悟没带换洗的衣服，她绕着浴室转了一圈才发现连浴巾都没有。

门外的人叹了一口气，放下手中正在擦拭的镜头转而朝阳台走去，帮忙把浴巾收下来然后塞进浴室里。

雾蒙蒙一片连个人影都看不清，手突然被抓住，往里拽了一下——

“玩火？”

“不是玩水？”

湿漉漉的头发紧贴在如玉的肩膀上，卸了妆的眉眼里多了份清纯，这个时候贴上来的池亦然总是让江景川拿她一点儿办法都没有。

长夜漫漫，一夜旖旎。

第二天一早，叫醒池亦然的是手机视频通话的铃声，她哼哼唧唧地翻了个身，光着的大长腿直接往江景川身上招呼——

“接电话啊……”

“是你的。”

这么一听，好像还真是。捂着被子起身，摸索了半天找到手机，一看是闺蜜们来电，池亦然整个人精神起来，衣服都来不及穿卷着被子就往隔壁房间跑。

跟男人同居了的这件事，她还不敢跟俩已婚妇女讲，怕她们思想不够开放一时接受不过来，杀来芬兰不要紧，如果带着家属一块过来，她才最怕。

现阶段她虽然已经摆脱了单身狗这个身份，可闺蜜们秀起恩爱来，她仍旧招架不住。

“老池，怎么那么久才接啊？”

视频里出现林为安跟温时的脸，看环境应该是吃完午饭约着下午茶，瞥见池亦然裹着一床被子，温时纳闷儿道：“你什么时候开始有裸睡的习惯了？”

一大早打视频过来问这种问题？

池亦然困得睁不开眼还得强撑着：“你管我这个干吗，裸睡对身体好？”

“老池，这个时间点你怎么还在睡觉啊？”林为安举高了自己手中的咖啡杯，“我们都吃完午饭，开始喝下午茶了。”

“时差啊，大小姐，我们之间有五个小时的时差。”嘴上这么说，可池亦然还是心虚地瞥了眼屏幕右上角的时间，才八点多不到九点，立马硬气了几分，“还不到九点就打电话来扰人清梦！”

“是清梦还是春梦，那可说不定了。”

林为安为人妇后总喜欢用这么暧昧的语气来说话，对此，池亦然除了及时管理面部表情不让她们看出什么端倪以外，别无他法。

闺蜜间的聊天通常都是身边的人发生了什么八卦，白城又开了哪家甜品店还不错，最近某某牌子上新的衣服很好看……

像今天，则是讨论着电竞圈里主持人之间的八卦关系，换作从前池亦然肯定是叽喳叽喳说个不停，所以今天才会第一时间视频她一起加入。结果倒好，林为安讲得声情并茂，连带着从不关心游戏圈的温时都听得津津有味，反倒是池亦然，一个瞌睡接着一个……

“老池，老池你在听吗？老池？”

“嗯？”

“都流口水了！”

池亦然下意识抹了一把嘴角才发现上当了。

“有情况！”林为安立马坐直了身子，把脸贴到屏幕前盯着池亦然看，“你是不是有男人了？”

池亦然：“……”

“看看，看看，没有立马否认！那就是有了！不得了了啊，池亦然，你居然谈恋爱了都瞒着我们，怪不得前段时间的朋友圈总发些暧昧不明的文字，连带着自拍都好看了许多。快老实招来，男朋友是谁，老外？什么身份的？”

查户口似的追问让池亦然眼前发黑，连声否认之后第一时间把视频挂断，还迅速调成静音无视后面接连打来的电话。

原本还打着瞌睡的人彻底清醒了，捂着被子起身，刚打开房门就看见靠着墙壁眯着眼的江景川——

“你不出声站在这里干什么，吓我一跳。”

池亦然捂着胸口，仰头看身旁的男人，只见他睁开眼，深邃的眼眸里没有半分情绪，反倒多了丝冰冷。

再想细看的时候，人却已经走开了。

“路过而已。”

路过？

池亦然摇了摇头，没多想，卷着被子光着脚往屋里大床跑去，她并不知道几米开外的江景川正回过头若有所思地看着她。

被吵醒想要再睡一个回笼觉对于池亦然来说是比较困难的一件事，卷着被子在床上翻来覆去好半天，人却越来越清醒。

直到江景川晨练回屋洗澡换衣服，听着水声，她这才懒洋洋爬起来。把丢在地上的衣服一件件捡起来折叠好放在床榻上，从衣柜里取出一件丝绸长裙随意穿上后就往浴室里走去。

门被推开，紧接着来人大大咧咧地站在洗浴台前刷牙洗脸，正举着花洒洗澡的江景川深深看了一眼后转过身留一个后背给池亦然。

“躲什么，我又不看你。”透过镜子看见江景川的小动作，池亦然刷着牙模糊不清地不屑道。

“嘴上说着不看，不是还瞧了，不然怎么知道我躲了。”

平日里就是在这样细小的问题上，两个人也要争个输赢。但今天池亦然意外没有接话，洗漱完就迅速溜出去。

“有猫腻。”

只需要一个小动作，江景川就把池亦然给看透了。洗完澡走出去，卧室里空无一人，窗台边的薄纱随着风一下一下荡着，连带着卷起桌面上的文件纸。

桌面？

江景川擦着头发快步走过去，随意扫了一眼就知道缺了打火机。池亦然会抽烟，是同居之后他才发现的，从她抽烟的姿势还有吐烟圈的动作不难看出，烟龄不短。

虽是纨绔子弟出身，身边爱玩的发小也不少，但江景川这人有原则，不是跟自己有关的女人他不管，但凡跟自己沾上点儿关系了，那他就见不得她有坏习惯。

“咳咳咳……”

老烟杆抽烟被呛了一口可以说是犯低级错误了，池亦然捂着心口靠在栏杆边，一边咳一边擦眼泪。

“心虚了？”

江景川走过来，一把夺过她手中的烟直接掐灭在花坛里：“不是答应我了会戒烟？”

正想着事情，玻璃上就映出江景川的身影，像他说的那样因为心虚，她一下就呛到了。池亦然哑着嗓子红着眼，带着鼻音质问他：“走路能不能有点声音，吓我一跳。”

“我要不这样抓你，怎么人赃俱获？”江景川站在池亦然对面，靠着墙壁抱臂看她。

“什么人赃俱获说得这么难听。”

池亦然抓了抓头发，心虚地移开目光，她也是一时嘴痒。自从跟江景川住在一起，很多生活习惯都变了，他不喜欢她穿超短裤，也不喜欢她抽烟喝酒，势必把她往窈窕淑女这条路上带。

可是，烟这种东西，不是说戒就能戒的啊，够义气的话，他也一块戒了嘛。

“谁让你把打火机放桌上的，这不是故意引诱我嘛。明知道我现在在戒烟的初期，最容易动摇了你还这样。”

“赖我？”江景川淡瞥她一眼，勾了下嘴角，不经意低头看——

小家伙正光脚站着，涂着深棕色指甲油的脚趾跟反光的大理石地板形成鲜明的反差，越发衬得她趾凝如玉。

“谁允许你不穿鞋光着脚跑来跑去的？”

看看看看，又管她！

“我都不清楚自己是交了一个男朋友呢，还是多了一个爸爸，你怎么管我管上瘾了？这么热的天光着脚多舒服。”

池亦然瞪圆了眼睛，扯了扯衣襟盖住有些裸露的肩膀，生怕下一秒就会被指责衣衫不整了。

“你体寒你自己不清楚？平日里细节上如果不注意，受罪的是你自己。”江景川将自己脚上的鞋脱下踢过去，“穿上。”

“你把鞋子给我了，你自己呢？”

“怎么，你有更好的办法？”江景川轻挑眉眼，这时候如果让她自己去找鞋子穿，顶多就是借机跑掉，下次遇见了还是光着脚。

办法嘛……倒是有一个！

池亦然眯着眼狡黠一笑，在江景川没反应过来之前一蹦，像只考拉一样直接挂在他身上。长腿盘着他的腰，双手扣在他后颈处，呵呵呵笑着的时候热气直往他脖子上喷——

“江景川，这是不是个好办法呀！”

真是妖精！

双手托着池亦然，生怕她滑下去摔倒了，这刚健完身回来，洗完澡肌肉都还是紧绷着，根本容不得某人那一下一下地撩——

“池亦然，我警告你，大白天的别对我动手动脚，不然有你好看。”说完，他手上的动作跟着。

长这么大，池亦然就没被人打过屁股，一时涨红了脸鼓着腮帮子老半天，被盯得说不出话。

刚被丢到沙发上，还没来得及跟江景川理论这个像丢垃圾一样的动作时，手机就响了，一看是工作室的电话，池亦然赶紧接通。

昨天熬了一整天，今儿这才晚几个小时助理就开始着急了。听着她语速跟机关枪一样嗒嗒嗒不停，池亦然都能想象她捧着笔记本在办公室里走来走去焦急踱步的样子。

“小良，你不要急嘛，我又不是不工作。白天我在家把设计稿收尾部分做完传给你，晚上我会亲自去一趟工作室，看一下上一次设计图成衣。每天的工作量那么多，我们总不能一口吃完吧？”

“我就是看你一点都不着急啊，快快快。”

“皇上不急太监急。”池亦然咕哝了一声把电话挂掉，抬起头来看到站在一旁的江景川，还不忘使唤他把书房的电脑抱过来，“我就在这儿办公了。”

一天的工作又开始了，忙起来的池亦然跟那个爱打趣爱捉弄人的小妖精完全不同，平日里露出狡黠目光的眼神如今只有专注跟真挚。遇到棘手的地方，眉头紧蹙，一下一下咬着嘴唇。

原本坐在沙发另一边玩手机的江景川忍不住将镜头对准她，借着透过落地窗照进屋子的光晕，基本不用修图就是手机壁纸的水准。

时间一分一秒地过去，池亦然进入了忘我的工作境界，即便是江景川走来走去，她的眼皮也没有抬一下更别说是看他一眼。直到传来一股香气，烤鳗鱼？红烧排骨？

“江景川你干什么呢，你影响我！”

餐厅里被点到名的人手抖了一下，筷子打到牙龈上，疼得他捂住腮帮子。

池亦然什么都好，就是在美食面前没有什么抵抗能力，上一秒还认真工作，下一秒把电脑一丢鞋子都不穿就往餐厅里跑。

“有好吃的你居然不叫我？”

“你不是在工作？”江景川指了指墙壁上的大英时钟，“都这个点了我就直接点外卖，你的份我帮你保温着，就等你工作告一段落过来吃。我过会儿还有个约片就没等你。”

“这样啊……”

池亦然这才注意到江景川已经换了一套衣服，腕表都戴上了，看样子的确要赶时间出门。她对自己一工作起来就忘记全部的样子表示很抱歉：“那你赶紧吃吧，我去洗个手就过来。”

“好。”

江景川的工作比池亦然轻松不少，最起码他旅游回来等待他的不会是积压了一堆的工作。对于那些找上门来的约片，他也是挑三拣四只选自己想要拍的风格接，在这一点上，他倒是让池亦然挺羡慕的。

“我走了，晚上见。”江景川收拾完相机跟镜头，出门前在池亦然额头上印下轻吻。

家里剩下池亦然一人，刷碗洗衣服晾衣服，打扫完卫生重新冲回到沙发上，无视助理小良发来的未读消息，重新看了一遍原先的设计稿。总觉得旅游回来后，风格跟从前有所不一样，特别是在一些小细节上，可就是说不清楚哪里不一样了。

检查了一遍确定完稿后，池亦然将设计图打包做好标记发给助理小良，大约过了半个小时，电话就来了。

“怎么样，我说了今天会交稿吧？”

“Yizzan，你最近是不是有什么好事情瞒着我啊？”小良语调里藏着些许调侃，作为池亦然的贴身助理，跟她相处了这么久的时间，她以往的作品是什么风格，说句毫不夸张的话，仅仅是一根线条，小良都能一眼认出来，那就是池亦然的笔触。

可自从旅游回来，交上来的设计图里总有那么一两处地方跟从前不太一样，不是线条变柔了，就是细节处的点缀，还有作品的上色，都变得更有女人味了。

“谈恋爱了？”

助理小良一问，池亦然吃水果差点呛到，连忙捂住嘴克制着生怕咳出声来。

“怎么，被我猜到了？我就知道。你看看你这个用色，你从前可都不碰粉色系的，说什么太女人了，不适合你这种强调气场的人。虽说这次合作的明星风格跟这个挺合适，但你本就不是会考虑明星本人的性格。哪一次不是别人来尝试你的风格，什么时候轮到你为别人改变自己了。”

不就猜中她谈恋爱了这件事情嘛，犯得着搬出这么多乱七八糟的道理来？

“你见过哪个明星上杂志封的时候风格都是一样的？人总是会变的，我现在就喜欢这种柔软的风格，怎么，有哪里不对劲吗？”

她又不是画得不伦不类，风格是换了，但严谨的态度没有换啊。

助理小良摇了摇头，笑着：“没有不对劲的地方，就是工作室里一水的妹子都沸腾起来了。要知道这种直击少女心的设计，谁不喜欢？先不说了，我去追一下进度，你下午会来工作室吧？谈一谈刚到的成衣有什么需要修改的地方，距离送展的时间不远了。”

“嗯，待会儿就过去。”

“那晚点儿聊。”

“好。”

结束通话后，池亦然重新拿起电脑来审视自己这段时间来的作品，唔，好像……是有那么点小女人的意思。

这还不都怪江景川那个人！

自从他们住在一起，池亦然只要在家里画设计图，他总会凑过来看上一两眼，还不到三十而立的年纪说话总是一板一眼跟个老干部一样地指挥她：“就这里，对对对，就这一块，线条太硬了。哎，这边，你一个女孩子家家的怎么老喜欢这种冷色系，柔一点好看。”

每次他在自己耳边唠唠叨叨的时候，池亦然就想把他给丢出去，但冷静下来细想他提出来的建议，发现修改完的效果的确比最初的要好很多。每每这时候，她狗腿地笑着想要巴结江景川，某人却连个正眼都不给，只顾着修图。

两个人都从事艺术行业，从某个角度看也是有好处的，他们因为灵感碰撞而在一起，也会因同样的视觉敏感而帮彼此的作品添一抹灵性。江景川的摄影作品有没有因为她而获得称赞，池亦然不知道，但他帮她指点过的作品在秀场上大获全胜这件事，却一点儿都不假。

前前后后忙碌了将近四个月的时间，在米兰举办的国际高定大秀上，池亦然的“缠绵”系列获得了 Deutsche Bankaward 大奖。彼时助理小良问她是不是应该庆祝个三天三夜，她却提着裙摆在酒店走廊奔走，一心想要赶紧收拾行李回芬兰找江景川。

算一算，为了这场秀，她出国这一个多星期可都没有见过他，想念的感觉渗透身子骨每一个角落，都快撑不下去了。

婉拒同行们的盛情宴请后，池亦然坐最快一班飞机赶回赫尔辛基，落地后先回家洗漱打扮了一番再前往江景川的独立工作室。

与原先刚来芬兰时不同，半年时间，江景川已经拥有一个小型工作室，日常接片、处理摄影作品并没有问题，不用再跟池亦然抢着家里仅有的一间书房。

循着印象找到工作室的时候，池亦然不由得佩服自己，要知道在一起半年多时间里，除了最初定地点看装修以外，工作室正常运营后她都没有来过，实在是太忙了。庆幸的是，这里的工作人员并没有忘记她，在她推门进来后便笑着跟她打招呼，嗨，Yizzan，Chuan 出外景去了。

“Chuan”是江景川的英文名字，池亦然为此还吐槽过，不是一般的没文化。

还没有正正经经见过他工作时候是什么样的池亦然，好奇地要来外景地址，顺路还买了些点心想着好好尽一尽女朋友的职责。

只是……

正经人家的拍摄怎么是在私人别墅里？外景，难道不是那些山啊、水啊，充满自然风光的地方？

落地窗，白纱，床榻甚至还有泡泡机。

池亦然双手抱臂看着人群中围着的那个用力过度摆着妖娆姿势的女人，咦，有点脸熟。

前一阵儿，国内流行青春校园剧，捧红了不少小鲜肉跟小仙女，薛菲就是其中之一。

阳光照在泳池上，呈现出一片波光粼粼。女人着一身丝绸长裙，开衩口一直延伸到大腿根，稍一抬腿，露出白皙的肌肤仿佛反着光。

“啧啧啧，这腿我可以玩一年。”

“说什么呢，哪里轮得到你，看，人家摆明是冲着老大来的。打从一开始目光就没从老大身上移开过，就说她选的这衣服吧，开衩、大露背，你说没点心思我肯定是不信的。”

现场的工作人员交头接耳议论着，两个当事人却跟没听见一样专注着自己的工作。江景川调着镜头换着角度，借用落地窗玻璃、泳池里的水，还有沙滩椅，给薛菲拍了不少张照片。

“可以了。”

助理拎着一件外套迎上来帮薛菲披上，江景川则朝另一边的工作台走去，用电脑查看方才拍的片子，他习惯性抓过桌面上的烟盒，从里面抽出一根，点燃。

“可以给我一根吗？”

一股淡淡的香水味夹着一声娇滴滴的嗓音，从方才江景川就想问了，这款香水是什么牌子的——

以后一定不能买给池亦然，太难闻。

心里头有想法，面子上却还是装出一副嬉笑的样子，江景川抬起头来看薛菲，吸了一口烟，朝她吹了一个烟圈。

“怎么，初恋女友人设还会抽烟？”

“那都是电视里演的，江大摄影师，你不会还觉得我是十八岁刚进大学校园的小姑娘吧？”

薛菲说话的时候，还不忘把身子俯低来，耷拉着的领口若是碰上有心人，是什么便宜都能占了。

但江景川不是，他指尖夹着烟，扯扯嘴角，目光落在电脑屏幕上那刚拍完的照片，不论是从眼神、动作还是衣服，那一份媚态哪里是十八岁那个年纪该有的。

“哇，不愧是江大摄影师，拍出来的照片真好看。”

薛菲见他没给自己烟，也不慌，自顾自地把手搭在了江景川的肩膀上，凑近了看屏幕上的照片，距离近得说话的时候，热气都往他的脖颈上喷。

惹得旁边的人纷纷尴尬地别开眼，有些喜欢看戏的，就偷偷瞥一眼瞧一瞧，再抖着肩膀笑。

离得太远，两个人凑在一起亲亲密密都说了些什么，池亦然是一个字都没听清，反倒是那些交头接耳、低头窃笑着的工作人员，提醒着她再不上前，头上就要栽一片青青草原了。

高跟鞋在青石板台阶上愣是踩出了一段有节奏的声响，不少人回头看，有认出她来的，也有着急着上前拦住她问身份，指明了拍摄现场无关人员请离开。

无关人员？

池亦然一笑，将脸颊边的发丝捋到耳后，露出的不规则的方形耳环，棱角线条衬得她脸上的表情冷硬了几分。

“我是江大摄影师的朋友，是被请来帮忙的。”

帮忙？

工作人员上下打量了她一番，休闲款条纹西装长及脚踝，衬得身形高挑，脚踩一双八厘米的尖头高跟，更显得气场强大。

池亦然的五官不是网红脸，反而是线条立体，棱角分明，一眼就会觉得这个人真好看。

“Yizzan，你是来找老大的吗？”

就在这时，有人喊了池亦然的名字。

工作人员转过头就看见江景川的助理急急忙忙赶过来，解释了一番。

“快看，这个女人是谁啊？”

突然多了一个人，还是江景川的助理亲自领着，现场的工作人员都开始小声议论起来：“长得比薛菲还好看呢。”

“能让江景川助理毕恭毕敬带着的人，兴许是女朋友？”

“就她身上这件外套，条纹休闲款西装，我上一次在杂志上看见过。MO.COOL 今年的新款，这个数呢……”

有一人比画了五个手指头，惊呆了一众八卦者。

池亦然不是没有察觉身后的动静，只是不太在意，目光落在不远处正工作的江景川身上，眯了眯眼。

走近了，助理正准备打招呼。

“嘘！”

池亦然拦住他，瞥了眼像 502 胶水一样黏在江景川身上的薛菲，鬼主意上来，把外套脱下递给助理。

大露背的睡衣风衬衫！

天啊，助理连忙转过身去，拳头抵在唇边轻咳了几声。

动静引起了江景川的注意，待他抬起眼来，先看见的是一双又长又直的腿，搭配着黑色尖头高跟鞋，柔软中带着一抹硬色。

那双长腿俏生生地立在那里，主人则双手抱臂，好整以暇：“江大摄影师真是好行情呢，约了我，怎么还有其他小姐姐在？”

其他小姐姐？

薛菲抬起头来对上池亦然的眼，不慌不忙地站直了。

“你怎么过来了？”江景川欣喜起身，掠过薛菲径直走到池亦然面前，手搭在她纤细的腰间，凑近是呼吸可闻的距离。

长睫毛下的眼睛一眨不眨盯着眼前的男人看，意识到身旁还站着另一个人，睫毛一颤，越过江景川的肩膀，池亦然看向薛菲。

原先离得远也认不清楚这人是谁，走近了这才确定，还真是前段时间微博上卖力炒人设的“初恋女友”呢。

“薛小姐也来请景川拍‘私房’？”池亦然故意做出一个环视四周的动作，“来时也没看见有什么私生饭追着，先前也没有在网上看见过通告说要拍片，以薛小姐近日的人气，恐怕这是私人行程吧？”

原先见她通晓自己身份时，薛菲还扬高了下巴装出一副高人一等的样子，结果听到后面说没有粉丝，脸色瞬间有些难以自持。

池亦然人还靠在江景川身上，却装出一副不怎么熟的样子，装模作样地低头看腕表上的时间：“摄影师，我只有不到两个小时的时间能给你，够拍吗？”

江景川微微挑眉看她，想知道葫芦里卖的到底什么药。

“对了，能不能帮我买杯咖啡，有点渴了？另外，这个场景我不喜欢，太俗气了。泳池沙滩椅，这不是那种日本三流杂志封面标配版？”

一句话让在场所有人都怔住了，敢当着薛菲的面这么说的人恐怕除了池亦然没有第二个。

江景川知道，池亦然明显是故意的，他不拆穿也是想看看她到底要演些什么。

而站在一旁的薛菲却被“三流杂志”这几个字刺激得脸一阵青一阵白。

要知道这段时间可是她的上升期，虽然不是科班出身也不是演上星电视剧出道的，但也靠网剧大红大火了一阵儿。前些日子出的榜单上，她的数据可是同期新人中最抢眼的，甚至可以说直逼眼下当红的四小花旦。

别说是拍个杂志封面了，已经有不少的IP电视剧投来邀约说要让她演女一号。就这样的人气实力，今天被说成是日本三流杂志封面模特。

想到这里，薛菲气就不打一处来。

娱乐圈里多的是美女，眼前这个虽然气质出众，但说到底也是个没名气的，见都没见过更别说是听说过。

被这女人这样一搅和，不明状况的人还以为她才是地位落下风的呢。

想到这里，薛菲走上前一步，朝池亦然微微一笑，露出一副大方得体的样子："这位小姐恐怕拍多了'私房'，不知道我们大摄影师也是能拍时下当红杂志封面的。也是，什么人见过什么世面，有些领域不熟悉也就罢了。今天托摄影师的福，照片拍摄得很愉快，希望以后还能有合作的机会。毕竟人嘛，都是要往高处走的，江大摄影师你说是不是？"说话还不忘动手动脚的。

见她把手指都搭在江景川的肩膀上，池亦然就想把它一根根拧断。

什么叫作人往高处走？什么叫作没见过世面？她合作过的大牌明星多了去，傲气的也不少，只是像这种小明星刚冒出头就装出这股傲气，她也是看不惯了。

"薛小姐这话说得，私房照这种掉价的我从前也是不碰的，只是今日在现场见到薛小姐的拍照姿势，您都可以拍，那我尝试一下未必不行。要是有姿势摆得不专业的地方，趁薛小姐在，还可以跟您请教一番呢。"

"你……"

一口一个您把刚满二十岁的薛菲叫出了四十岁的感觉，也难怪她脸色这么难看了。可池亦然就跟没看见一样，瞥了眼电脑上的照片，泳装，开衩长裙，不论从哪个角度看都透着一股廉价的撩人气息。

拍的都是些什么乱七八糟的。

"江景川，我们去屋里拍！"池亦然最后一眼看向薛菲，嘲弄地弯了下嘴角，动她的人？痴心妄想。

"她是谁啊？"江景川看都没多看她一眼就被带走了，薛菲气鼓鼓地回头质问江景川的助理。

小助理也是机灵得很，抱着池亦然的外套连连摆手：“薛小姐您先坐会儿，我去买咖啡，Yizzan 说了，她口渴想喝咖啡。”

话音刚落，人溜得跟踩了风火轮似的。

Chapter 05

温柔不止背叛不休

这边，池亦然把江景川拉进房间里就不管了，自顾自走到大床边坐下。

“想拍哪种？把衣服脱了只盖被子或者只用窗帘挡着的？”

一进门来江景川就开始取景，倒还真有点像是要给池亦然拍写真的架势，实际上如果仔细看，他低着头时嘴角都是抽动的。

这两人就是这样，演起戏来拼演技，谁都不想第一时间落下风。

但今天池亦然显然是没有这个心思，进了房间就没有第三个人了，把脚一叠，手肘支着，抬起头来看江景川：“有意思吗，拍私房照？”

交往这么长时间，她都很少去看他的作品，后来开了工作室，从走廊上挂着的照片看，有风景的也有人物的，有凸显个性的也有独具艺术风格的，但像今天这种，在外面她用日本三流杂志封面这几个形容并不是负气，而是事实。

泳池、沙滩椅，衣着裸露的女人。

“你什么时候还给人拍这种写真了，我怎么不知道？”

江景川挺惊讶，毕竟在工作这方面，他以为不互相打扰跟干涉是心照不宣的。毕竟做艺术这一块，不能保证每一次都中规中矩来，肯定是所有风格都会涉及。杂志除了风尚杂志以外不也有男人杂志？消费者说什么了吗？没有吧。

背靠着书桌边沿，江景川把相机放在一旁，笑着看向池亦然："吃醋了？方才在外面我可是一句话都没有说就站在你这边，任由你发挥的。"

"十二分钟三十秒。"池亦然敲了敲腕表。

江景川不明白："什么？"

"你让她靠在你身上十二分三十秒，江大摄影师是不是对自己的魅力非常得意？我今天要是不来的话，进这屋里拍床照的人就是她薛菲吧？"

江景川用舌尖舔了下嘴角笑出了声："吃醋了？你终于也有这一天了。从前你回家跟我炫耀摸了男模特八块腹肌的时候，我什么感觉你现在知道了吧？"

池亦然："……"

"角度问题，她不敢靠我太近，最多就是肩膀被碰了一下。"说到这里，江景川径直把身上唯一一件衬衫脱了下来，露出肌肉线条，再大步走到池亦然面前。

她坐在床上，视线角度刚好就在他胸肌上。只要他手轻轻一搂，她整个人就会直接栽到他怀里。

"突然脱什么衣服？"池亦然别开眼。

"你今天的飞机回来？工作室都没有回就直接赶过来了？"

"不然呢！"说到这里，池亦然才更生气，第一时间想见的人是他，眼巴巴过来想给个惊喜，结果倒好，变成了他给她惊喜。

都不知道她不在的这段时间里，他给多少女人拍了私房照，赶明儿有时间她一定要去工作室好好搜一搜，家里不敢藏照片，工作室里一定有！

“别生气了，我见到你也很开心。”江景川抱住池亦然，闭上眼睛深呼吸属于她身上才有的气息。要知道，从见面第一秒开始，他就想要这样抱紧她了。

“我很想你。”

等看见人从屋里出来已经是一个多小时后的事情了，现场工作人员散去不少，薛菲也早就走了。助理正坐在电脑面前看照片，听见声音抬起头就看见江景川搂着一脸娇羞的池亦然走出来。

池亦然那表情是什么情况，前一秒进去的时候还是社会大姐大，这出来就变成温婉小女人了？

果然老大哄人还是有本事的，小助理默默站起身来。

江景川交代：“今天的拍摄就到这里了，你负责后续工作，照片你修。”

“我？我来修？”

助理像是听见了什么天方夜谭一样，跟在江景川身边工作这么久了，什么时候大老板拍的照片轮到他来修了。再说了，对方的咖位还是薛菲，这要是修得不好，可就是砸掉了招牌啊。

“小伙子别这么容易就被吓到了。”池亦然瞥了眼电脑上显示的照片，指了指，“拍得不是还可以吗？你就在这个基础上修一修不会搞砸了的。用不着什么人什么照片都让江景川来修，少看点儿这种不正经的照片有利于他身心发展。”

江景川：“……”

小助理：“……”

江景川咳了一声想当作没听见，小助理连连点头赔笑，他算是听出来了，也就是池亦然不同意江景川给薛菲修图，这差事才会落到他头上。

既然这样，他就答应下来了，积累点儿经验也可以。

走之前，江景川趁池亦然不注意，将衬衫一把塞进助理怀里，低声吩咐：“扔了。”

“哎？”

这衬衫好好的啊，怎么就要扔掉呢？小助理展开来抖了抖也没发现有什么问题，但老大吩咐的，他还是照办的好。

就这样，才穿过不到五次的衬衫就因为被薛菲碰了一下，江景川就直接扔掉了。事实上，就算池亦然不来，不说，他也会这样做。

在女人这方面，他并不是外界看得那么孟浪。

回国的行程订在两周后，处理完工作室里比较赶的任务后，池亦然订好机票，跟助理小良两个人的。

她跟江景川提起过一起回白城的事情，意料之外，他竟然连想都没想就拒绝，说是接了一个什么拍摄任务短期内无法离开。

嘴上说着没关系，但心里总觉得空落落的，可能是虚荣心在作祟吧，她谈恋爱后第一次回白城，闺蜜们都成家了，好不容易有个男朋友也是想带回去，不至于秀恩爱时又留她一个人拿镜子假装补妆。

现在好了，她又得接受一次狗粮暴击，但愿工作忙一点，这样她就不用跟林为安还有温时待太久了。

杜蔓莎是华娱近年来力捧的女明星，去年年中开始作品就跟井喷式呈现在荧幕前，光是卫视上星剧就有三部，其中一部还是跨年巨作。因为低调的行事风格还有稳扎稳打的演技，虽是小花旦但还是广受好评，都在说这百合奖的新人女演员肯定是她，万一运气好一点儿，能拿下最佳演技女主角也说不定。

所以这一次颁奖典礼，杜蔓莎工作室非常看重，几乎是第一时间就联系了池亦然，希望由池亦然来为她设计高定晚礼服。

原本池亦然是不打算答应的，她手里头的设计单太多，但一通电话令她不得不改变主意接下了这个任务。

这通电话的主人就是新晋 90 后影帝奕忻，她的亲弟弟。

“亲自来机场接我，看样子你对这个杜蔓莎还真是上心了。臭小子，你忘了咱爸说的话吗？不准找演艺圈里的人当另一半，难不成你真打算跟他杠到底？”

从芬兰回白城，上飞机前就接到奕忻打来的电话，说什么要亲自接机，池亦然怕极了那围得水泄不通的长枪大炮跟粉丝，最担心的还是会跟自己的亲弟弟传绯闻。可不论她怎么拒绝，奕忻就是要来接。

这不，刚从通道里出来就被他的经纪人带走，连带着一脸雾水的小良也被塞进保姆车里。

“谁说我对她上心了？我眼光有到这个地步吗？不过是欠了个人情，不得不还罢了。”奕忻摘下口罩，旁边呆坐着的小良差点尖叫出声——

“奕……奕……奕忻？”

奕忻闻声鄙夷地看了小良一眼，指着她难以置信地问池亦然：“你找了个口吃当助理？脑子被门夹了？”

池亦然：“……”

小良：“……”

以助理小良的脾气，这会儿要不是在保姆车里施展不开手脚，她早就招呼过去了，什么口吃？对于初次见面的人，有这样不懂礼貌的？

“你懂点儿礼貌行不行？她叫小良，不是口吃，是见到你太震惊而已。”池亦然白了奕忻一眼，扭过头平淡地跟小良解释，“认识一下，这是我经常提到的，那不务正业头脑简单的亲弟弟奕忻。”

不务正业？

头脑简单？

奕忻气炸了：“说谁呢你！”

池亦然置若罔闻，仿佛早就习惯了奕忻这个动不动就想要折腾起来的性子。

反倒是小良，嘴巴张得跟能塞进一颗鸡蛋一样，指着奕忻看了看他又看向池亦然，天啊，跟在池亦然身边工作这么些年了，都不知道这么爆炸性的消息。还有这个奕忻是怎么回事？动不动要打架的模样跟电视剧里的谦谦公子，完全不一样好吗！

“可是，你们姓氏不一样啊……莫非……豪门秘辛？”短短几秒钟内，她的脑海里早已编排出几百万字的豪门小说。

“亲姐弟好吗！同父同母好吗！”奕忻忍不住喊了两句，一巴掌往自个儿额头上拍，紧接着看向池亦然，极度认真地开口，“考虑一下，换个助理怎么样，我给你介绍。”

“别闹了。”池亦然将手机收到包包里，摁了摁太阳穴，有些疲倦地闭上眼，“让我休息一下，别吵。”

小良这才注意到，从下飞机到刚才，池亦然好像一直在看手机，似乎在等什么人的消息似的，对了，江景川！

她们从登机到落地，再到现在坐上了保姆车离开，这么多个小时里江景川一个电话都没有。

回白城是为了工作，所以池亦然并没有回家，在奕忻安排的一个小公寓里住下。

把她送过来，赖了一顿晚饭后奕忻就因为通告先离开，走之前还不忘叮嘱她在杜蔓莎晚礼服设计这件事情上多上点儿心。

积极的态度令小良很是怀疑，这两个人之间是不是有猫腻，要知道娱乐圈的八卦可是这个世界上最有趣的话题。

更何况她是第一次这么近距离跟男明星接触，从前虽说因为工作也接触过不少，可那时候她忙前忙后看的都是明星的背面，哪像现在，还能跟奕忻同桌吃饭。

“你可千万不要对他感兴趣，我跟你说，他就是一个没有教养又毒舌的人。”见小良三句话不离奕忻，作为老板，池亦然不得不善意地提醒她。

小良虚弱地笑了几声：“没有没有，我怎么会对他感兴趣呢，他说我是小结巴啊！就是我很好奇，你不是他亲姐姐嘛，怎么把他说得那么坏？”

没有教养，又毒舌？

池亦然一点儿解释的兴趣都没有，挥了挥手：“等以后你就知道了，他荧幕前的样子都是装出来的。”

小良：“……”

是亲姐弟吗到底?

回到房间里，池亦然捧着手机瘫倒在床上，摁亮屏幕又关掉，摁亮又关掉，重复着这个动作好几遍后索性把手机丢在一旁。

二十个小时过去了，江景川还没有联系她。

算着时间，池亦然给江景川打了一通电话，却不想被对方挂断了。这从未有过的情况让她眼皮一跳，嘴唇不自觉抿起来，等再打过去的时候已经是关机状态。

池亦然霍地站起身，抓紧手心里的手机，女人的第六感告诉她并不是江景川遇到了什么危险——

她太清楚这个男人的魅力了，也太了解他来者不拒的性格，可是她以为这么长时间相处下来他不会再流连过去花丛声色的生活。

显然，是她太自信了。

疲惫的倦容下是无力感，池亦然将手机丢在一旁，捋着头发往窗台走去，望着夜色深呼吸试图想要说服自己，这本来就是场来去自由的感情，成年人的世界从疯狂开始，怎么能轻易被困住。

第二天，小良过来敲房门的时候池亦然还在睡，扯开帘子指着正当午的太阳问她还要不要过日子了。事实上，池亦然是天色泛起鱼肚白的时候才躺下的，嘴上说着不介意，可就是把江景川的事情翻来覆去想了一整夜。

“杜蔓莎的助理打电话过来了，说是下午五点钟有空，想约我们吃顿饭顺便把尺寸、布料跟大概板型概念谈一谈。”

小良捧着笔记本把日程说了一遍，她们能在白城待的时间不长，从前能拉伸成一周来完成的任务现在是要压缩在三天内解决。更何况，杜蔓莎通告都快安排不下了，能腾出来的空隙也就这点儿时间，不抓紧，招牌就要被摔了。

“吃饭就不用了，跟他们说把数据直接报过来，至于想法跟要求见面再谈。”

池亦然抱着被子不情不愿地坐起身，刚一抬眼，就把小良吓了一跳：“你这黑眼圈，看我，看，都到这里了。”顺手比画了一下，夸张到平日里擦腮红的位置。

池亦然白了她一眼，随便找个借口准备搪塞过去：“我倒时差，刚回来还不习惯。”

“谁信呢。”

小良嘀咕一声，努了努嘴。

池亦然没心思继续跟她贫下去，起身选了套衣服往浴室里走去，门刚关上，放在床头的手机就振动起来。

小良瞥了一眼来电显示，江景川。

热恋中的情侣备注一般不都是什么“哈尼”啊，“宝贝”啊，“老公”之类的吗？来到池亦然这里居然是这么生硬的称呼，联系人列表里都要滑到很下方才能找到吧？

“Yizzan，江摄影打电话来了。”

回应她的除了哗啦啦的水声以外并无其他，这时振动停止了，小良低头一看这才发现来自江景川的未接来电居然有二十五个——

很显然，这两个人吵架了，而且池亦然并不想接电话。

“就知道不靠谱……”

小良把手机放回原处，摇着头离开房间。

杜蔓莎工作室同意把见面的时间缩短，讲究效率地把想法跟条件直接摊开来说，池亦然去到的时候，大明星人已经在休息处等着了。

“Yizzan 你好，很高兴这一次能有这个机会跟你合作。”杜蔓莎微笑着起身打招呼，不论是身体动作还是脸上的表情，在娱乐圈这个鱼龙混杂最不缺演技的地方里，算是很真诚了。

池亦然勾了勾唇，示意助理小良把几款造型图递给对方看，嘴上不忘客气几句：“奕忻开口介绍的人，我不敢怠慢。”

提到奕忻，杜蔓莎的表情发生了细微的变化，甚至嘴角都有些僵硬，她下意识地看向助理的表情被池亦然收入眼底。

看样子她本人应该对这个牵线搭桥的过程不知情，不过也不重要了，池亦然看了眼腕表上的时间，对其他人的八卦她向来不感兴趣——

“准备好了的话，我们开会吧？”

会议进行得很顺利，这是意料之外的，毕竟娱乐圈中刁钻的明星多的是，像颁奖典礼这种大场合一年能碰上的次数屈指可数。没有作品的话连走红毯的可能性都非常小，特别是对于女明星来说，走一次红毯就跟打一场战一样，铆足了劲要拼头条。

那，怎么拼呢？

从作品热度下手或者从绯闻上找噱头，这都没有一套合适的晚礼服来得吸引眼球。所以明星跟她的团队对于这件高定的看重程度绝非是能用一两句话来形容的，池亦然就遇见过一套衣服，细小到珍珠要缀多少颗都得选个吉利数字的团队。

而像杜蔓莎这种给个大致方向就撒手不管的，还是少数。

“合约后续细节，小良你跟他们谈，我出去抽根烟。”

池亦然心情本就不算好，坐下来一谈就是两个多小时，空调吹得她脑袋嗡嗡作响。借着抽烟借口出来透透气，一方面也是想看看吃闭门羹的江景川还有没有联系她。

“不接电话是为什么，不要让我担心。”

这是最后一条微信内容，指尖往上滑了一下，大致把未读消息都看完后池亦然回拨过去，这一次江景川很快就接了。

“池亦然！”

他很少这样低而怒地吼出她的全名，看样子的确是生气了。

江景川越是生气，池亦然看上去就越是悠闲自得。她把玩着掌心里的打火机，摁着盖子一下打开，又一下关上，清脆的声响跟手机里传来的低沉的呼吸声成了强烈的对比。

“江景川，是你先不接我电话的。”

一个晚上，从她上飞机到落地回公寓前后二十多个小时里她联系不上他。

“怎么，拍私房照拍得乐不思蜀？”

“我只是普通地工作，没你想得那么复杂。你每次出差就是十天半个月，我也没干涉过什么，说过你什么吧？”

从前以为工作环境相当，同为艺术人应该能理解彼此的工作性质，但江景川没想过池亦然也有闹脾气的时候。

听见这样的质问，池亦然慢慢地点了点头。是啊，她有时候出差一走就是两个星期以上，在这个过程里，忙碌起来连吃饭的时间都没有更何况给江景川打电话说一句想你。像电视里演的那样，他瞒着自己出现在酒店房间门口给自己一个惊喜，像这样的梦池亦然不是没有做过，在她闲下来看周围环境发现自己一个人的时候时常就会这样不自觉地想到江景川。

可从她想，到她回的过程里，梦一次都没有实现过。

江景川不是不喜欢她，他会给她发消息打电话，一聊聊到她睡过去了第二天醒来视频通话都没有挂断。

但比起不顾一切来找她，给她制造惊喜的那种喜欢，像这种还是有些肤浅。从前是觉得两个人都不是刚从校园里走出来的小姑娘小伙子，思想伴随着年纪跟阅历的增长都相对成熟了许多，一夜从陌生人到情侣已经算是他们做过的最疯狂的一件事情了，至于其他，是不是不能奢望？

可现在池亦然明白，不能把这种趋于平淡的现状归结为成熟都市人的爱情观，不够喜欢就是不够喜欢，怎么就没胆子承认呢。

“江景川，你不接我电话的时候在干什么？”

“工作。”

“跟女人？”

对面没有回答。

池亦然抿了抿唇，笑着歪过头把手机用顶起的肩膀夹住，腾出手来把烟点燃，抽了一口这才继续说：“能遇见一个薛菲，还会有李菲、张菲。可江景川，我池亦然只有一个，底线就放在那里，希望你不要做出让我失望的事情。”

“我没有。”

江景川回答得干净磊落，这毫不犹豫多少还是安慰了一下池亦然浮躁的心。

瞥见杜蔓莎从会议室里出来，池亦然不方便再继续跟江景川说，匆匆几句便挂断了电话，顺手将烟灰抖落到花坛里，一系列动作做完抬起头，碰巧迎上杜蔓莎的目光。

“Yizzan，这一次的晚礼服就拜托你了。”

“杜小姐客气，费用没少谈，我们也只是做好分内之事罢了。”

杜蔓莎点了点头，好奇地问道：“不知道 Yizzan 你跟奕忻的关系是……”

池亦然眯了眯眼睛，没有立马回答。

“是这样的，我并不知道这一次的合作是他牵线的，这份人情我是一定要还的，就是不清楚他是提出了什么让 Yizzan 愿意跟我合作。”

真有趣，两个人都说到了人情，谁欠谁的倒是一时都说不清了。

“你觉得我跟他之间会是什么关系？”

杜蔓莎：“啊……”

像这种可以一下子撇清楚关系的问题，池亦然却回答得这么暧昧，一时之间杜蔓莎的表情有些尴尬。

反倒是池亦然，抽尽最后一口烟后将烟头掐灭在花坛里，拍了拍手状似不经意：“跟杜小姐想象中的肯定会有所出入，但我们工作室的专业度在圈内都是出了名的，不管牵线的人是谁，我们只对合作对象负责。杜小姐就放宽心等着这一次的晚礼服，至于其他，并不重要。”

杜蔓莎正欲解释，就听见另一边传来小良的声音，工作都谈完了，池亦然还有其他行程一分钟都不能耽搁。

“那这一次就拜托 Yizzan 了。”

“客气。”

离开后，小良第一时间跑到池亦然身旁，神秘兮兮地碎嘴道：“你那会儿一出去，她就开始神色不安了，也没坐多久就跟着出去，怎么样，都跟你说了些什么？”

“打听这么多是你什么时候开始的习惯？”

小良笑嘻嘻地抱紧身上的背包：“我只是很好奇，她跟奕忻是不是那样那样的关系。”

顺手比画了一下再加上刻意神秘的语气，池亦然忍不住侧脸扫了她一眼：“别想多了，奕忻的理想型就不是这一款。再说，他昨天都否认了。”

“还没成之前不承认是正常的啊。你看看那些明星，哪一个不是为了前途跟流量，谈场恋爱都遮遮掩掩的生怕被发现，都这样。”

走到车子面前，池亦然把手搭在车门上，幽幽地看了小良一眼：“在我面前他就不是什么大明星，是我弟，小的时候撒谎就不利索，对着我他就不敢说假话。”

这话一出来，小良无法反驳。

“时间不多了，走吧。”

“好。”

结束跟杜蔓莎的会面后池亦然还要赶去白城一个珠宝定制工作室，近年来珠宝品牌发展呈现出一种趋势，就是以私人定制为潮流。很多设计师都纷纷开起自己的工作室，用最昂贵的珠宝来帮客户做最精细的定制，有些时候这种服务要远比奢侈品牌的来得更细致些。

最起码池亦然认识的这位，在设计跟成品方面上从未令她失望过。

这一次杜蔓莎对晚礼服的设计提出的唯一一个要求就是星辰主题，那么必然少不了珠宝。流线型的设计搭配上钻石的点缀，不求多，精致中凸显大气跟惊艳，脑海里有了概念图后池亦然第一时间约了珠宝工作室。

到的时候，随与澄的助手正在门口打电话，看见 Yizzan 下车，连忙小跑过来，匆匆挂断电话后打招呼——

“Yizzan 你好，我是阿随的助手 Coco。”

“你好。”

随与澄，三年前在 TF 担任珠宝设计总监，每年为 TF 设计的系列款都会成为畅销设计，其中不乏高奢品，全球推行的数量不超过十款。TF 一直把她当作宝贝，几届时装周上的珠宝都由她来搭配设计。

但就是这样一个被欧洲人捧在手心上的珠宝设计师，一年前递出辞呈，TF 出动了集团大老板来出面挽留都没能说动随与澄的心。从奢侈品顶级设计总监到白城一个小工作室的老板，这样的角色转变恐怕也只有心胸豁达阔气之人才能做到。

池亦然与她的缘分源于米兰一场秀的后台，她借给池亦然一枚胸针，有才情之人向来惺惺相惜，又加上都是白城人，一来二往也成了朋友。

杜蔓莎这一次的成衣设计会涉及珠宝这一块，池亦然是第一时间想起了随与澄。

“Yizzan 请跟我往这边走，阿随一直在等你。”

“谢谢。”

工作室基调以白色为主，穿过一个透明的玻璃走廊，尽头处就是随与澄的办公室，与珠宝展厅跟工作人员的办公区域完全隔开，倒显得像是遗世独立。

Chapter 06

爱情游戏

“阿随。”

女人闻声抬起头，手中的画笔转动了几圈掉在桌面上，起身的时候硕大的不规则耳环在日光照耀下闪着光——

“嗨，老池。”

在这个世界上，除了闺蜜林为安跟温时喊池亦然作“老池”以外，还有一个随与澄。事实上，她们年纪相仿，并没有仗着什么年龄优势，只是在成为朋友之后，随与澄自然而然地选了这个称呼。

池亦然与年轻的珠宝设计师随与澄是好朋友，助理小良还未消化这个惊人的消息，偷偷瞥了眼上前跟她拥抱的池亦然，自家老板身上不为人知的小秘密又破解了一个。

也是，不怪小良作为贴身助理连这些都不知道，池亦然向来喜欢每个细节都由自己来把控，像高定上是用薄纱还是用珠宝点缀她都有自己的想法，甚至自己扎进布料市场里挑选，一点儿架子都没有。

小良更多时候是帮她处理一些业务上的问题，运营也罢公关也好，涉及设计层面上的并没有过多接触。

“没想到你会为了一个杜蔓莎这么下重本。”

随与澄拿过自己的平板电脑，调出动效设计里的方案给池亦然看，从她打招呼后第二天就着手开始的设计稿，一点儿都没有耽搁。

“我不是为了杜蔓莎，是为了我自己。每一个作品我都很看重，不希望它砸了我的招牌。”

池亦然一年的设计可能也就那几款，时间长但精益求精，重在质量而不是数量。所以很多时候一些人要求一件 Yizzan 的高定可能都要提前很长时间预订，由于它是独一无二的，即便花时间也愿意去等，因为值得。

池亦然在沙发上坐下，慢慢看着随与澄递给她看的设计，并将自己原先的理念还有杜蔓莎团队提出的一些要求综合说给随与澄听。

“印象中我看过的几场秀都很出彩，与你这个概念有些不谋而合，我记得 Paolo Sebastian 去年的春夏秀上仙女裙那个概念跟你现在的有些相似。”

星辰概念加以薄纱设计跟珠宝点缀，的确跟近些年流行的仙女系高定有些相像。池亦然点了点头，将平板电脑还给随与澄：“Paolo Sebastian 去年的设计概念是丛林，以花仙子跟丛林精灵为想法。杜蔓莎喜欢星辰，设计稿定下来还是能看出这两者的区别。毕竟在珠宝钻石这一块，我选择的合作对象是你。”

随与澄低头笑：“高帽都被你戴上了，我还能说什么。放心，我不会出差错的。倒是你，从前走冷色系的高定，近日来怎么都是些粉粉嫩嫩的，莫不是谈恋爱了？”

“你这都能看出来。”

听池亦然这话，助理小良忍不住望向天花板抛了个白眼，全世界都能感觉出来的事情，就她自己觉得很低调。

当设计师的，只要笔触一改，总归是有理由。

“介绍一下，是什么大人物啊？”

“三流摄影师罢了。”

随与澄：“……”

小良：“……”

有这么介绍自己的男朋友？

随与澄只当池亦然在跟她开玩笑，像池亦然这样一个以高姿态行走在时尚圈里的女人，眼光尖锐如一把刀，自当不会选一个什么三流摄影师作为男朋友，至于这个“称呼”就当作打情骂俏算了。

在随与澄的工作室窝了几个小时，方案谈成看过设计以后，又吃了一顿饭，等回到公寓已经是晚上十点钟。瞥见门口停了一辆黑色跑车，池亦然揉了揉额角叹了一口气——

“小良，出去帮我买三杯咖啡回来。”

“三杯？”

小良指了指池亦然本人又指了指自己，要熬夜画设计图也不用三杯这么狠吧？

“奕忻过来了。”

小良：“……”

公寓的地址除了奕忻本人知道以外，在这个时间点很难有其他人过来光顾。池亦然猜得也没错，一进门就看见玄关处脱下的皮鞋，一只朝东，一只朝西。她也不管价值多少，直接用脚踩着踢到一边……

“是谁说这个公寓他常年不过来住的？什么意思，我刚搬过来你就这样？”

沙发上瘫着一个人不是奕忻是谁，再看一眼身上的西装，指不定刚从什么见面会还是发布会上下来，人模人样的。

“我这不是过来慰问看看你在这里住得习不习惯。怎么样，弟弟我是不是很贴心？”

贴心？

池亦然哼了一声，走到沙发对面坐下，跷着腿看向奕忻：“你是给我找麻烦来了吧？就这个时间点你过来，明天八卦头条准有消息。”

本还瘫着的奕忻听到这话立马坐直来，手支着下巴用一种欣赏的目光看向池亦然：“可以啊，老姐，智商爆表嘛。既然你都猜出来了我也不瞒着你，我这边遇到了一个难缠的人，怎么甩都甩不掉，我只好骗她说我有女朋友了。但我找谁演这出戏我都觉得没你合适，只有像你这么貌美如花，有着沉鱼落雁、闭月羞花之容的才配得上我啊！”

池亦然：“……”

不要脸肯定就是指这种了。

“而且找你传绯闻多安全，家里头还不会找我麻烦，看见是你他们就放心了自然知道你是在帮我挡枪。所以，帮帮忙好不好？”

在门口决定咖啡多买一杯给他就是个错误，池亦然想都不想就拒绝了这样的“邀请”，双手抱拳，语气客客气气：“奕忻奕大明星，麻烦不要给我添乱好不好？明儿我跟你传绯闻，我还能从你粉丝的包围圈中顺利脱困吗？我还能在时尚圈里混吗？万一来一两个厉害点儿的把我们的身份人肉出来，你想别人会用什么难听的字眼说我们池家，再说了……”

池亦然不自然地抿了抿唇，轻咳一声：“我可是有男朋友的人。”

这话出来无疑是平地响起一声雷，把奕忻炸得跳起来，说话磕磕巴巴的:“什么……什……什么,你在说什么？你什么时候有男朋友的？谁？谁是你男朋友？”

“这你就不用管了，总之我不可能为了你这些破事来影响我自己的生活。”

本来最近跟江景川就有些小摩擦，没见面都解决不了，要再出什么绯闻，隔着这么远的距离不出事才怪。

“你居然是这样的人！你居然为了一个外人而拒绝你的亲弟弟！”

万万没想到有一天自己的姐姐居然会胳膊肘往外拐，奕忻气得双手叉腰，是什么男人这么有能耐他一定要知道！

恰好在这个时候，门铃响。

池亦然打了一个响指，谄笑地指着门口：“别急，我想到了一个人，她能救你于水火中。”

谁？

把门打开，小良两手拎着装得满满的袋子走进来，喘着气抱怨：“我就应该先让你把东西带上来的，拎着这么多袋子还走回去买咖啡，让一让，我要休息。”

人挤着进屋，把东西一放，直起身来就对上奕忻的目光，那嫌弃的眼神小良是隔了几天几夜都忘不掉。

“你说能救我于水火中的人是她？”指着小良，奕忻难以置信地看向一脸笑眯眯的池亦然，看她的样子就知道不像是在开玩笑。

“小良挺好的啊，你觉得哪里不合适了？人长得也很可爱，头脑也机灵，从一毕业就跟在我身边当助理。你姐的眼光是什么样的你不清楚？能在我身边待这么久的人，有什么好挑剔的？”

什么跟什么啊，怎么觉得去买杯咖啡回来世界都变了。

小良来回看着这两个在自己面前卖关子的人，一头雾水：“不是，能跟我解释一下吗？不到一个小时的时间里你们是做了什么交易打算把我卖了？”

“不同意。”池亦然都还没解释呢，奕忻先扭着头离开了，走之前还不忘拿咖啡。

门“嘭”的一声关上，小良哭丧着脸看着笑得直不起腰来的池亦然，总觉得自己是掉进了什么陷阱里：“不是，你倒是跟我说一说啊……怎么了嘛……”

“没事，真没事，今天奔波辛苦了，洗个澡然后早点儿休息。咖啡我带走了，我要熬夜。”池亦然拍了拍小良的肩膀，拎起袋子往屋里走。

有没有事，还得看狗仔们怎么取材才知道嘛。

这边，从别墅里大步流星走出去的奕忻并没有因为池亦然的开玩笑而怒气冲冲，反倒是回到车上第一时间给助理打了个电话——

“你帮我查一个人，高定设计师 Yizzan 的男朋友。”

池亦然这么多年没有谈过恋爱，这突然冒出来一个让她一说起来就满脸娇羞的人，他怎么能不放在心上？万一是那种专骗他姐这种没怎么谈过恋爱的傻女人怎么办？

隔了一天，同样是大半夜的时间，小良的手机响了起来，睡得迷迷糊糊的她接起电话——

“谁啊……”

“是我，开门，有事找你。”

“你谁啊！大半夜的……什么啊……”

睡迷糊了总觉得听什么话都像是在做梦一样不真实，小良的反应让门口站着的奕忻气得都想直接砸门了。

“是我！奕忻！快给我开门！”

“奕忻？”

小良猛地睁开眼来，看着显示通话中的手机屏幕再看一眼房门口，咽了咽口水小心翼翼地把手机举到耳边：“那个，你是奕忻？你真的在我房门口？”

“废话！”

这回，小良是真的吓到了，一个激灵迅速弹起身，庆幸自己没有裸睡的习惯。她抓了抓头发，连鞋子都没来得及穿迅速跑过去开门。

门刚打开，奕忻一巴掌罩住小良的头把她往里推，闪身进来后还不忘放轻关门的动作生怕吵醒了隔壁房间的池亦然。

小良：“……”

三更半夜，私闯良家妇女的闺房！

对方还是大明星奕忻！

真是惊骇得说不出话来，小良眨着眼睛看着面前这个高自己一个头的男人，生怕是在做梦，垂在身侧的双手不知所措——

“不是……你大半夜的来我房间里干什么？不会是想……”

“收起你脑子里那八千字的胡思乱想，给我过来。”

奕忻冷声打断小良的话，就怕听到后面一些毁三观的话，从片场收工赶过来已经很晚了，第二天一早又要赶回去，这件事情迫在眉睫，他是一秒钟都不想耽搁。

他打开台灯从背包里掏出一个大信封，一抖落都是照片，还有几张纸。

小良揉了揉眼睛，看着面前这些有些不解："你大半夜来给我送这些？这是什么？"

"我姐的男朋友叫江景川？"

原来是关心自家姐姐来了。

小良摸着后脑勺点头："是啊，怎么了？"

"她跟这种人交往，你做助理的连劝一句都不会了？就看着她往火坑里跳？"

什么人，什么火坑？

大半夜的拿着堆照片过来说这些，小良真是想不明白，走到桌前拿起照片看了眼，好家伙，都是女人的私房照……

这一张张魅惑的眼神、妖娆的身子，小良"啪"的一声把照片反转盖上，趁着奕忻没注意偷偷瞥了眼自己平凡无奇的身材——

怪不得呢，"母胎单身"。

"这些照片都是谁拍的你知道吧？"奕忻单手撑着办公桌面，冷眸盯着小良看。

"不会是江景川吧？"

"就是他，拍这种照片的三流摄影师，他跟我姐怎么认识的又怎么在一起的，你不会调查一下？是不是觉得谈个恋爱而已犯不着？"

奕忻这么严肃的样子，小良还是第一次见到，这会儿同处一个房间，又是深更半夜，除了质问声就是彼此的呼吸声跟心跳声。

以至于小良还有些害怕，哆嗦着回答："不是……这是你姐姐自己的事情。你也是知道的，她向来不喜欢别人插手她的私事。再说了，我也是在他们交往了一段时间之后才知道的，我只是助理，总不能还去拆散别人吧？”

“如果她跟一个有着正常职业的男人交往，我一定不会说什么。但这种三流摄影师，你看清楚了，像这样的照片拍摄日期都是最近。”

小良瞪大了眼睛：“你是说，他在 Yizzan 回国后背着她乱来？”

奕忻的严肃跟沉默让小良觉得脑袋里“嗡”的一声，一阵空白的眩晕感袭来。之前她觉得江景川不靠谱，是在那次聚会上，办公室的小同事们一个个围着他团团转，池亦然人还在呢，他也照旧嘻嘻哈哈。

那会儿池亦然怎么说来着——他的字典里就没有“洁身自好”这四个字。

她显然是知道江景川就是这样的人，只不过不清楚他背后玩得这么夸张罢了。

“我明天一早还有工作，没有办法跟我姐谈，连夜过来找你是希望你在这个事情上面盯紧了。万一出事，以我姐的性格她嘴上说无所谓实际上就是受不了，影响了工作是一回事，一蹶不振才是我不想看见的。”奕忻手指点了点桌面上那些照片，“收起来，趁早劝她把这段感情断了。”

“我？”

“不然，我？”

小良抿了抿唇，绷紧了神经点头答应：“明白了，我会放在心上多加留意的。”

那会儿，小良只觉得眼前这个男人是十足的护姐狂。池亦然总说奕忻喜欢跟她对着干，很毒舌，但实际上他总在背地里默默地关心她，生怕她受到伤害。

可就在池亦然因为江景川而在工作上第一次出差错后，小良心里绷紧的那根弦一下就断了。

杜蔓莎晚礼服设计谈妥之后，池亦然跟小良就飞回芬兰，工作室在限定时间内按时交稿，而那件高定也在颁奖典礼当天成为红毯上最夺人眼球的。

“Yizzan 高定大师”，成为那一天的微博头条关键词之一。

池亦然大火之后，有些粉丝在微博上问能不能以工作室的名义出一批星空系列的衣服，面向大众出售。

一个人提出建议，一大批人跟着响应，眼看着评论被顶到飘红了，工作室里的小姑娘也都跃跃欲试。

是啊，Yizzan 从来只做高定礼服，一年里接的单子都是屈指可数，她的衣服只能通过秀场才能让大众看见。

如果能有一次面向市面，大众都可以买到的系列款，那还不直接爆了？

“试一试吧，就做这一次也好啊。”

“小良，你就跟 Yizzan 建议一下，大众的心声我们偶尔也要听一听的不是吗？”

被同事们缠得抽不开身的小良也有些蠢蠢欲动，借着一个下午茶的时间，抽空跟池亦然提了一下。本以为池亦然想都不用想会直接拒绝，结果她却说了句“好像挺有意思的”。

一方面以工作室的名义，就不用是她来担任设计师，可以放手让工作室里的设计师们去做，也正好检验她们跟在她身边工作了这么久后有没有独当一面的能力。另一方面也好响应大众的热情，把工作室这个名声彻底打响。

似乎不论从哪个角度上看，这个想法都是有百利而无一害的。

就这样，池亦然点头以后，所有人都欢呼叫好，整日整夜扎在工作室里为了这一次面向大众上市的星辰系列而努力着。从前熬夜画设计稿，追求细节会觉得很疲倦，现在都觉得每一次的会议讨论，都变成了享受。

对于工作室这样的氛围转变，池亦然是觉得很欣慰的，每天扎在工作室里忙碌也比从前少了点儿烦躁的心，一帮人努力总比一个人努力来得有力量许多。

可在工作上顺心，并不代表在感情上也这么一帆风顺。

从白城回来后，池亦然就觉得自己跟江景川之间多了层什么隔开了，依旧住在一起，依旧会在深夜手牵手轧马路，依旧跟过去一样一个人窝在沙发上办公，另一个人在她身边捣乱……

可这些依旧背后，是很多时候的欲言又止。

女人在感情上的敏感度是无法用言语来形容的，就像设计师，一件成衣出来，别人觉得完美无瑕，但她却还能从边角处挑出细节上的问题，拆开来重新缝上。

但是，感情要怎么拆开来？

“我跟你说话，你又发呆了。”江景川俯首在池亦然脖子上咬了一口，看着那淡淡的痕迹，嘴角勾起一抹若有似无的笑，“池亦然，你现在心思越发不在我身上了啊。”

心下“咯噔”一声，面上还维持着淡淡的笑容，池亦然反手攀住江景川的脖子：“我没有。”

“又在想你工作上的事情？这可是第四次出神了。”

在江景川发脾气之前，池亦然百试百灵地用一个吻压下了某人这时候的不满，难得有时间两个人窝在一起看电影，她老是走神也的确有些煞风景。

“别生气嘛，我只是在想这部电影的大结局会是什么样。你看，他们明明是深爱对方的，就是谁都放不下架子，谁都不想要主动，都在等对方给个台阶。”池亦然坐直了身子看向江景川，“这样，我们来打个赌看男女主角谁先道歉？”

江景川扫了池亦然一眼，将她伸出的手指一把包住，慢悠悠地把视线转回到大荧幕前：“不感兴趣。”

出神十几分钟连电影内容进展到哪里都不清楚的人要打赌？

他才不要跟。

池亦然：“……”

电影后半程，她再不敢想什么事情，认认真真陪着江景川看，关于其他就交给时间来，反正现下像这样待在一起的时间里甜蜜总多过于烦躁不安。

问题还没有来之前，先当一只乌龟吧。

只是她这么乐观，现实却不给她半点儿机会，当小良把一沓照片放在她办公桌上摊开来的时候，握笔的指尖一寸寸变凉。

“什么意思？”

池亦然抬起头来看小良，后者努了努嘴，组织着自认为最合适的语言：“我犹豫过的，要不要跟你说。但昨天晚上我碰见他在酒吧里跟一个女人暧昧，那会儿你正在工作室里熬夜改设计图不是吗？Yizzan，我只是不想让你受到伤害。”

奕忻调查江景川之后，小良对于这段感情就始终保持一个警惕的态度，察言观色了好一阵子，就在她觉得应该没有什么问题的时候，被她逮了个正着。

女朋友在工作室里废寝忘食地工作，男朋友背着她跟另一个女人玩暧昧，到底是情场高手，总能做到偷吃还把嘴巴擦得干干净净。

“我昨晚跟朋友去喝酒来着，碰见的，后来他们去了一家酒店，凌晨了都没出来过。”

从跟江景川在一起开始，池亦然就想象过会有这样一天，只是这样的想象在她的脑海里是属于最负面的那部分。

照片上拍摄的内容，跟她上一次在别墅遇见薛菲时拍的类型差不多，一张张挑出来看了看，指尖落在女主角脸上轻轻点了点：“你看出什么来了吗？”

“什么？”突然被点到名的小良愣了一下，慌忙凑过头去看，“都是给女人拍的私房照，都……挺性感的。”

“不是这样的。”池亦然把所有照片都收了起来，紧跟着收拾包包准备离开。

小良一把拽住她紧张问道：“你要去干什么？”

“你给我这些照片，不就是要让我去找他算账吗？”

池亦然的语气很是疏冷清淡，面上的表情也看不出一丝的愠怒，小良抿着唇，心里打鼓，难不成这样的冲击还不够？又或者池亦然并不是他们想象中的那么喜欢江景川？不然的话，得知这种事不该这么平静的啊。

“那个……你有什么打算啊？不是，你想去干什么你跟我说一声，我陪你一起去？”

“不用了，这是我跟他之间的事情。”

留下这句话后，池亦然就离开了。

跟在她身边这么多年，见过她无数次背影，有踩着别人的艳羡一步步摇曳走上领奖台的，有踩着自信，不露怯地走上T台的，还有无数个通宵过后完成设计图时伸着懒腰走出工作室的……

唯独没有像现在这种，每一步似乎都踩在刀子上，决绝凛冽，毫不留情。

开车到江景川工作室的一路，池亦然的表情都没有发生任何变化，她把嘴唇抿得紧紧的，目光虽一直注视着前方路况，实际上脑海里浮现的一直是那些照片。

当那些照片全部叠在一起的时候，她好像忽然明白了什么，手指忍不住攥紧了方向盘，似乎为了印证她的猜想，那沓在一起的画面变得更加相像，紧接着越来越清晰，直到盖住她整个思维空间……

突然，刺耳又响亮的喇叭声响起，池亦然回过神来，当意识到自己在开车出神时想要把控方向盘已经来不及了——

刹车！

打转方向盘！

整个人慌张地往后躲，视线不敢往前看，耳边是刹车带跟马路摩擦发出的刺耳的声音，不知道撞上了什么，只听得“轰”的一声——

巨大的冲撞力令她不受控制，重重撞在方向盘上，又弹了回来。整个世界好像安静了那般，她连自己的呼吸声都听不清楚。

车子撞向了一旁的花坛，由于她刹车及时，并没有酿出什么大祸，可从车上跌跌撞撞下来时，池亦然仍有一种从鬼门关爬回来的感觉。

深呼吸再深呼吸，扶着车前盖，池亦然捂着脸说不出话。

休息了半个小时直到调整好情绪，池亦然才敢重新上车，开到江景川工作室门口时，路过的不少人纷纷看向她那凹陷得厉害的车前盖。

池亦然没有在意，下车后拿着包包直接往里走，只是虚惊一场过后步伐变得无力许多，看上去倒有种受到了巨大打击的感觉。

“快看，那不是 Yizzan？”

“来找老大的？脸色怎么难看成这样子？莫不是两人吵架了？”

自古以来，旁观者最为八卦。

池亦然知道肯定会有人议论她，只是现在她没有这个心情去计较，走到江景川办公室门口碰巧遇见上次在别墅里有过一面之缘的小助理，她没记住名字，人家倒是把她放在了心上——

“Yizzan，你是来找老大的吗？他在修片室。”

“嗯，我要见他，修片室在哪里？”

小助理看了眼手机上的时间，很是热情地邀请池亦然先进屋坐：“你在这里等我一下，我过去喊他。修片室里还有其他员工在开会，可能不太方便。”

“好。”

安排她坐下休息后还帮忙倒了一杯咖啡，周到服务完才一溜烟跑开，小助理的表现多少让池亦然的心情平稳了一点儿。她把包包放下，然后走到江景川办公桌后面的书架前，伸手拂过一本一本的相册。

来过办公室的次数屈指可数，也从没看过他拍的照片。其实家里面也放了几本相册，但那都是江景川给她拍的。

这里摆放的可就不一样了，池亦然随手取了一本，正打算翻开来看，房门就被人推开。

江景川大步走了过来，二话不说抓着她的手臂上下打量，眉头拧紧：“有没有伤到哪里？”

小助理去修片室找他，说池亦然过来了，起初他还半信半疑，毕竟没有提前打招呼，紧接着一路过来就听到职员们在议论门口那辆车。

“凹陷得那么严重是不是出了车祸啊？”

“好像是，你看 Yizzan 进门的时候脸色有多苍白。”

听多了议论，心里就越加惶恐，跑过来看见池亦然站在书架前那一刻，江景川觉得都快不能呼吸了。

“我没事。”

似乎看出了他在担心什么，池亦然淡淡解释，尽管脖颈很酸疼，但她还是强忍着佯装无恙。

“你怎么回事？开车那么不小心，撞到哪里了？确定没有撞伤？要不然我陪你去医院看看？”

江景川还是不放心，握着池亦然冰凉的手指，生怕她是嘴硬。

如果是从前，看他这么担心自己，她心里肯定会有一股暖流经过，觉得他一定是爱自己的，才会这么在意。可现在，池亦然根本没有这样的自信。

“我真的没事，就是走神了把车开到了花坛边，没撞到人。”

江景川捂着眼睛，单手叉腰，好半晌才松一口气。

见他这副表情，池亦然都有点迟疑到底要不要把那些照片拿出来对峙，或许是误会呢？上一次有过矛盾也是因为拍私房照，如果再在这件事上争吵的话……

“对了，你突然过来是有什么事情吗？”

瞥见池亦然手里的那本相册，江景川眉头几不可察地蹙了蹙，上前一步很是自然地将相册拿过来，翻了翻再放回原位。

“我还没看呢，你这么着急放起来干什么？”

“别人的照片哪有家里那些好看，过来这边坐。”

任由江景川牵着回到沙发坐下，目光却很难从那本她不经意间选中却没来得及看的相册上移开。

“江景川，你喜欢我什么？”

“嗯？怎么突然问这个问题？”

池亦然挽着江景川的手，把头靠在他肩膀上，嘴角微勾，眼神却始终冷淡：“我们第一次相遇是在桥边，一瓶红酒的交情，在一起这么久我似乎都忘了问这个问题。女孩子不都会问自己男朋友到底喜欢自己什么吗？所以你呢，你喜欢我哪一点？我的脸蛋，我的身材，还是……我的眼睛。”

最后两个字，池亦然加重了音。

只可惜这份情绪江景川并没有察觉到，他搂着池亦然，注意力完全被她这个问题所吸引住，低头笑着：“你应该对你自己有信心才对，不只是你的脸蛋，你的眼睛，应该说你的全部我都喜欢。”

这算是最标准的情话了吧？

“骗小姑娘的话你倒是会不少，如果我今天非要你说出最喜欢的一点呢？”

池亦然抬起头来，跟江景川面对面。

她的眼神里，是他从未见过的冰冷跟试探。回想起今天发生过的事情，池亦然先是没有打招呼就过来，紧接着路上还出车祸，目光落在桌上放着的包包，从打开的拉链口子似乎可以看见里面放着一份类似文件一样的东西。

江景川垂眸，片刻后重新看向池亦然，语速不疾不徐：“是不是发生了什么事情？你有什么想要跟我说？”

聪明人就是这样，有些话不用说得太清楚就能听懂，这也是池亦然欣赏江景川的一点。

“你呢？你有没有什么要跟我说？”

长达一分多钟的气氛凝滞，池亦然最先叹气放弃试探，她拿起桌上的包包，从里面取出信封，抖落出那些照片，目光平淡：“你跟我解释一下吧。”

那时候她想的是，如果江景川解释的理由充分，她是愿意听的，感情这件事情最害怕的就是单方面的固执跟猜忌。给彼此信任，这段感情才能走得长久。

可是……

事实并没有如她所愿，她想得美好，江景川并没有给。

那一张张照片就像一个个巴掌狠狠扇在他脸上，无不在提醒他，池亦然对这段感情并不信任，她甚至还找人跟踪他，偷拍他。

漆黑的眼眸深处有着淡淡的失望，江景川将这沓照片甩回桌上："这是我的工作，也是艺术。"

艺术，艺术，又是艺术！

池亦然推开江景川猛地站起身，居高临下地看着他，目光里满是痛意："你就这么喜欢拿艺术来当借口吗？艺术需要你牺牲色相去跟别人玩弄感情吗？艺术需要你去开房然后一夜未归吗？江景川，我不是十八岁的小姑娘，我没有那么好骗。"

"骗？"

"骗"字一出来，江景川脸色都变了："池亦然，你说话之前有没有先想一想，哪些话适合说出口，哪些话根本不应该说？"

"我有没有想过你还不清楚吗？你以为我怎么会出车祸的？你以为我怎么会把车开到花坛上的？"

池亦然努力压下自己语气里的怒意跟颤意，试图想要理智点儿去处理这件事情："我可以听你解释，你只要告诉我为什么你会跟这个女人进酒店然后一夜都没有出来。你只要答应我以后不会去拍这种三流照片，别人约私房照你都不要接。"

"三流照片？难不成在你心里，我就只是个三流摄影师？"

江景川站起身来，一步一步走近池亦然。将她逼到办公桌前无路可退，他俯身看她，想要辨认清楚说出这些话的池亦然，是不是他从前认识的那个池亦然。

"别人不理解我，我觉得无所谓，那是因为他们不懂。但从遇见你的那一刻起，我就觉得我找对了人，你是懂我的，你是了解艺术的。私房照它不是不堪的存在，它也是艺术表达的一种方式，可显然，从上一次撞见开始，你就没打算接受这样的方式。”

薛菲事件过后，他们之间或多或少都有了隔阂，关于这一点，江景川不是不清楚。只是池亦然的工作太忙了，不停地熬夜改设计图，出差去白城，像生根的大树一样扎在工作室里……

见面的时间都那么少了，怎么还舍得拿来争吵跟冷战？

池亦然动了动唇，声音很轻：“那一夜未归呢，未归你怎么不说？”

也许是池亦然的行为太过伤人，也许是她的语气太过淡漠，也许是她眼底的那抹湿意让江景川失去了辩解的心。

感情走到互相怀疑这一步，离分开就不远了。

没等来回答的池亦然自顾自笑了笑，杵在这个位置互相对峙不过是浪费时间罢了。推开江景川的手，她再一次走到书柜前，取出那本她还没翻开就被主人重新放回去的相册。

打开一看，果然是女人的写真，不过不是私房照，而是一些很普通的风景写真，规规矩矩就跟微博上一些摄影楼的推广照片差不多。

只是……

池亦然抹了抹自己的眼睛，半天不说话。

“咚咚咚！”

打破这份冷凝气氛的是敲门声，小助理推开玻璃门探头探脑：“那个……老大，有个片子……”

“你先出去等我一下。”

“好好好。”

不是卿卿我我的画面，反而有种打开冰箱门，冷气扑面而来的感觉，小助理生怕自己再多说一句可能就撞枪口上，赶紧关门离开。

“你的车撞成那样，内部有什么问题暂时也不清楚，我让人送你回去。你可能是这段时间忙于工作室的事情太累了才会胡思乱想，先休息，冷静冷静。”

这里是办公室，江景川也不曾想过要跟池亦然吵，压下自己情绪之后主动缓和。

可面对他这种态度，池亦然总觉得他是想要糊弄过去，她看上去就是那么好欺负的“傻白甜”吗?

也是，是她自降身价，睡了一夜就同居，是她自己在感情这件事情上不严谨不自持。

从一开始，就是她错了。

“江景川，我们分手吧。”

既然是错的，那就没有继续下去的必要了。

轻飘飘的一句话杀伤力有多重，看一看江景川那紧抿的嘴角就知道：“池亦然，你知不知道自己在说些什么?大家都是成年人了，遇到事情就不能冷静处理?非要闹到这种地步?”

“冷静?处理?我冷静了，我给过你解释的机会了，是你一次一次想要搪塞过去的不是吗?”

池亦然蹙紧眉头，将手上的相册一把砸到江景川身上，转过身去拿架上的其他相册，推倒相框的同时，一不小心还推翻了一本放在最顶层的相册——

“嘭”的一声掉在地板上，页面散落开来，那一张张照片清晰映入眼帘。

那一刹那，池亦然整个人都僵住了，湿热的液体从眼眶里涌出来，屈辱令她双手颤抖，紧咬的红唇似乎下一秒就会被咬裂进而流出鲜血。

“呵！”

还真是跟她猜想的一模一样。

人怎么能够这么无耻呢?

“江景川，有没有人说过你特别虚伪，你喜欢什么，不喜欢什么，你是不愿意说出口还是不敢说出口?”

指着地板上那些照片，甚至还有茶几上散落的那些，手指再缓缓移动到自己的眼睛上，池亦然难以置信，甚至觉得很荒谬：“你跟我在一起，是喜欢我这双眼睛吧?”

难怪他总爱在深夜里亲吻她的眼睛，难怪给她拍的每个系列照片里，都要有眼神特写，原来，这并不是一场爱情，而是一场像与不像的游戏。

“你的心到底是怎么想的？我池亦然答应跟你在一起时是显得有些随便了，可我也是用真心去赌的。我以为你是跟我一样喜欢疯狂，相信一见钟情，但你不是啊……你这是在利用我！你从一开始就是在利用我！”

她是池家大小姐，是池家的掌上明珠，从小家境优渥几时曾受到这样的侮辱？谁不是把她当作宝一样，谁不是觉得她独一无二。

可偏偏这个男人，却把她当成另一个人来爱。

温柔是他给的，背叛也是他给的，是她钻了牛角尖，做了一场亏本的买卖，爱上了一个心怀不轨的男人。

Chapter 07

过去已然轻描淡写

故事讲到这里，池亦然已经没有想要继续下去的必要了。

长时间的沉默让林为安很是心疼，她走上前将池亦然轻轻圈进了怀里：“过去了，不是吗？”

从前没想着问，第一是找不到合适的机会，第二就是怕回忆伤情，毕竟分手后池亦然过的是什么样的生活，林为安再清楚不过。

“听你这么说再加上之前见面的印象，江景川还真是个不靠谱的男人。你放心，白城是我们的地盘，绝对不会让他乱来的！”

池亦然咬着手里冷掉了的煎饼，沉默不说话。

她想，能这么冷静地把过去发生过的事情说给第三个人听，是不是就已经代表着她对这段感情已经完全放下了。

是吧？

应该是这样的吧。

安抚好池亦然的心情，再三确认她没事之后，林为安回公司上班。

没有去工作室，也提不起心情画设计图，干脆窝在沙发上打游戏，直到门铃响了好几回，池亦然才慢悠悠挪过去开门。

“你一个知道密码的人，摁什么门铃？”

来人正是助理小良，一个知道门锁密码还有备用钥匙的人，非在她集合队友团战的时候来打扰，池亦然一个脾气上来就想脱鞋打她。

“我双手都拎满东西了嘛，腾不出手来输入密码。再说了，你不都在家，给我开一下门能怎么样？”

小良挤进屋，熟门熟路地往厨房走去。

瞥见她拎着的袋子，池亦然连忙跟上前：“这些都是什么？你买这么多东西过来干吗？想在我家开派对？”

“不是啊。你看，这是优质奶粉，你睡前可以冲一杯牛奶喝，戒掉什么咖啡、茶叶之类的。还有这个，是燕麦片，早上冲一杯粗纤维不会胖。这个呢……”

池亦然一只手一把摁住袋子，另一只手叉着腰，警惕地看着小良：“你是不是做了什么对不起我的事情？我今天没有去工作室，你是不是给我捣乱了？把我画的设计图弄丢了？把我的成衣弄坏了？”

“不不不，不是的。”小良故作难过，“我在你心目中就是这样的吗？我作为你的助理，跟在你身边这么多年，我们之间经历了多少事情，‘患难见真情’这五个字难道不是对我们关系的最好诠释？”

“演艺圈少了你简直是一大遗憾。”池亦然捏着小良的脸，“你有什么心思我还不了解？你要是没背着我做什么事情，你今天犯得着这么破费？”

小良：“……”

就知道瞒不过。

把买来的东西暂时推到一边，小良从包包里取出平板电脑，调出一份策划案来放到池亦然面前，笑嘻嘻道：“我给你接了个真人秀，跟设计有关的，你千万不要生气。我是被这个节目的创意策划，还有导演再三邀请的诚意打动的！我发誓，对你百利而无一害！”

“你说什么？给我接了什么？”

池亦然一把夺过平板电脑，粗略看了一下，然后塞回小良怀里："金小良！你给我接什么真人秀？我又不是要进娱乐圈，平日里画设计图的时间都没有你还给我接这种做作的东西？"

"不做作啊！"

接之前小良就忐忑了很久，像现在这样的画面她是想过的，但为了池亦然，为了工作室未来的发展，最重要的是综艺团队也很靠谱，多方考虑发现利大于弊的时候，挨池亦然一顿骂也不算什么了。

一路过来，说服台词没少背，可碰上池亦然这样的气场，小良还是有点心慌。

"你先听我说，首先这个节目是服装设计题材的，也就是说跟你的专业很符合；其次它的总导演是上个季度最热门综艺《伪装信号》的策划人，他的团队几乎包揽了近年来国内最火综艺的制作，从质量上是有所保证的；最后就是……"

小良小心翼翼地看着池亦然的情绪变化，最终决定实话实说，大家都是一个工作室的，一条心走到现在，除了设计出好看的衣服以外也是希望工作室发展顺利。

"自从你帮 Swing 设计战队服火了之后，Yizzan 这个名字还有我们工作室已经重新出现在大众眼里，要保持这样的热度，就需要一档综艺，它能让你火，也能让工作室重新开始不是吗？"

小良的用意，池亦然大抵已经清楚了。

其实这份心她能够理解，从这段时间 Yizzan 这个名字频频出现在微博热搜中就能猜到，小良作为助理肯定不会放过这样一个机会。

"但你有没有想过，我们是做设计的，最需要的就是心平气和。'想红'这个词说起来是刺耳了一些，但我们也不是没想过，那个面向市面大众的设计系列，不就是我们的一次尝试？结果呢，失败了不是吗？"

池亦然摁了摁有些疲倦的眼窝，脑海里仿佛出现了那段日子的忙碌、疲惫跟异想天开。她敢保证，那时候工作室里的每一个人，每一个小设计师，都曾有过一炮而红的想法，结果却是……

“Yizzan，我知道你在顾虑些什么，可过往那些，不都是被诬陷的而且已经澄清了。”

小良舔了舔干涩的唇瓣，耐心做着池亦然的思想工作：“我很清楚你在设计这一方面的谨慎跟低调，不然我们也不会在芬兰待那么长时间，一年到头也就接几个设计。但那都是过去了，时代在变化，我们不能永远这么保守。如果之前你没有接下Swing战队服设计这项工作，我们很可能到现在都是没有什么发展前景。Yizzan，工作室不是你一个人的，你看看我们大家，每个人都希望它能好。这一次的机会真的是我好不容易争取来的，一炮能打响，我们就有机会去证明过去那些污名都是栽赃的，我们就能重新开始。答应我好不好？”

说了这么多，有一句话小良是说对了，工作室不是她自己一个人的，还有很多怀揣了设计师的梦想跟在她身边的年轻人，陪着走过了低谷，他们也是想要重新回到最巅峰的时刻。

是她池亦然自私了，缩头乌龟当久了，还真的抱住这个壳不想动。

似乎看出来池亦然的态度有些松动，小良连忙趁热打铁：“我保证这个团队是绝对可靠的，不是那种炒噱头博眼球的，而且据我打听，固定嘉宾里有一个是奕忻，有他在你是不是安心许多？”

一听到“奕忻”这个名字，池亦然瞥了小良一眼，后者还要故作淡定：“说到底，你是因为他参加了这个综艺才想方设法要我也参加吧？你好借这个机会跟他相处？”

“没……没有的事情……”

把头摇得跟拨浪鼓似的，脸却红得像个西红柿，像小良这么藏不住心事的小姑娘现在可不多了。

“给我点儿时间，我想一想。”

虽然有奕忻在，但池亦然还是想要慎重考虑，毕竟进娱乐圈不是一件小事情，一个习惯了低调的人突然出现在大众眼中，背后肯定会有人想方设法要去挖关于她的料，如实还好，如果捏造一些莫须有的紧接着扩散开来……

她不敢想象自己能不能再一次承受舆论的压力。

“好好好，我给你时间。”

小良搓着手，心里美滋滋，池亦然这个人就是嘴硬，说要想一想，可实际上从她将“想”这个字说出口时，这件事情就等于板上钉钉了。

要真的不答应，哪里还需要想？

果不其然，过了几天小良就收到了回应。

综艺团队听见这个消息也很兴奋，在最终审核确定固定的出演嘉宾后，也开始在各大平台上为节目营造声势——

柠檬影视倾力打造国内首档设计真人秀《你是我的设计师》，高定大师 Yizzan 女神将强势加盟成为固定嘉宾之一。

“Yizzan，你是我的设计师”一度成为微博上的热门搜索，消息一出来，刷着支持的人远多于那些吹冷风的，不少人也表示有这样专业的设计师还有靠谱综艺团队保驾护航，这档节目一定不虚。

还未正式开拍，《你是我的设计师》就已经顺利制造了一拨热门话题。

“行啊，一开始听说你接了这档综艺，我还以为是开玩笑的。”

闺蜜温时端着咖啡走过来，一杯递给林为安，另一杯递给池亦然。前些年温时一直在美国，后来结婚了，才跟着丈夫褚景西一起回来。寻着时间三个人难得聚在一起，话题自然少不了近段时间大火的 Yizzan 设计师。

“最初我也是不想答应的，是小良说服了我，再加上奕忻也在，多少有点安全感。”犹豫的那几天，池亦然给弟弟奕忻打了电话，对方似乎一早就知道这个团队会找上她，把利弊都分析了一遍，顺带透露一旦参加，他会作为搭档配合池亦然在这个节目里的所有设计。

简单来说，这就是个两两配对的设计节目，如果池亦然答应加入，那么奕忻这边就会安排跟她搭档。

跟自己的亲弟弟一起参加综艺，等于是给池亦然打了一剂定心药。

“我觉得是可以试一试的，有点曝光度对你的设计还有工作室的发展都会有帮助。我听阿远说了，这个节目之前还去找过他们战队，起初是邀请他参加，但他以家庭为由拒绝了。后面好像在接洽 Wan，如果 Wan 答应的话，你不就又多了一个熟人？”

听林为安这么一说，池亦然露出很是可惜的表情：“怎么不是大神啊……我希望你家大神来参加啊……”

池亦然粉 Ziko 这件事情在她们圈子里也不算是秘密了，当初林为安跟钟慕远还没在一起的时候，她就不远千里从芬兰飞回来过一次陪林为安去现场看比赛。现在，林为安跟钟慕远都已经结婚，连小屁孩钟其叶都客客气气喊她一声“然妈妈”，但池亦然对钟慕远那份崇拜，就是没放下，直到现在当了钟慕远孩子的干妈，还管他一口一个大神地叫。

“你就别做梦了，我可不想拥有全民情敌，那太可怕了。”光是想象钟慕远上综艺后的效应，林为安就直摇头。

“不提为安家的大神，要是那个 Wan……中文名字叫什么来着？皖什么？”对电竞一窍不通的温时，即便被迫科普了一万遍仍旧是记不住 Swing 战队里的人名。

“顾皖迟。”林为安都忘了是第几次提醒了。

“对对对，那个顾皖迟，不是说喜欢你？怎么样，感情这件事你是不是该考虑考虑了？别总说姐弟恋不合适，现在社会环境多开放，有些人虽然年纪小，但气场强也镇得住你，万一这个小迟弟弟参加节目，老池，你要不要考虑一下？”

从前吧，说起感情这件事，温时是最逃避的，从小到大都是文科班，认识的男人十个手指头都数得过来。聚在一起最怕听见谁谁谁谈恋爱了，又找了一个什么男朋友这种话题。可自从遇见了一个褚景西，恋爱到结婚不费吹灰之力，底气一下子就足了。

像现在这样开池亦然的玩笑，换作从前，给她十个胆子都未必敢。

“你别动不动就拿我开玩笑啊，什么小迟老池的，不可能的事情。”

池亦然巴不得顾皖迟以训练忙没时间为借口拒绝这档综艺，一个电竞圈的来凑什么热闹。

可现实并不如她所愿，她越是想要避开，这人越是送到她的面前。导演向来喜欢新题材新风向，一档综艺节目里有演艺圈的也有设计圈的，这多了一个电竞圈的就等于多了一个话题人群的关注，欢迎还来不及呢。

就这样，一个月之后，《你是我的设计师》正式官宣嘉宾阵容，除了池亦然以外还有三个设计师，分别在中国风刺绣、晚礼服跟婚纱上造诣颇深。

而搭档阵容除了奕忻、顾皖迟以外，还有音乐才子肖渟轩跟当代青年作家燕泽。

池亦然也就答应了一档综艺节目的拍摄，整个工作室就跟打了鸡血一样忙得团团转，平日里没觉得这帮小年轻对娱乐圈的事情了解有多少，嘉宾阵容一出来，谁谁谁都得过什么奖，有过什么作品，跟谁谈过恋爱甚至是哪个大学毕业的都被他们给扒出来。

“‘人肉’真可怕。”

池亦然窝在办公室里瑟瑟发抖，只想祈求网友们对她手下留情，千万别去扒她从前上学那会儿考试都考了多少分。

“咚咚咚！”

敲门声响起，前台小妹妹探出头来笑得一脸暧昧：“然姐，有位大帅哥找您，特别帅。”

大帅哥？

“谁啊？”

“姓江，说是您的老熟人了。”

姓江？江景川？

有好长一段时间没有听见这个名字了，距离上一次见面，还是装醉去了他家，把他一柜子衬衣剪得稀巴烂。

原以为这个小气的人第二天就会过来找她算账，结果倒好，防备了好一阵子才发现，人家根本没有找上门来的心思。

池亦然摸着腕表起身走出去，一路上都在想，没有见面的这几天，他都在做什么。今天找上门来，又想要干什么？

工作室门口是一个露天小花园，因为坐落在白城创意园里，平日里来往的人也好车也罢都比较少，江景川站在那里，池亦然几乎是一眼就看见了——

男人单手抄着裤袋，另一只手夹着一根烟，靠着车前盖还不忘保持着身体倾斜的角度。说好听点儿像是在拍画报，说难听点儿，到了池亦然眼里就是非主流拗造型。

“有事？”

一步一步走下台阶，一字带黑色高跟鞋最显脚细跟白，那么一双大长腿俏生生地出现在眼前，江景川抽烟的动作都忍不住顿了顿。

“我一个衣柜的衣服，你打算怎么赔？”

烟头按灭在车旁的一个花坛上，顺手丢进旁边的垃圾桶里，看完一整个抛物线，池亦然这才把目光落在江景川的脸上。

隔了这么长的一段时间，现在来问她赔衣服。

“说什么呢，我怎么没听懂啊？什么一个衣柜的衣服，江大摄影师怕是找错了女人吧？”

开口不到三句就有火药味，这就是池亦然的脾气。

江景川上前一步，手臂一伸直接把她扯到面前，大掌扣住她的腰，用了力让她动弹不得。另一只手钳住她的下巴，逼迫她始终保持着一个抬头的角度好让视线不要逃避：“这么多年，我就你一个女人，这点别人不清楚你会不了解？”

“呵，开玩笑。”

一个拍过不少私房照的男人说自己就一个女人，这种话要是信了，那还不跟傻子没什么两样。

“你有多少女人，我不了解也不关心。江景川，我想之前我已经说得够清楚了，我们之间隔着太多事情，我池亦然也不是什么小角色，不屑于当人家的替身，也不屑于吃回头草。所以，像这种距离的身体接触，我不希望有第二次。”

都说高跟鞋是女人的武器，这种时候不用上，还要等到什么时候？几乎是没有犹豫的一个抬脚跟落地的连贯动作，江景川闷哼一声，皱紧眉头，趁着他力道松了，池亦然连忙挣脱开来，后退几步把距离保持在十米之外。

“离我远一点儿，这里不欢迎你。”

就知道一来会踢到铁板，池亦然的态度显然在江景川的意料之内。工作室里的员工们一个个趴在落地窗前看热闹，一发现不是卿卿我我的戏码反倒是吵架后扬长离开，慌不择路地跑回各自待的岗位上，眼角余光偷瞄气冲冲进屋来的老板——

“你们说，这到底是情侣吵架呢，还是无赖追求者难缠？”

“情侣吵架吧。看看，那个男的长得多帅气，我要是有这样的大帅哥追求我，三生有幸！”

“不是，你们没觉得很脸熟？这个男的不就是前一阵儿在艺术宫那里开个人摄影展，展出我们老大照片的那位吗？摆明了就是旧情人！”

“精彩！精彩！”

池亦然管不了工作室里这么多张嘴，她只能管住自己不去理会江景川，可回到办公桌前磨蹭了许久，设计稿打开了也下不了笔，成衣样品放在一旁要检查也没心情，借着喝水的间隙走到窗前，余光也会不自觉地往窗外看。

方才那个位置，车也没了，人也不在了。

就好像她走出去听说一句“我从头到尾只有你一个女人”是脑海里幻想到的画面一样。

宜端路咖啡厅门口。

“喂喂喂，这里。”

范丞咋咋呼呼地摆手，直到车子在面前停下，机灵地钻上车后他才开始称赞江景川：“可以，老铁，从接到救援电话到抵达现场不到十分钟，你在这附近办事？”

系好安全带，头一转猛地看见放在后座上的几个甜品盒子，范丞睁大了眼：“你这是？要开甜品店呢，还是要去探班，买这么多，够二十个人吃了吧？”

还好意思说？

池亦然扬长而去是她的事情，江景川买了这么多点心当下午茶就是想要打入工作室内部，结果倒好，还没等他进去，就先接到范丞的所谓的江湖救急的电话。要不是看在这段时间他帮了不少忙的分上，江景川才不会管。

“你家里给你介绍的对象应该差不到哪里去才对，你犯得着这样吗？让人家姑娘面子往哪里搁？”

“那姑娘你认识，关家的小丫头，一颗心都在莫二身上的人，我凑什么热闹。反倒是你，还没回答我呢，这么多装备是做什么？难不成我搅了你的好事儿？你去给你的‘小辣椒’献殷勤去了？”

范丞那挤眉弄眼，幸灾乐祸的样子，江景川扫一眼都想把他直接丢出车外去。谁允许他动不动就给池亦然取外号了？

什么小辣椒，真俗气。

“我说你现在追女人怎么越来越不行了，屡战屡败简直丢人。”

“范胖儿我警告你，再废话你就给我滚下车去。”

范丞：“……”

这人讲不讲道义的，一生气就把百万年前的外号喊出来是怎么回事，范丞低头看了眼自己标准的八块腹肌的身材，穿衣显瘦，脱衣有肉。

范胖儿？

“哥们儿，你要是这样翻旧账我可就不打算帮你了。”

见江景川仍旧没反应，这跟范丞想象中的画面完全不一样，他瞪大了眼睛："不是吧？难道真不需要兄弟我插手帮忙？我可是看了新闻了，池亦然要参加一个综艺节目。"

"我知道。"

江景川面不改色。

"哇，你收风声的速度什么时候这么快了，那你有什么想法吗？例如进组？我跟你说，真人秀这种节目一档下来花的时间可不少，这朝夕相处的机会浪费了岂不是太可惜？"

不愧是从小到大在一起的发小，范丞想的，跟当初江景川考虑的差不了多少。池亦然的性格他很了解，就像现在，哪一次见面不是针尖对麦芒？他精心准备了那么久的个人摄影展，池亦然也是无动于衷。

煽情这一套，她根本就不吃。

"我会进组，担任这一档综艺节目的摄影总监。"

范丞望着江景川，数秒过后，拍掌叫好："啧啧啧，不愧是江景川，在追女人这件事情上态度一点儿都不含糊。我就好奇了，既然这么喜欢，当初怎么要跟人家分手。"

分手？

从一开始就不是他提的。

《你是我的设计师》出演阵容公布后，节目组也在陆陆续续约齐嘉宾的时间准备拍定妆照跟宣传片。不得不说，导演许涛的眼力跟想法是真的厉害，八个固定嘉宾请过来，等于是将国内设计圈、演艺圈、音乐圈、电竞圈甚至是作家圈子的注意力都吸引了，从没有一档真人秀节目能如此兼容不冲突。

拍定妆照的时间定在了周五早上，周四下午小良就把池亦然拖到美容院去从头到尾做了一次非常完整的造型。

"需要这么兴师动众？"

回国之后都有好长时间没有做过香油 SPA 的池亦然，此时此刻有点受宠若惊，毕竟从前她忙得都没有这么宽裕的时间用来放松。

“你明天可是要去拍定妆照，状态一定要好，跟你一起竞争的可都是设计圈里小有名声的人物，气质上我们不能输。”

小良跟着池亦然在芬兰待了很长一段时间，说实话，对国内的设计师并不是很了解。这一次阵容公布出来，她可是好好做了功课，几乎是熬夜刷另三个设计师以往参加秀场的视频，还有服装的风格。

不能打无准备之战！

“对了，搭档你会选谁啊？跟奕忻聊过了吗？”按照节目的套路，选搭档这个环节肯定要做一些噱头。池亦然的实力摆在那里，小良自然相信她跟谁搭档都能磨合成功。但这毕竟是综艺节目，对于处事向来低调的池亦然，极有可能不适应节奏以及关注度。

所以，如果有奕忻在的话，池亦然能免去不少麻烦。

“选谁不是我说了算的吧？当然是最熟悉的人最好相处，奕忻说他会安排，那我就没有再说什么了。”

池亦然闭上眼睛，舒服地哼了一声：“我还害怕跟他组队呢，指不定还给我惹麻烦。”

第二天一早，奕忻给池亦然打电话的时候，她正在刷牙，嘴里含着泡沫迷迷糊糊应了几句。

“啧，我怎么有你这样的姐姐。”

奕忻的话音里充满嫌弃。

得知他们姐弟俩参加同一档综艺节目，母亲夏妍柔就没有不操心过，时不时叮嘱他在节目里一定要照顾自己的姐姐，毕竟池亦然从未涉及过娱乐圈。

“你姐好不容易才恢复到现在的状态，你可千万不能让她再受到什么打击了知不知道？”

就昨晚，母上大人又吩咐了一遍，这不，一大早他就乖乖打电话过来了。

今早的日程安排其实很简单，过去之后大家见个面，拍个定妆照跟花絮预告片，如果时间允许的话还能一起吃顿饭。至于记者见面会，就要等定妆照出来之后，进行首拨预热。

奕忻派人来接池亦然，小良陪着她一块过去，到了现场就被工作人员指引进了专属的房间里化妆。

“Yizzan，你看，真不愧是国内金牌综艺团队，你看看这些细节他们做得有多好。”小良摆弄着桌上的标签，从门牌到桌上的邀请卡，都写着池亦然的名字。

“奕忻到了吗？”池亦然望着镜子中紧张的自己，不停地深呼吸，“我好紧张。”

“已经在房间里。奕忻说了，等他化完妆就过来。”化妆师一边帮池亦然打底，一边回答。作为奕忻的御用化妆师之一，这一次被安排过来帮忙化妆，小姑娘心里满满都是八卦因子。

毕竟跟在奕忻身边这么久，都还没见过他对哪位女生这么上心，更何况这一次是直接把她派过来帮忙。

小姑娘到底年纪轻，嘴上没敢问，可眼神里都是打探。

池亦然抿着唇，看懂不说破。

很快，敲门声响起。

小良从座位上弹起来小跑过去开门，来人正是奕忻，上完妆的他比平日素颜的模样更帅了几分。

“怎么，太帅，看傻了？”

调侃了小良一句后，奕忻瞥了眼化妆台前的池亦然：“啧啧啧，你化完妆还真有点人模人样了。”

池亦然：“……”

小化妆师：“……”

就冲着这句话，小姑娘脑海里那想象了一百万字的玛丽苏剧情彻底化作泡沫，有谁会对着追求者说她化完妆人模人样？

“狗嘴里吐不出象牙。”池亦然望天翻了个白眼后，看都不多看奕忻一眼。

大少爷走到沙发坐下，大长腿无处安放，一边随手拿过一本杂志翻看，一边还不忘指挥着小良帮忙冲咖啡切甜点什么的。

若不是有外人在，池亦然早就起身一个蛋糕直接往他脸上盖了——

让他老是欺负她的人！

“Yizzan，化好了，你看看还有没有什么需要修改的地方？”

化妆师手法细腻，化的妆容比池亦然平日里精致许多，与从前冷色系眼影大红唇不同，这一次的妆容完全就是时下小女生最喜欢的桃花妆。

池亦然看了一眼，愣住了。

太少女了吧！

要知道她一直走的都是御姐路线的啊，突然变萝莉是什么鬼！

“这个……”池亦然看着眼妆有些手足无措。

“太好看了吧！”

小良一句话盖住了她所有抗拒的想法，从未见过池亦然化这种妆，一时之间有种看见新大陆的感觉——

“这个妆，再搭配那条白色长裙，我们把头发卷一下，完美！”

“你难道不觉得这个妆不适合我？”池亦然怀疑地看着小良。

小良一脸嫌弃：“你老把自己弄成三十几岁的模样才不对呢。我早就想说了，高冷路线走久了偶尔换换也不错。不然你问问奕忻，我说得对不对！”

突然被点到名，坐在沙发上正在玩手机的奕忻抬起头来，随意扫了一眼，舌尖抵着腮帮似笑非笑：“我不是都说了嘛，人模人样。”

小良：“……”

还不如不问呢。

房间里四个人，三个人互动，剩下化妆师小姑娘一个人不知所措，也不知道自己是做对了还是做错了，拿着化妆刷忐忑不安地站在一旁。直到奕忻开口让她离开，这才如释重负。

眼看着门关上，池亦然伸手就要去拿卸妆水，了解她的小良眼疾手快抢先一步拿到，藏在身后。

“干吗干吗！”

“我不习惯这种妆，太少女了。早知道就应该吩咐她一句的。”

“我真觉得挺好的，你就试这一次，定妆照而已嘛，下一次见面会你换回从前的风格不就行了？”

奕忻走上前来，摁住蠢蠢欲动的池亦然：“老姐，你就别折腾了，哪来那么多时间给你卸妆后重新来。我过来是有另一件事情要告诉你，你先答应我要冷静。”

平日里时常跟她对着干，嘻嘻哈哈从不正经说话的奕忻突然露出这样的表情，池亦然愣了一下，蹙了蹙眉：“怎么了？”

实际上这一次如果不是池亦然被邀请，奕忻也不会答应来当真人秀的固定嘉宾，公司跟经纪团队给予他的定位就是演技派，当下最重要的就是接好的剧本认真拍戏。真人秀综艺节目，一来拍摄时间很长，二来就是对艺人形象的曝光度很高。

从前是电视剧电影里的人物，形象永远是完美无缺的，一旦参加真人秀，肯定会曝光一些生活中的习惯或者品性，路人转粉跟粉转路人，就是两极化影响。

最初团队想要拒绝，很反对参加，无奈导演诚恳邀请，再加上班底靠谱，奕忻本人也没有摇头，这才答应。

所以这档节目，定妆照是由谁来操刀，整个拍摄过程工作人员都有哪些人，奕忻根本就不清楚。

今天一过来才知道，说巧不巧，这个摄影总监可不算是陌生人。

“江景川是我们这档综艺的摄影负责人，今天的定妆照，还有往后每期节目里的花絮照，基本都是由他跟他的团队来操刀。”

一句话结束，一室静默。

小良第一反应就是看向池亦然，后者则是僵直在原地。

奕忻有些懊恼地抓了抓后脑勺，他最害怕看见池亦然这个表情，从前与她顶嘴与她作对，那都是闹着玩的，说到底还是自己的亲姐姐，哪有不希望她好的道理。见过她失魂落魄的样子，每每回想起来都恨不得揪住江景川的领子给他几拳好让他清醒清醒。

“我怕你们待会儿撞上了，出状况，所以先过来跟你说一声。这个时候跟节目组沟通换摄影师肯定是来不及了。姐，你能撑住吧？”

撑住？

这说的是什么话，池亦然回过神来，状若无恙地捋了捋空气刘海儿：“我刚才只是惊讶怎么到哪里都能遇见这个人。你们放心，我没事，他又不是洪水猛兽我怕什么。再说了，他不过是个拍照的，能拿我怎么样。”

奕忻低头看她，后者透过化妆镜与他的眼神对上，勾唇。

“不愧是池大小姐，够气场。”

时间临近，奕忻回到自己的房间做准备，工作人员陆陆续续过来请嘉宾到摄影棚里拍定妆照。

幸有提醒，看见江景川的那一刻，池亦然并没有露出惊讶的表情，也没有失态，而是把他看作初次见面的工作人员，礼貌打招呼后再没有多看一眼。

单人定妆照的拍摄非常顺利，毕竟对方曾是自己的恋人，他们在一起的时候，江景川就给池亦然拍过无数张照片，什么样的角度最能展现她的美，捕捉什么小动作最有神韵，他都一清二楚。

小良抱臂站在台下紧张地看着这两个人，不时还能听见身后有人在窃窃私语。

“这不是前阵子很出名的那个摄影大师吗？在艺术宫办过一场个人摄影展，好像主人公就是这个 Yizzan 啊。”

“我也看过这个消息，好像说这两个人是恋人？”

“恋人？不是吧？你看这零互动还有眼神，就冲着刚刚打招呼那个样子，不知道的还以为是初次见面呢。”

“那要么就是闹分手了，总之上一次江景川接受采访的时候暧昧承认过，跟 Yizzan 的这段感情，最刺激。你看看，用‘刺激’这两个字来形容，啧啧啧……”

这个世界上最拦不住的就是八卦人的嘴，小良一边听一边感慨节目组的心机安排，请来了池亦然，还不忘叫上一个江景川。这样的话，不管池亦然在节目里有没有突出表现，就冲他们俩这层暧昧的关系，就足够八卦版块几天的头条内容了。

“喂，发什么呆。”

手臂突然被人撞了一下，小良差点站不稳，扭头一看就见奕忻坏笑地看着她：“怎么，被今天帅气的我给迷到了？”

周围可都是人，这家伙居然堂而皇之地跟她咬耳朵，小良吓得背后直冒冷汗，拉开距离咬着后槽牙低声道：“臭不要脸，离我远一点儿。”

奕忻也没有恼，扬起下巴点了点前方：“看着点儿，她都拍完了。”

听他这么一说，小良连忙回过头。

果不其然，池亦然个人宣传照已经拍摄结束，正捋着头发准备走下台。

“Yizzan，你的状态真好，拍出来的照片特别好看。”现场导演忍不住称赞。

池亦然笑了笑说声谢谢便由小良扶着走下台，这期间，她看都没有多看江景川一眼。

“你刚才的表现简直棒呆了！你都没看，江景川那眼神，透着满满的失落。”小良压低了声音说道。

个人照结束之后还要等着拍团体照，所以池亦然并没有离开，而是坐在了角落的休息区。

这刚一落座，身旁的小良就叽叽喳喳说个不停：“我还以为你会因为他而放不开手脚呢。就刚刚，我站在那里，好几个工作人员在我身后八卦。”

“我觉得你也挺八卦的。”

池亦然闲闲应了一句，拧开保温杯的盖子，喝了一口茶水后看向摄影区，这会儿正轮到奕忻拍摄，而在他之后，只剩下顾皖迟。

“Wan 怎么还没到？”

小良低头看了眼腕表时间：“比赛结束了，估计正在赶过来的路上吧。他还真是心大，都不用提前过来化妆做造型的吗？”

“Swing 有独立的化妆师，兴许已经化好妆了也不一定。”

话音刚落，就听见门口传来喧哗声。

说起来这个综艺团队里也有不少年轻人，喜欢打游戏的自然也就认识 Wan，这不，人刚到门口，就有小姑娘举起相机来拍照了。

“这人气，要说是当红偶像来了我也是信的。”小良不禁感叹了一声。

最近正值常规赛争夺季后赛名额，赛程安排上比较满，其他嘉宾也不可能就着顾皖迟一个人的时间来安排行程，所以一打完比赛他就往这里赶，连赛后采访都来不及参加。

这会儿奕忻的拍摄还没结束，顾皖迟环视了一周，就看见朝他挥手的小良，立马快步走过来。

“然姐。”

“恭喜你，今天的比赛打得不错。”

池亦然方才抽出点儿时间刷了一下微博，虽说没能追直播，但几拨精彩 gank（游戏中的一种常用战术）的操作她还是通过小视频看见了。

顾皖迟在池亦然面前，永远没有赛场上的那抹高冷气场，相反就跟个小孩子一样。

这一次能接到综艺邀请，一听说池亦然也在，顾皖迟几乎是没有犹豫就接受了。

事实上，俱乐部也有点担心，毕竟综艺节目录制过程，正值赛季阶段，少了训练或者是分心都会对比赛结果有很大影响。

电竞粉里最不缺的就是那些激动的键盘侠，一方面听说顾皖迟接了综艺节目，为能够看见他离开赛场后的模样而激动；另一方面又讽刺他比赛不专心，这会儿还想着进军娱乐圈。

所以说，压力还是有的。

“然姐，我听说节目是两两搭档。”顾晥迟摸了摸鼻梁，“你会选谁做你的搭档？”

这问题抛出来，小良立马露出看热闹的笑容。她知道得虽然没有林为安多，但顾晥迟喜欢池亦然这件事情，在他们这帮人之中还是藏不住的。

光是这个问题里隐含着的小情绪，就足以证明。

池亦然轻咳了一声，摊手：“都是节目组安排的，我也不清楚会跟谁分到一起。当然，能跟你搭档的话也挺不错，最起码我们是朋友，算比较熟悉了。”

“朋友”两个字，说者有心，就看听者能不能悟出其意了。

就在顾晥迟沉默着没有说话，气氛一度陷入尴尬中无人可以缓解的时候，有人喊了一声：“Wan 在哪里？顾晥迟先生，轮到您拍照了。”

小良从没有一刻像现在这样觉得场监很重要。

“Wan，先去拍照吧，我们在这里等你。”

顾晥迟点了点头，随着助理走到摄影棚，途中与奕忻擦肩而过，前者点头算是打招呼，后者则是深深看了他一眼。

解着腕上的袖扣，奕忻来到池亦然身边，嘴角噙着看热闹的笑意，丝毫不怕挨揍地打听：“就那个小不点，是你的追求者？”

闻声，池亦然瞥了他一眼：“人家有名有姓叫顾晥迟，你可以称呼他一声 Wan，从身高上讲跟你不相上下，所以喊谁小不点呢。”

“哟哟哟，还为他辩解了啊，小我两岁不就是小不点。”

奕忻回头看了眼已经站上台，正在摆姿势拍宣传照的顾晥迟，再看一眼江景川，回想着自己方才拍照时的模样，冷哼一声——

“未来怕是有好戏看了。”

所有嘉宾个人宣传照拍摄结束之后，工作人员便开始组织大合照的拍摄。从站位上看，奕忻无疑是“C 位”，而他旁边，最开始安排的是资历跟年龄都比池亦然要高的刺绣大师 Rita。

台本上写的站位从左至右分别是燕泽、梁婧言、肖渟轩、Rita、奕忻、顾皖迟、池亦然跟王维维。

但实际上，站上去之后，位置在奕忻不经意的安排下发生了小小的改变，他的右手边变成了池亦然。

也就是说，池亦然站在了他跟顾皖迟之间。

看见这个站位，最先蹙眉的是台下摄影师江景川，仿佛刻意要刺激他似的，奕忻每次跟池亦然说话，都故意把头凑得很近，甚至有好几个小动作都是肢体接触。

未曾察觉他小心思的池亦然还觉得自家弟弟突然变得很绅士，殊不知台下的人整张脸都黑了。

“奕忻，你能稍微往左边一点儿吗？”

江景川忍不住出声提醒他。后者勾唇，搂着池亦然的腰随他一起往左边移动了一下。

见他这个动作，江景川举着相机都想要一把砸过去了。有个顾皖迟还不够，现在居然还多了一个奕忻。从前怎么不知道池亦然这款这么受“年下男”的欢迎，特别是她今日化的这个妆，跟从前完全不一样，变得更加少女了，一时间，倒真有种需要身边两个男士照顾她的感觉。

许是察觉到了台下人的眼神跟小声议论的动作，池亦然不动声色地挣脱开奕忻搭在她腰间的手，小声提醒他注意一点儿。

不过是一张大合照，台上台下的人各有心思，互相试探着对方。

就连顾皖迟也注意到，这个叫作“奕忻”的小影帝，似乎对池亦然有意思。

至于其他人，兴许是距离的缘故并未曾发现，直到后来综艺节目正式开拍，他们才发现——

原来 Yizzan 的异性缘还真是好。

Chapter 08

爱情里最忌讳的事

拍摄定妆照跟花絮的过程里，江景川的目光就没有从池亦然身上离开过，每一次她跟奕忻还有顾皖迟走得近一些，某人的眉头就皱得跟深渊似的。小良一下午看下来，就担心江景川会不会气到内伤。

“你就没发现，他一直在看着你？”

结束时，池亦然揉了揉肩膀，满脸倦容，都还没有开拍呢就觉得比画十张设计图还要累。小良走上前来递水，顺带提醒她这半天下来还有个人比她更痛苦。

池亦然一边喝水，一边用眼角余光瞥着同导演交谈的江景川，嘴角露出一丝不易察觉的微笑，她怎么可能没有发现。

哼，就是想要让他知道吃醋是什么滋味的。想一想她当时在芬兰发现那么多私房照时的感觉，就觉得江景川现在受的都不值一提。

“对了，Yizzan，奕忻让你在地下车库等他，说是要跟你一起吃饭。”

“好，那你先回去，今天辛苦了。”

小良摇摇头，嘱咐池亦然路上小心点，别被狗仔拍到什么照片。

见池亦然露出一副无所谓的样子，她才后知后觉，这两个人最不怕的就是传绯闻了……

收拾好东西，离开个人休息室，迎面正好碰上顾皖迟，池亦然这才注意到他的休息室就在自己对面。

打了声招呼，见池亦然步履匆匆，顾皖迟想要约她一起吃晚饭的话到了嘴边还是收了回去。

总会有机会的，不是吗？

一路三步一回头，赶到停车场上了奕忻的车，池亦然这才松了一口气，一边系着安全带，一边打趣自己："长这么大，还没体会过这种偷偷摸摸的感觉，我怎么觉得跟演间谍戏似的？"

"你觉得是因为我？"奕忻把着方向盘，指了指自己，"是你自己烂桃花太多了吧？一个江景川不够，还来了个电竞小屁孩，一个综艺节目都快被你玩成情敌战斗了。"

最开始奕忻没觉得麻烦，反倒是知道江景川也在节目组里时，想着好好玩一玩他。就连怎么跟池亦然玩暧昧，以此刺激他的招数奕忻都想好了，结果就是没想到，半路杀出了一个顾皖迟。

这三个人的戏码，可比两个人的难玩多了。

"你以为我愿意啊，我要是知道江景川在，我肯定不接这档节目。"池亦然捂着额头，光是样子看上去就很疲倦。

她简直想象不了未来节目开拍的时候，会出什么幺蛾子。

"啧啧啧，你看，谁来了。"

闻声，池亦然顺着奕忻的目光看向电梯口，一眼就跟江景川对上，男人似乎也察觉到，径直看向这边，吓得池亦然一边连忙把遮光板放下来挡住自己，一边催着奕忻赶紧开车。

"愣着干什么，走啊！"

奕忻吹了声口哨，慢悠悠发动引擎，还不怕惹事地开车从江景川身旁经过。隔着窗户，池亦然对上那双眼睛，心里"咯噔"一声。

"能不给我惹事儿吗？"

出了车库，池亦然哭丧着一张脸瞪着奕忻看。

她太了解江景川了，就他刚才那个表情，结合着一天下来生的闷气，不发飙才怪。

这边始作俑者还跟个没事人似的，哼着歌：“多好玩，我早就想报复他了。”

池亦然：“……”

不经意间看了眼后视镜，忽然觉得身后跟着的那辆车很熟悉，她想了想，猛地坐直了身：“是江景川，他在跟着我们！”

“不是吧？玩追击战？”

奕忻伸出舌尖舔了舔唇，看了一眼，的确是有辆车子跟得很近。他本是打算带池亦然回池家吃饭，特意选了一条新大道，来往的车流并不多，一方面是避开那些狗仔，另一方面离家也比较近。

可这反倒给了江景川机会，车流量少，他追得也比较轻松，一来二去奕忻试图甩掉他都没有办法，反倒是把坐在副驾驶位置上的池亦然晃得快吐出来。

“别再这样飙车了，你停下来，我问问他想干什么。”

池亦然强压住不适感，催促着奕忻停车。可是少年起了不想认输的心，一固执起来也是不听劝。直到身后传来“嘭”的一声，紧跟着因为刹车整个人往前猛地撞了一下，池亦然苍白着脸回过神来，手忙脚乱解开安全带，推开车门不顾一切地往后跑——

她从没有这么慌乱过，身手矫健地翻过绿化带，冲到车子旁边，皱着眉头忍下呛人的白烟，拍打着车门。

“江景川！你开门啊！江景川！你没事吧？你听得到我说话吗？喂！江景川！”

她的嗓音里带着颤意，不停地喘着。

“江景川！江景川！”

就在她颤抖着把高跟鞋脱下准备敲碎车窗的时候，车门“啪嗒”一声打开来。江景川抿着唇下车，刘海儿被汗水打湿，双眼盯着池亦然看。

女人苍白着一张脸，喘着气，双手不停地在他身上摸着试探着，生怕他哪里受伤了。

江景川叹了一口气，重重将她搂进怀里，双手紧得仿佛要将她揉进自己的生命里一样。

闻着他身上熟悉的味道，惊魂失魄的池亦然只觉得眼前模糊一片——

惨了。

她这才知道，原来还是在意的，很在意。

“非要我用这种方法来逼你承认吗？亦然，你关心我。”

沙哑的嗓音从头顶上传来，池亦然只觉得浑身上下失了力气，站也站不稳。

随后追过来的奕忻，看着撞上绿化带的车子，再看一眼安然无恙抱紧池亦然的江景川，对上男人那双深邃且犀利的眼。

“真是疯子。”

不惜用自己的命来逼迫他停车，逼迫池亦然跑过来，不得不说，这种糟糕的办法只有江景川才想得到，而他也成功地引起了奕忻的注意——

这个男人，远没有想象中的那么简单。

救援车来得很快，车头保险杠撞坏了，凹了一块进去。车子根本开不了，保险公司安排拖车过来，另一边江景川也在池亦然的陪同下去了医院做检查。奕忻由于身份特殊的缘故先行离开，走之前欲言又止，但最终什么话都没有说。

检查结果出来之前，池亦然一直站在走廊靠阳台的位置，吹着风，视线落在远处，猜不透心里在想些什么。

江景川坐在休息椅上，距离不过十米，却觉得好像隔了很远。

“我当时在想，如果你没有跑过来救我，我会怎么样。”

他几乎是在赌，赌池亦然还在不在乎，像这种幼稚且小儿科的戏码，从前都是不屑的。可就在看见池亦然上了奕忻的车离开的那会儿，他生怕自己再什么都不做的话，就都迟了。

手心仿佛还有汗水残留，脊背上的冷意也还没完全褪去，听到这样的话，池亦然几乎是顿了很久才缓缓回过头来，嗓音里一丝暖意都没有："江景川，你觉得用自己的命来换我一个反应，好玩吗？"

"不是好玩，是值得还是不值得。"

面对江景川眼底的那份坚定，池亦然最终什么话都没有说。她也不知该说什么，发过脾气，给过冷脸，可就这么轻轻一试探，自己那份藏在心底里的小情绪一下子就冒出来了。

人嘴上说的，总是跟心里想的不一样。

"江景川先生在吗？您的检查结果已经出来了，请到大厅自助打印机打印。"

小护士走出来通知了一声。

江景川说了声谢谢，便打算起身去打印。池亦然抢先一步夺过他手上的身份证："我去，你在这里坐着。"

取到结果，池亦然一边看一边给江景川的助理打电话，将医院地址报给他。

一听说江景川出了车祸，小助理吓得说话都磕磕巴巴，综艺节目可要开拍了，这时候要是出什么岔子可怎么办。

"没什么大碍，就是脖颈扭伤，需要休息一下。我这边还有点事情，你先过来接他。"

"好的，我这就去。"

距离隔得近了，池亦然打电话的内容江景川也听得到，等她收起手机，他便直勾勾地盯着她看："你让谁来接我？"

"你助理。"

"你呢？"

池亦然只觉得好笑："我送你来医院，只是想看看你到底有没有事情，毕竟我是现场目击证人，万一你要是碰瓷，我不就难办了？但现在检查结果已经出来了，不过是脖子扭伤，你助理送你回去，我还有自己的事情要处理。”

听到这里，江景川眸色一暗。

“原来你并不是因为关心我在乎我才跟我过来的，而是怕我找奕忻的麻烦？他到底有什么好，值得你这样对他？亦然，娱乐圈里的人可比你想象中的复杂很多，别玩火。”

误会她跟奕忻在一起？

池亦然皱了皱眉，虽说有点荒唐，但她并不打算解释什么，看了眼腕表上的时间，家里人还在等她回去吃饭，是不能再耽搁了。

“你在这儿等你助理过来接你，我有事先走了。”

“池亦然，嘶……”

许是太激动，扭伤的部位扯了一下，江景川倒吸一口冷气，但即便这样，池亦然也没有停下脚步回头来看他，毅然决然地离开。

爱情里最忌讳的就是两个不服软的人在一起，互相较真，互相要强，谁也不让着谁。先前就是这样，江景川总以为池亦然发过脾气就会冷静下来，没想到她真的没有回头。

所以，这一次他来白城，就已经做好了死皮赖脸的准备，像现在这样，用命搏出位！当然，成功地换来一个答案——那就是池亦然还是在乎他的。

从医院赶回到池家，一桌子好菜早就凉透了。老池先生双手抱臂坐在客厅沙发上生闷气，奕忻则站在旁边对着刚进门的池亦然挤眉弄眼。

奕忻：你死定了知道吗？居然敢放咱爸的鸽子？

池亦然：确定不是因为你来了，老爸才生气的？

正从厨房里热完菜出来的夏妍柔，看见这姐弟俩眼神交流，忍不住拉下脸：“打什么哑谜呢，有话就说！你们俩都给我老实交代，说好的七点钟回家吃饭，怎么一个满脸狼狈，一个迟了整整两个小时？不是一起回来的？”

“路上出了点儿事情耽搁了，妈，您跟爸怎么不先吃？不用等我的。”

让家里人等这么久，特别还是长辈，这让池亦然多少有些过意不去。这些年她一个人在外肆意惯了，也很少回家来，难得一次聚餐就被江景川搞成这样，想一想就觉得后脑勺一阵闷疼。

“池亦然。”

“到！”

被老池同志点名，池亦然下意识站军姿。

“你过来。”

池仲卿指着面前一平方米地板砖的位置让池亦然站过去，就跟小时候受罚一样。

见她双手垂在身侧，低着头慢吞吞挪到指定地方站好，老池拧紧了眉：“你是不是都忘了我之前怎么说的了？哪个圈子都能碰，就娱乐圈不能！你是不是把我的话当成耳边风！”

糟糕。

老池同志发火了，“娱乐圈”这三个字就跟定时炸弹一样安在奕忻身上，表面上看是在指责池亦然，但实际上就是在含沙射影说奕忻。

当初他一根筋要往这个圈子里钻的时候，老池同志就气得砸烟灰缸，不让他姓池。这不，现如今在娱乐圈混得风生水起，可又有几个人知道，他本名其实叫池奕忻。

“爸，我没想要接这档综艺节目的。您又不是不知道，我就是一个做衣服的，在国外低调了那么长时间，要是想红，早就进这个圈子了。我就是想老老实实做我喜欢做的事情，只是现在社会环境不允许我这么低调……”

说到这里，池亦然还有些不好意思了。

“我前段时间不是帮Swing战队设计战队服了嘛，然后意外火了，人家综艺团队就找上门来了。助理也没跟我商量，觉得是为了工作室，所以就接下来。后面我看有奕忻在，我还可以帮您管着他啊！不入虎穴焉得虎子，我这是在考察他的工作环境，稍有不慎，还可以及时将他从泥潭里拉出来不是！”

奕忻：“……”

听到这样充满正义感的话，他都差点想要举双手鼓掌了。池亦然这样的口才跟应变能力，当个设计师未免也太大材小用了点儿。

她怎么不说自己是去当卧底的，随时拯救娱乐圈里的迷途羔羊？

“所以，你是为了他才答应接这档综艺的？”池仲卿用怀疑的眼神看着池亦然，后者斩钉截铁地点头。

“爸，您不会连这种哄小孩的话您都信吧？”奕忻不服气，就这种话，听着他都觉得假，可偏偏每一次，池仲卿都会信。

这不——

“信谁也不会信你！”

老池同志一句话，成功让奕忻失去了争论的兴趣，恹恹地摸了摸鼻子坐到沙发靠边的位置，只要不触及风暴中心，他就觉得自己是安全的。

“官宣了，报纸新闻都出了，亲朋好友都找上门来问了，我才知道你去参加这样一档综艺。你是不是觉得长大了，做什么决定都不用跟家里人说一声？”

池仲卿手撑着大腿，一脸严肃地看着池亦然：“你一个人，说去国外留学，我没有说过一个‘不’字。毕业之后闷不吭声在芬兰开了一个什么工作室，我念着你年轻有一颗想要闯一闯的心，也没有说不赞成。最后却满身狼狈地跑回白城。舆论抨击所受的苦你觉得一次还不够，还得来第二次？”

说到底，还是心疼自己的女儿，得知妻子比自己先知道还没有拦着池亦然接下这档综艺节目的时候，池仲卿就发过脾气。

今天他就是想要知道，池亦然到底是怎么想的。

如若这档综艺不是她自愿接下来，那他池仲卿就算把老脸豁出去，也会帮她把退出节目后所需要承担的都一并扛下来。

“爸，事情确实没有您想象中的那么复杂，而我也不是一年前那个抗压能力极差的池亦然了。”

池亦然一直都很愧疚，之前因为江景川跟工作上的事情把自己的生活搞得一团糟，以至于让父母担心了很长一段时间。

如今她已经调整过来，也想清楚了一些事情。

“我是工作室的老板，手底下也有几十号员工，如果不能把工作室运营做好的话，年轻人会对我这个老板觉得很失望的，所以我不能只考虑我自己。这档综艺是一个很靠谱的团队在做，又有奕忻在，爸，您放心吧，我不会有什么事的。”

许是最后一句话，把池仲卿给说服了。他皱着眉头看向儿子，先是拍了一下桌面，后是沉声吩咐：“臭小子，记得罩着你姐姐，她要是有什么闪失，我拿你是问！”

奕忻点头哈腰应着，心里想，若不是长得有八分像，他都要怀疑是不是亲生的了。

“好了好了，事情谈完可以吃饭了吧？菜都热了好几遍了，奕忻晚点还有工作，我们先吃饭。”

见气氛缓和，夏妍柔连忙站出来招呼吃饭。

就这样，一顿本该七点钟开吃的大餐，硬生生拖到了将近十点，成了夜宵。

这边池家人松口，那边池亦然跟江景川之间的气氛也发生了些微妙的变化，说不清楚道不明白，但那抹默契的配合连旁观者都能感受到。

节目开拍，搭档是通过衣服搭配来作为选择，原以为奕忻会稳稳跟自己一组，却没想到最后关头顾皖迟变卦，选了池亦然设计的那一套。

就这样，池亦然跟顾皖迟一组，奕忻跟梁婧言一组，Rita 跟肖渟轩一组，剩下的王维维就跟燕泽一组。

定妆照一出，网上一片喧哗声，CP 党们乐此不疲地开始了新微博的运营，B 站里的大神们也不甘寂寞，开始了新一轮的视频剪辑。

“你看这张图，你俩还真的挺配的，我说江景川怎么改性儿了，从前不是都不让你跟顾皖迟靠近的吗？”

拍摄间隙，剧组休息，池亦然正在研究设计图，小良就拿着网上的热门微博在她身边晃悠，一边欣赏一边碎碎念。

得知江景川吃醋池亦然跟奕忻同车离开，不惜制造了一场小车祸把自己送进医院后，小良这颗心就一直吊着。生怕录制节目中途他做出什么疯狂的行为，每一个小动作都紧紧盯着，也不让他过分靠近池亦然，做好了十级防御准备，就连奕忻都能看出来她对江景川的敌意。

可不知怎的，江景川反倒变沉稳了，一旦拍摄开始，他俨然就是摄影监制，每一个角度都抓得很精准，也没有说只盯着池亦然看。

“他是不是进了趟医院，想明白了？”

问了不知第几遍，池亦然终于抬起头来，没好气地解释：“他也不是想明白了，只是公私分明，工作上还是有一个专业的态度，不能拖累一整个团队。”

谁说他没有管着她了？

后半句池亦然没说出口，只是在心里碎碎念了一把。就刚才最后一部分的拍摄结束，顾皖迟给她递了瓶矿泉水顺带帮忙拧开了瓶盖，结果倒好，某人跟一阵风似的从她身边刮过，以迅雷不及掩耳之势把矿泉水带走，只轻飘飘留下一句“谢了”。

弄得她跟顾皖迟僵站在原地，面面相觑很是尴尬。

江景川不是想明白了，而是更小孩子气了。

综艺节目的拍摄没有想象中的那么轻松，再加上对手是实力强劲的同行前辈，池亦然觉得，几次节目下来比她画几百张设计图还要累。一开始根本没有松口气的时间，就连梦里都是线条跟色彩搭配，说是轻松的真人秀，但一个细节的失误很有可能就会在网络上掀起一轮口水骂战。

唯一让池亦然觉得不虚此行的就是设计圈里的技术较量，台上是对手，台下就成为朋友，不同设计领域，很多从前涉及不到，学习不到的知识点，这一次可算是过把瘾了。

四组搭档里，池亦然、顾皖迟这一组跟奕忻还有梁婧言这一组关系是最好的，梁婧言作为设计圈的新秀，从她身上能看见很多年前自己的影子。光是这一点，就让池亦然觉得很喜欢，私底下也教给她不少东西。

但很多时候，真心付出未必能得来相应的回报，或许从一开始没想过要得到什么，可也万万不会去想别人会设计陷害。

从第一期定搭档还有自由主题，到第二期电影经典主人公主题，到第三期科幻主题，四组人呈现出来的还算是一个比较平和的竞争状态。火药味多数时候是出现在自己组里，设计师与搭档头脑风暴时的意见不同，很少会说去针对其他组。

可来到第四期的中国风山水主题设计，池亦然就察觉到了异样。

按照原定时间前往录制现场却被通知材质选择流程已经结束，留给池亦然团队的只剩下欧根纱。

这是池亦然最不想碰的一种，既然是山水主题，那么选丝绸无疑是最靠谱的。先前她在国际大赛上一举夺下金奖设计的也是这一主题，当时也是选了丝绸这一材质。还以为十拿九稳，没想到是被人阴了一招。

“不是说今天录制推迟吗？”小良在设计室里气得团团转，“什么情况？就诓我们一组？用别人选剩下的来做？是太高看我们了还是怎样？”

估计是把池亦然当成最强劲的竞争对手了，毕竟前几期她设计出来的衣服，都得到了品牌方的欣赏跟赞许，市场权的拍卖也上升到了一个很高的价位，这让其他设计师都有了危机感。

节目归节目，但市场资本这一块他们不能落下风。

所以这一次的设套，池亦然不敢去想是一个人的主意，还是多个人的心心相通。

她站在设计室里望着面前节目组准备的有限材料跟配饰，陷入了长时间的沉默。既然她做过一次中国古典山水刺绣主题的设计，且成功了，那么这一次她也能精准把控主题，试图去尝试别人不敢碰的，对自己既是挑战也是突破。

做得好，那就是对她能力的一种认可。

“小良，先把这些收拾好回工作室吧。晚一点儿 Wan 结束训练赛回来，我们再一起讨论一下。”

“你真的要选欧根纱？”

面对小良的质问，池亦然靠着桌子，晃了晃手里的流程卡：“不然呢？你看这屋子里还剩下什么给我们？越是别人不敢选的，我们能设计好，越是能体现出我们的实力不是？要不然，总觉得我们是草包可就不好玩了。”

若不是周围还有摄像头在，池亦然真想说，这节目还不是你小良要接的，现在被坑到了，知道哭了吧？

出了门口迎面而来的是江景川，池亦然站定等着他走过来，见面第一句话就是：“上次节目开始，你就不负责拍我们这一对了？”

江景川蹙了蹙眉，下意识对“对”这个字有些挑剔：“谁说你们是一对了？”

池亦然：“……”

小良没忍住，呛了一嗓子，一边咳一边指着停车场：“我去那里等你。”

“不用等了，她跟我走。”

都被拐上车了，池亦然才后知后觉瞪着江景川问，她什么时候同意跟他走。

结果，江景川一个眼神落在某人自动扣上安全带的小动作上，勾了勾嘴角，不对她这种心口不一予以反驳。

“今天迟到不是意外？”

拍摄中发现池亦然这组人没有到，负责他们这组的导演很是着急，后面又不知道见了谁，陆陆续续进进出出，只知道后面所有人都开始忙起来，并没有因为少了一组而延迟拍摄进度。

江景川也只是在收工之后检查一遍照片，正准备离开就碰巧遇上了赶来的池亦然跟小良。

“有人通知我们今天拍摄延迟两个小时，我还跟梁婧言确认过，她也说是，我才晚到的。”

“梁婧言？”

江景川蹙了蹙眉，俨然一副没有想起来是谁的样子。

池亦然看着他，嘀嘀咕咕：“装，我就看着你装。”

初次见面是一回事，都录制第四期节目了还在这里假装不认识人家，池亦然撇着嘴，她可没少看见江景川旁边围着小女生咋咋呼呼看照片的场景。

“你别又开始给我加戏，我是真的没有去在意，骗你干什么。”江景川一边把控着方向盘，一边也没落下池亦然脸上的小表情，“每个组都有负责的拍摄人员，我主要就是跟着你，还有监制整个后期。看你都觉得不够，还有什么心思去看别人。”

池亦然：“……”

车厢里气氛骤然变得暧昧起来，摇下车窗试图让风吹散，结果却发现自己的脸颊越来越烫，池亦然有些后悔上了这辆车了。

“你说那个谁，也跟你说今天拍摄会延迟？可现场嘉宾除了你们，其他的可都准点到齐了。”

听到这话，池亦然抿着唇，心里下意识不愿意去把梁婧言那个小姑娘想坏了：“或许，她是临时收到消息赶过来的呢？”

“那为什么她收到消息了，你却没有？”

江景川的反问成功地把池亦然堵得说不出话来。

“三个女人一台戏，像这种节目就不可能一直是平和状态。这一期的主题是山水，丝绸跟棉麻材质的面料都是首选，欧根纱，你打算怎么处理？”

池亦然深呼吸，呼了一口气：“欧根纱是婚纱设计的主力，放到山水中国风反倒显得格格不入，给人一种一眼就是西方风格怎么能做出中国韵味。所以，我还需要时间好好想一想。”

“没有人给欧根纱下标签，觉得它就是西方风格的，你只要记住这一点就好。”

难得江景川这么认真地说一句话，池亦然掀开眼皮偷偷瞥了他一眼。从她这个角度看过去，是男人深邃的眉眼，高挺的鼻梁，棱角线条分明的下颌线。

他的确是那种很出众的样貌，不油腻，也没有一点儿柔软跟精致的线条，从眉眼到嘴角、喉结，都是成熟男人的风格。

也难怪那些小女生喜欢缠着他了。

想到这里，池亦然不自觉瘪了瘪嘴，她还是会有点儿不满。

江景川在白城的住所是在天御湾，上一次来，还是借着酒意耍流氓，池亦然都不敢回想当时的画面怎么样。从那以后她也没来过，毕竟他们之间的关系可谓如履薄冰。

“你先坐着休息，我有件东西想要拿给你看。”

给池亦然倒了一杯水，安排她在客厅休息后，江景川往楼上书房走去，一时间，楼下只剩她一个人。

方才在车上，江景川说过一句话，不要给欧根纱下标签，在那时池亦然有种错觉，仿佛他们没有吵过架，仿佛他们没有分开过，仿佛他们还跟从前一样，只要是跟艺术有关的话题，他还是能够在第一时间，给予她情绪上的安慰和灵感上的提点。

而像现在，坐在他家的客厅，伸手所触及的沙发软垫、茶几桌脚，还有一些小摆件都带有属于江景川的温度。

这是跟他们同居时的感觉所不一样的，这种温度，是独立的。

他会坐在这个沙发上玩手机、看杂志、打游戏，还是会把靠枕垫在身后，抱着电脑窝在这里修照片？

想象了许多场景，直到楼梯口传来脚步声，打断了池亦然的思绪，抬起头就看见江景川手里，多了一份文件夹。

“你在芬兰的工作室，我已经盘下来了，这份是房屋契约，不论是装修还是格局，都跟你从前在时，一模一样。我想你们工作室如果要做大，国外有扩展的地方显然是有利的。”

房屋契约？

池亦然怎么都想不到会是这个。她没有伸手去拿，而是抬头冷着脸看江景川：“你这是什么意思？”

当初工作室遇到困难，先是被网上舆论攻击，紧接着布料问题的栽赃陷害使得它一度陷入经营困境，后面池亦然情绪崩溃，根本没有办法处理这一连串的问题。所以离开后，工作室也从芬兰搬到了白城，团队走的走，散的散，能留到最后一起并肩作战的，也就只有小良跟几个实诚的小姑娘。

再回芬兰发展，是池亦然想都不会去想的点，毕竟那块地方，承载了她太多。有梦想，有成就，有爱情，也有一塌糊涂的失败。

“别的我不清楚，但那些泼在你身上的脏水，我知道，一定不是真的。这个工作室对你来说很重要，我只是想要帮你。”

“帮我？”池亦然推开江景川，站起身，“你不要再出现在我面前就是帮我了好不好？像这样的房屋契约，你是在赔偿我，还是想要我欠你一个人情？”

“欠？我都恨不得把我这个人赔给你，就看你要不要了。”

江景川单手撑着沙发靠背，将池亦然困在怀里，勾起嘴角笑嘻嘻地看她：“要不然你考虑一下，不要房子的话，选我这个人怎么样？总归我都是要赔给你些什么的，房子你不要，那就人？”

池亦然：“……”

实在是忍无可忍这个男人动不动就说些骚话的臭毛病，池亦然一把将他推开，本打算直接起身离开，结果没站稳，脚后跟被地毯绊倒——

“啊……”

一把栽进他怀里，脑袋稳稳扎在怀中，池亦然有一瞬间僵住，心里暗想糟糕，却不知道该做什么反应好。

直到惬意的声音从头顶落下：“原来你是喜欢投怀送抱，嗯，我也挺喜欢。”

“江景川。”池亦然没有动，埋在他的怀里，鼻间都是属于他的味道，思维像是去到了很久以前又游弋回来一样，最终落入平静，“我们现在这样，到底有什么意义？”

意义？

江景川挑了挑眉，他没有松开环着池亦然的手，反而是轻轻在她后背上拍抚，像是安慰，又像是一种不正式的承诺：“不要吵架，也不要莽撞地误解我对你所做的每一件事情。我们已经过了那种不计后果的年龄，我不想再错过些什么，所以我愿意付出所有去让你看见我对你的心意，去证明从头到尾我都没有放下你。”

从前觉得“感情”是两个无比简单的字，合则来，不合则散，初次见面在那么美的地方，又有红酒做伴，醉意冲散了理智，新鲜感淹没了所有感官。能碰到一起便算是缘分，能感觉到契合便觉得这就是在一起，不谈未来的相处以为不会让自己受半分伤害。

结果却是，一败涂地。

“江景川，我不可能再有时间去跟你疯狂一次了。”池亦然沉默了许久，深呼吸，将他推开后抬起头来直面对视，“从一开始我们之间就没有信任，你让我看什么心意？”

他始终不明白，当初她最介怀的是什么，是那些私房照吗？不是。是那些围在他身边团团转的女人吗？也不是。

她最在意的是那张照片上的人，有着跟自己很相似的眼睛，而对于这个，江景川只字未提。

从前是，现在也是。

“时间不早了，我要回去了。”谈话显然进行不下去，也没有再浪费时间的必要，一个综艺节目就已经够她愁的了，池亦然不想再在江景川身上消耗精力。

“等等。”男人攥住她的手，骨节分明，“哪怕有错，你最起码也应该告诉我错在哪里？”

“错？”喉间哽咽着缓了半天，池亦然努力让自己的声音听上去平静，“不能说是错，只是你爱我还是爱谁，可能连你自己都分不清楚。”

Chapter 09

思念倾数奉还

离开天御湾，池亦然总觉得自己脚下是虚的，走路都觉得不真实。奕忻打电话来问她今天迟到的事情，她都忘了是第几遍澄清自己不是有事而是被设了圈套。一想到他跟梁婧言搭档，就不知道该不该提醒他小心这个小姑娘。

谁知道她还没说，奕忻反倒先开口了——

“这档节目里，除了我跟顾皖迟，其他人说话做事你都适当留个心眼儿，既然是竞争关系，就没有不耍小伎俩的。保全你自己最重要，赢不赢，那都不是事儿。”

就这种心态，也只有在上游圈的人才能轻松说出来了，换作是别人，想要借这档综艺博点击率、曝光度，求上位的，恨不得把每个细节都当成是一场战争来看待，全力以赴，小心谨慎。

用欧根纱来完成中国山水这个主题的设计，一时间令整个工作室的人都很头疼。留给池亦然的时间并不多，在家里窝了一整天头脑风暴无果之后，小良带着顾皖迟找上门来。

“三个臭皮匠赛过诸葛亮，你自己这样想还不如我们来帮忙。”

开场白小良倒是说得很好，就是在被问到有什么主意的时候，陷入了沉默。了解她的池亦然还是忍不住翻了个白眼：“就知道你只会嘴上功夫。”

难得抽出时间过来的顾皖迟，在得知材料是欧根纱之后，也尴尬得失去了言语能力。一个日常打游戏，从里到外都是妥妥的“钢铁直男”，在面对这样柔软的材料，能有什么想法？

所以这两个人的出现，池亦然一点都不觉得欢喜。

“其实去年 Delpozo 秋冬成衣秀上，就有过欧根纱跟针织结合的大胆设计，这一次我们是不是也可以把针织或者棉麻给融入进来，不单单只是欧根纱？”

小良还是做过功课的，她上网找了近年来成衣定制上采用欧根纱的秀，把所有设计图跟视频都保存下来。主题多种多样，可谁都没说，欧根纱跟这些主题都不符合，恰恰是欧根纱将这些主题在原有的基础上衬得更加有新鲜感。

只是池亦然却不买账：“如果可以用其他材料加以辅助，我就不用这么愁了。节目做了这么几期你还没懂？我们这一次就只能用欧根纱，不过我想到了山水可以用刺绣的方式来表达，但……”

目光落在顾皖迟身上，池亦然摸着下巴，意味深长地看了他一眼：“欧根纱风格的设计一般都是女模特，男装？我一点儿都想不出能设计出什么。”

没错。

节目在规定主题跟设计布料之后，设计师跟搭档除了要一起合作整个设计以外，搭档还得当模特，穿着这款成衣进行走秀表演，最终以走秀表演视频的网上点击率，与作品拍卖价格相结合来确定谁是赢家。

欧根纱跟顾皖迟，池亦然捂住脑袋都想象不出这两者之间的关联。

“不然，试试女装怎么样？我先前看过网上有电竞女装大佬啊，叫什么来着，诺……诺夏？”

“你闭嘴吧。”

小良的话一出来，顾皖迟难得急了眼，要知道有池亦然在的地方，他一贯都是保持着沉稳的性格。

这会儿一着急，反倒把小良给唬住了。

“我就是提个建议……”

“你这个算什么建议？我堂堂身高一米八的汉子你让我扮女生？”

“欸，好像是个不错的想法？”池亦然托着腮帮子似笑非笑地打量顾皖迟，显然这个看似疯狂的提议深得她心，一下子推开了一扇通往新世界的大门。

“然姐，拜托别玩我，我是个公众人物，我是有偶像包袱的！”

顾皖迟做着最后抵抗，一想到自己很有可能穿婚纱，就觉得头皮发麻，连连后退几步都快到门边了：“我是有粉丝的！”

“有粉丝怎么了，大家都有粉丝啊。”

困扰了许久的难题因为一个不经意的提示而拨云见日，池亦然整个人兴奋起来，开始靠近顾皖迟试图给他做思想工作。

“你想想，你的粉丝肯定很希望看见与众不同的你吧？现在玩扮装同人的也不少啊，或许你这次是个新的尝试，我保证，我不会让你吃亏的！”

顾皖迟：“……”

三天后的拍摄现场，所有人都把准备好的服装带了过去，招呼着模特开始换装。池亦然到的时候，奕忻已经换好衣服坐在一边沙发上玩手机，梁婧言则站在一旁，不知道在说些什么。

见池亦然来了，所有人都把目光集中到身后小良拿着的成衣袋上，若没有之前奕忻的提醒，此时此刻面对热情迎上来的梁婧言，池亦然恐怕还傻傻地把她当成知心好友——

“Yizzan 姐，你真的拿了欧根纱啊？”

“不然呢，我也没看旁边有其他布料在啊，不是说丝绸第一时间就被你拿走了吗？”池亦然个子比梁婧言高，是传说中混迹于时尚圈长得最像模特的设计师。再加上她的颜值跟气场，可以说一开口，就把梁婧言整个人给压低了半截儿。

这会儿，梁婧言也只是赔着笑仓皇找着借口离开。

池亦然抬眼，就见奕忻给她使了个眼色，趁着人群不注意，她做了个鬼脸还了回去。

气氛不同往日，除了梁婧言以外并没有其他人走上来跟池亦然搭讪，都是各自忙活各自手中的设计服，做着最后的调整。

细心的话其实可以发现，他们总会在不经意间朝池亦然这个组投来目光，试图提前知晓她到底设计出了怎样的一款服饰。

“第一组准备，Rita 老师请到舞台中心就位。”

按照上一期的比赛名次，最先上场的是 Rita，然后就是池亦然这一组。做好了妆发，她推着顾皖迟往试衣间走去，路上碰巧遇见江景川——

“这是……人妖装扮？”

本就介意男扮女装的顾皖迟在听见这个评价之后，虎躯一震，整个人都僵住了。化妆的时候他就不敢看，耳边传来小良的惊呼声，那会儿就觉得头皮发麻。

现在好了，一听江景川这么说，他就能想象这个妆容有多夸张。

见顾皖迟表情有点不对，池亦然一巴掌拍在江景川身上：“闭嘴你这个人！”

江景川忍着笑，以手握拳抵在唇边，附在池亦然耳畔轻声道：“这就是你想出来的解决办法？嗯，是挺惊艳，还好你没找我。”

池亦然瞪着这个幸灾乐祸的人：“我警告你，再嬉皮笑脸我就让你也换装。”

“不不不，不敢。”

江景川举了举手中的摄像机：“我就位去了。放心，待会儿一定帮你们拍出全场最美，不会愧对你这拨完美大胆的操作！”

赶走了江景川，池亦然不知疲倦地继续给顾皖迟做工作，直到上台前，才用十顿饭换来他一个不退场。

Rita 作为设计圈的老人，每一次主题设计都不会令现场观众跟拍卖商失望，站在后台准备的时候都能听见掌声跟欢呼声。

透过大屏幕，池亦然看着这一期 Rita 的设计，不愧是前辈，总能把时下最潮流的跟过去最复古的，完美结合在一起，不突兀却处处充满惊喜。

第一组展示结束，Rita 跟肖渟轩牵手走下台，经过池亦然身边的时候，她停顿下来。

“相信你不会令大家失望的。”

这样一句话，很容易被现场嘈杂的声音所淹没，可池亦然偏偏能从音乐声、欢呼声还有工作人员的催促声中清晰听见。

她猛地偏过头去，Rita 却早已消失在团队的包围中。

“那接下来，请欣赏第二个小组的展示。”

台上主持人宣布，后台工作人员招呼着上台，由池亦然设计的欧根纱旗袍惊艳亮相。先走向舞台中央的是五个专业的女模特，而顾皖迟则作为最后亮点压轴出场。

“别忘了十顿饭！”

上台前顾皖迟还不忘回过头来提醒池亦然，后者连连点头：“你说什么我都答应你！”

本意只是指这场走秀用十顿饭来做交易，可顾皖迟听见这句话时，眼底却闪出一抹光，在旁人来不及察觉的情况下牵起池亦然的手，低头一吻落在她手背上，抬头时，灯光打落在他的脸上，映出一抹自信的笑容：“你说的，我记住了。”

脑袋里“嗡”的一声，等池亦然反应过来，顾皖迟已经走上了台，紧接着一阵接着一阵的尖叫声，显然男扮女装的惊喜够大。

“天啊，这简直是我主持节目十年来最惊艳、最大胆的表演了。来来来，让我们请上第二组的设计师，我们 Wan 的搭档 Yizzan！”

在工作人员的示意下，池亦然调整耳麦款款走上台，微笑着站到了顾皖迟身边。

“大家好，我是欧根纱旗袍设计系列的设计师 Yizzan，我们这个设计还有另一个好听的名字，叫‘与你’。”

“‘与你’？与你共有，与你在一起，果然是好名字。”主持人目光落在身旁一米八个子穿着旗袍高跟鞋端庄站着的顾皖迟身上，忍住笑问池亦然，“Yizzan，你能告诉我是怎么想到让 Wan 来当模特的吗？男扮女装这么大胆的想法是你一个人的主意还是？”

“这个节目的赛制就是让搭档穿上设计师设计的衣服走秀，这一次设计材料是欧根纱，我苦恼过很长一段时间，该怎么设计才能适合 Wan。后来是我的助理提醒了我，《恶作剧之吻》里，江直树不也男扮女装营造了很出彩的效果？很感谢 Wan 也愿意配合我这么疯狂的想法。”

说到这里，池亦然看了一眼顾皖迟，后者的眼里透着一股浓浓的情绪，令她交握的手指不自觉地紧攥。

距离他们很近的主持人显然也感受到了这一微妙气氛，立马将话题放到顾皖迟身上，不怕热闹地问了一句：“那 Wan 能不能说一说是什么原因，让你心甘情愿做出这样的尝试？”

“心甘情愿”这样的字眼未免令人浮想联翩，对上顾皖迟投来的目光，池亦然心下“咯噔”一声，果不其然，就听见他带笑的解释——

“只要是她说的，我都愿意去做。”

主持人带头意味深长地“哦”了一声，拉长的尾音结束后便是现场观众起哄尖叫的声音，连带着拍卖席上的品牌商们都跟着鼓掌。

一件衣服牵扯出来一桩八卦，这可不算是小新闻，把控得住很可能这一期的头条就有了。

池亦然咳了一声，手捻着耳麦，嘴角保持得体微笑：“我很感谢 Wan 在这次节目上对我的无条件信任。从帮 Swing 设计战队服到这一次搭档合作，我们这组可能比其他组多了点儿默契。所以当我提出这个有些荒唐的想法时，尽管有所犹豫但他最后还是答应了我，对此，要感谢他牺牲这么多。”

临场反应下，三言两语便将所有人脑海里还未成型的粉红幻想扼杀在摇篮里，这就是池亦然。

工作跟感情永远都分得很清楚，在涉及私生活上哪怕是一点点想法都容不得外来人去猜想。这些年她早已熟悉媒体的套路，假若她今天站在这里面对顾皖迟的暧昧表达微笑着不解释，那么明天早上醒来，头条可能就是“设计师 Yizzan 跟电竞选手 Wan 的地下恋情”。

这是她不想看到的。

庆幸的是，顾皖迟愿意顺着池亦然的话继续说：“是的，能跟 Yizzan 合作并且挑战这个系列对我来说也是一种新的尝试。”

“那接下来就请 Yizzan 来跟我们说一下这一次的设计亮点跟主题表达吧。”

到底是一档正规的综艺节目，调侃过后还是回到了设计主题上。

池亦然不慌不忙地开始她的解说：“最初大众了解欧根纱还是从法国婚纱设计上说起。欧根纱质地透明，多覆盖于丝绸跟缎布上，给予人一种非常轻盈梦幻的感觉。可以说，它能制造出女人心中的那个梦，发展到现在，其实欧根纱不再是单纯的婚纱面料，经过加工，它的适用范围已经变得很广。”

一开始拿到欧根纱，想着山水这个主题，的确令人苦恼，毕竟像这么硬的材料又不好保养，怎样才能设计出一件满意的衣服还能点题，池亦然想了许久。直到看了一本关于中国古典文化有关的书籍，旗袍给予了她新的设计灵感。

就像江景川说的一样，不要给欧根纱下标签，它不是西方设计的代表，也不是只能用于婚纱设计上。

所以，就有了她今天这个作品——

“旗袍是中国女性代名词之一，时常给予人一种优雅高贵的感觉。在接到这次主题之前，我从不敢在旗袍上做文章。”

池亦然有些不好意思地笑了笑，常年在国外，接触的都是外国文化，像中国传统服饰的设计跟研究，有时间的话她也非常想要去学习。

这次留给她的时间并不多，所以只能在自己理解的基础上去完成，若是把作品摆在旗袍大家面前，兴许还是会指出很多问题。

“旗袍总是在不经意间触动女人的心，有时候是一个盘扣，有时候是一个开衩，像这一件的设计，我把欧根纱的梦幻着重放在开衩这部分，若隐若现地体现出女性的线条美，端庄优雅又不失魅力。”

从第一个模特，走到第二个模特，池亦然的解说逐渐充满自信：“欧根纱面料的旗袍上点缀着小花朵，这款设计针对年纪较小的受众，俏皮而又可爱。修身的短款式在视觉上拉长了女性的身材比例，显得高挑之余又有小花的可爱作陪衬。”

很多时候，人们总是把旗袍跟名媛挂钩，将它禁锢在一个身材好、样貌好的领域里。而这一次池亦然的设计，则是打破了这样的常规，从第一件的设计到最后一件，不但受众群的年龄扩大了，对于身材方面的要求也放宽了不少。

她的每一句解释，都令在场很多人不自觉点头，特别是高台上的品牌商，摩拳擦掌等着第一拨竞价。

“旗袍是含蓄而又温婉的，而欧根纱是梦幻而又浪漫的，这两者结合起来并不突兀。时尚又不失古典，在欧根纱上绣出山水则是对于整个主题的最终把控。我希望线条跟图案，能将女性身上成熟稳重、高贵典雅的气质展现得淋漓尽致。这就是我这一期的设计，谢谢大家。”

阐述完整个设计理念，池亦然打从心里松了一口气，迎来顾皖迟赞许的目光，也得到了在场观众雷鸣般的掌声。

“我很喜欢这个类型的设计，它成功地把我对于欧根纱最适合婚纱设计的想法彻底改变，原来它也能与我们中国的古典旗袍这般融合。感谢 Yizzan，我很喜欢你的设计，我也希望能拍下这设计版权，不惜高价。”

品牌商 PULL 的总经理不吝表达对池亦然的欣赏，在她之后也有其他品牌商表示了认同，现场流程到了竞拍环节。

一千万的高额起步拍卖价远超过前几期第一名设计师的初定价格，而三轮竞争之后，池亦然的这款欧根纱旗袍设计最终拍卖价格高达八千八百八十八万。稳坐第一名的位置，在她之后登场的其他设计师的设计也没能超过这个天文数字。

这期《你是我的设计师》中国古典山水主题设计的第一名无疑就是池亦然。

宣布这一结果时，池亦然露出了难以置信的表情，她是真的没想到，毕竟比她先出场的 Rita 设计的系列也相当出彩。

顾皖迟第一时间送上拥抱表示祝贺，其他人也走上来鼓掌，唯独梁婧言一人站在角落里，表情因为昏暗的光线看不清楚。

节目录制结束，池亦然请客吃饭，顾皖迟由于训练的缘故提前回基地没能参加，而江景川则是一早就站在休息室门口等着，想起最初还是他的一句话令自己开窍，池亦然还是努了努嘴问他一句有没有时间一起吃饭。

“当然。”

见江景川笑得十分痞气，池亦然不自觉地别过头，努力压下小鹿乱撞的心跳。

一行人石头剪刀布挑到最后选了个小酒馆作为庆祝的地方，原本想着把奕忻也叫过去，然而大明星的通告总是安排得密密麻麻腾不出一点儿时间。

“你们点菜！尽情吃！这顿我请，大家都辛苦了！”

老板喊话，员工起哄附和，若不是选了个包厢，只怕这会儿隔壁桌的人该掀桌抗议了。

等着上菜的空隙，池亦然寻了个借口起身离开，绕了几个古香古色的屏风隔断才找到站在露台抽烟的江景川。

见她找了过来，江景川眼疾手快地将台面上搁着的打火机跟烟盒收起来放进口袋里，用手捂住。

对这一举动，池亦然嗤之以鼻。

“我又没说我要抽，你犯得着这样吗？”

“你一天不把烟戒掉，我一天就得提高警惕。”

还剩下半截儿烟没抽就直接捻灭，江景川是打定了心思连二手烟都不让池亦然接触。

“咳，我是来跟你说声谢谢的，毕竟是你告诉我，不要给欧根纱下标签，是你提醒了我它也可以跟中国文化结合在一起。”

嘴上说着谢谢，也许是不习惯这样的氛围，池亦然总觉得不自在，连头都不敢抬，一边背着手，一边踮着脚尖玩着地面上的石子。

可以说言语跟行动极为不符了。

“有你这么跟人家说谢谢的？光是口头说？我的一个提示可是给你带来了八千多万的订单跟一个具有国际影响力的品牌商做伙伴，光是这个，你不觉得你口头的感谢太过廉价了？”

江景川手搭着露台栏杆，眯着眼看向池亦然。

后者抬起头来指着身后：“我没有光说不做啊，我请你来吃饭了。是你自己要跑来抽烟不去点餐，错过了狠狠宰我一顿的机会。”

“呵，吃饭？”

江景川低笑了几声，一个旋身将池亦然抵在了身前，双手抓着栏杆形成一个包围圈，低下头时两人的距离近得呼吸可闻：“你觉得对我来说，吃顿饭就够了？”

“不然呢？”

“顾皖迟说，你让他做什么他就做什么，是不是真的？”

话题突然转移到顾皖迟身上，池亦然愣了一下：“关你什么事？”

“他在台上说的话，抱你的动作，都很容易让人产生误会。”江景川眯起眼睛，露出一丝危险跟不悦。当时他就在场下，听顾皖迟那么说，还有现场人的起哄，恨不得直接把摄影机给砸了。

还有顾皖迟后来拥抱的那个动作，也让江景川觉得碍眼。

“你吃醋了？”察觉到江景川的情绪，池亦然勾起红唇，笑眯眯地问了一句，手指在他胸口位置暧昧地划着圈，“奇怪了，江大摄影师什么时候肚量变得这么小了？别人一句话，一个动作，你都要这么在意。再说了，你有什么立场来管这些呢？”

立场?

池亦然管他问立场的时候，江景川只想狠狠将她揉进怀里，让她仔仔细细听一听彼此的心跳声，就这般互相关心了，还不愿意承认？

但他没有，只是动了动搭在她腰间的手指。在一起那么长时间，对于池亦然的敏感点，江景川早已经掌握得一清二楚。

耳垂、脖颈，还有腰窝。

她那突然紧绷的后背就是在证明时间过去这么久，敏感点还是没有变化，先前说话气势汹汹的人，这会儿涨红了脸，若不是他手扶着，全身就是绵软的状态。

“你对着我问什么立场？嗯？除了我，你的身边不能有其他男人。”

看着池亦然那骤然轻颤的眼睫毛，江景川勾唇。

她会因为他接近而绵软无力，他也会因为靠近她而不自觉情动。

人说出口的话总是跟心里想的不一样。

面对江景川的突然调戏，面红耳赤的池亦然从最初的手足无措慢慢缓过来，借着露台清风恢复原先的清醒，狭长的眼尾向上弯着，她抿了抿红唇，细腻的动作宛如放慢的镜头，惹得江景川的眼神一下子就深了。

可她还像个无辜的人一样，眨了眨又黑又亮的眼睛：“江大摄影师说什么呢。你对我感兴趣，嗯？”

最后一个字音带着池亦然嗓音里特有的软糯，江景川低下头看着她眼底那抹好强的玩劲，脑子里有一根弦在慢慢拉紧。他目光直直盯着她微张着的嘴，再也控制不住，弦“嗡”的一声断了的时候——

男人低下头，手指紧扣池亦然的下巴，咬住她的唇，从最初的温柔细腻，到往后逐渐控制不住自己，加重力道，舌头用力地撬开，彻底占有了池亦然的唇瓣。

一年七个月十三天的思念，在这一刻融入深吻里，鼻息间都是彼此的温热气息。是谁说分开了就不会想念，他从不否认重逢那一刻开始就想像现在这样将池亦然搂进怀里深吻的心。

抵过无数日夜的思念，在这一瞬间全线崩塌。

他这辈子也就栽在这个女人手上了，无须思考其他，不用再想遇见，没有人比她更合适。

池亦然并不知道这一个吻里，江景川都想了些什么，她最明白的就是自己那自以为是的勾引，在他面前什么都不算。

他一个扣下巴的动作，就把她整颗心都挑起来。表面上的大胆跟魅惑，在他面前都是小儿科的把戏。

热吻结束，呼吸急促，池亦然一脸茫然，涣散的目光还有染红的脸颊都令江景川心中生起怜惜之感。

“不吃饭了，我们先走？”

呼吸落在脖颈间，耳畔是他的心跳，一个落在耳垂上的吻就让她整个人僵住无法思考。

“Yizzan……”

“你别喊我名字。”

池亦然总觉得自己呼吸跟不上来，双手紧紧抱住江景川的后背，用这样的办法制止其他动作。等到呼吸慢慢平静下来，池亦然觉得浑身力气都被抽空了一样。

“你知不知道这样强压下来，会出事？”

头顶传来江景川戏谑的声音，池亦然这么拙劣的办法让他既头疼又觉得好笑，可也不忍心就这么逼着她。

“那不然呢，在这里上演少儿不宜？抱歉，江景川，我没有你想象中的那么开放。”池亦然哑着嗓子。

手机响起，打断了两人之间无比暧昧的气氛。池亦然匆忙从口袋里翻出手机，也就是低头的一瞬间才察觉衬衫被解开来的扣子，露出一大片白皙肌肤，惹来男人危险的目光。

她慌乱挡住，回过身去接电话：“喂。”

“Yizzan，你哪儿去了啊？菜都上齐了我们都等你半天，快饿死了。你人呢？”

小良跟同事们在包厢里等了很长一段时间，结果江景川没来，池亦然也没回来，两个大人物不出现，他们望着一桌子菜也不敢动。

“我……我这就回去。”

一开口就被自己嗓音里的干涩吓了一跳，庆幸的是另一边的小良并未察觉到什么，只是催着她快一点儿。

收起手机，低头扣好扣子整理好衣服，回过头来看向江景川，见他嘴角一挑，池亦然脑海里浮现出四个字——

衣冠禽兽。

“他们在等我们回去吃饭。”

“你去吧，我就不过去了。”

见池亦然不明白，江景川低下头。顺着他目光看去，她好不容易褪去的红热又重新涌上来。

“我不方便，就先走了。”

嘴唇动了动，到最后池亦然也就憋出来两个字：“流氓。”

男人笑，附在她耳边咬了咬圆润可爱的小耳垂：“那也是你喜欢的流氓。”

回到包厢已经是十分钟后的事情，小良见池亦然把门关上，愣了愣：“江景川呢？怎么就你一个人？”

这么问，显然是已经知道这两个人在先前那段消失的时间里是勾搭在一起的。

池亦然也没有掩饰，不咸不淡地开口：“他有事所以先走了，我们自己吃。”

“有事？”

小良的目光如红外线一样在池亦然身上来回扫了几次，衬衫最怕有褶皱，不熨烫的话怎么抚平都有痕迹。

趁着其他人不注意，她凑近了问：“半个小时不到就能办完事？”

池亦然烫菜的手一抖，筷子差点掉进锅里，回过头来瞪着幸灾乐祸的某人，咬着牙强调：“没有你想象中的情节发生！”

“哦……那肯定是有心未遂。”

池亦然：“……”

不管怎么说，这一期节目播出之后池亦然还是涨了不少粉丝，业内也有许多老师表示了对这个设计非常欣赏。

当然，除了对这次作品本身肯定以外，众人还把焦点集中在了顾皖迟身上——Wan也成功成为除了Ziko以外在电竞圈里的传奇人物——男扮女装的传奇。

节目没播出之前，顾皖迟是瞒着队友们不让他们知道这一次的造型是女装，录制结束之后匆匆赶回基地之前也不忘把妆都卸干净。好日子还没过几天，就有路透照在网络上曝光，紧接着节目宣传片也剪了出来，一时间，他成了基地里的大人物。

每天走出房间都会听见有人喊自己“小仙女”，光是这个还不够，上直播都能看见满屏的弹幕刷着“女神”这两个字，顾皖迟都忘了自己是第几次强调取向正常。

直到一个帖子的出现，令原先充满娱乐性的话题升级得满是火药味，不少人都在说池亦然是在借电竞圈炒作，也有人说，她跟顾皖迟就是地下恋人，这一次也是她牵线搭桥带着上节目。

就这样，是谁在借谁炒作蹭热度，成为两拨粉丝争议的源头。

最致命的是，在这个舆论复杂关头，Swing战队在常规赛接连失利，排名从小组第一直接跌到小组第三，再输一局就会直接失去季后赛的参赛名额。

很多键盘侠开始抨击Wan，说他无心打比赛，没有时间训练，沉迷于综艺节目录制一心想要进娱乐圈。

“万人血书请迟皇下线”“顾皖迟不配成为职业选手”这样的文字时常出现在官微评论下面，点赞跟转发数量惊人，使得负面影响跟滚雪球一样越来越大。开始有人向俱乐部抗议，要求顾皖迟退出综艺节目，或者直接从战队除名，否则 Ziko 回归后好不容易带起来的队伍又要陷入困境。

另一边，Wan 的粉丝也开始蹦跶在池亦然的微博下，声泪俱下要求她不要贴上位，不要耽误一个年轻人的未来，不要老牛吃嫩草……

“我？老牛？”

看见这些评论时，池亦然第一时间是诧异的，跌跌撞撞跑去打开冰箱，从里面取出一片面膜小心谨慎地贴起来。

“我踏入江湖这么久，什么女神啊、高定大师啊、仙女啊，各种各样的标签都有，老牛这个，还真是意外……”

她这么云淡风轻地说着，旁边的林为安则是笑得直不起身：“不知怎么，要是不认识你这个人，光是看评论，总觉得你是那种上了年纪的包租婆，空有钱然后包养小鲜肉。”

“那用老牛也太过分了点儿吧？”池亦然贴着面膜倒不好生气，指腹时不时拍打着脸颊，“再说了，我们两个人什么事儿都没有，有什么值得好掐架的？”

“什么事都没有？你是有多不认真在看帖子啊？上面贴出来的证据旁观者看了都觉得够实锤了。”

林为安调出链接，指着其中一点问：“这个深夜接电话骤然下播怎么回事？真的是你的电话？”

循着时间，池亦然努力回想着故事线，她主动联系顾皖迟的次数并不多，如果不是在录节目的期间，那就是之前她从江景川住处离开后，让他来接自己的那次了。

“当时我并没有想要打电话给他的，但一不小心就拨出去，他接得也很快。我没想到连这种小事情，粉丝都会抓住。”

池亦然头疼地摇摇头，她实在是想象不到神通广大的粉丝还有什么是不会的。

林为安哼了一声：“你才知道，我当初跟钟慕远谈恋爱那会儿，也没少被他的粉丝吓到。只能说现在的人，注意力跟观察力都非比寻常。那……你打算怎么处理这件事情？热搜都挂了一天了你还没吭声，再不声明，我怕会闹大。”

事实上，站在中寰集团的立场，Swing战队好不容易在林为安的带领下恢复原先的状态，重新回到了电竞豪门的位置。现在又出了这样的岔子，偏偏绯闻女主角还是自己的闺蜜，想一想林为安也不知道该怎么处理好。

但池亦然想得并没有这么复杂，本着清者自清的心，她早就让小良去拟一份声明，把帖子里所谓的实锤一个个击破。跟Wan没有任何超过朋友以外的交往关系，也没有想要借他上位的心。

至于Wan近期来竞技状态不佳，一方面可能是比赛压力跟综艺节目录制两者无法区分清楚，分散了注意力；另一方面就是竞争队伍的实力增强，毕竟在电竞圈，没有永远的王者队伍，每一支战队都有可能在引进新人、更换教练还有增强训练赛之后打出更好的战绩。

事件发酵了整整一天，池亦然所在的工作室终于发出声明，短短几分钟，评论就破了一千，支持她的人纷纷嚷嚷着清者自清，而原先那些泼脏水的，这会儿也觉得啪啪打脸。

只有少数人揪着深夜打电话这个点不放，毕竟除了这个事情，其他事情声明都解释得很清楚——

“如果只是普通朋友，会深夜打电话让人不顾一切抛下直播工作离开？”

就在池亦然挠着头不知怎么回答这个问题的时候，一条回复掀起千层浪——

江景川Chuan：不顾一切的是他，又不是池亦然。再说了，这两个人彻夜在一起了？没有吧。最起码我不知道。

江景川是以什么身份来回这个评论的？光是从文字上看，感觉就是池亦然男朋友的立场，再加上两个人之前的各种暧昧、个人摄影展以及采访里面提到的最刺激的爱情。

前男友挺身站出来回复无疑将整个事件燃到了最高点。

吃瓜群众最喜欢看两男一女的戏码，而江景川这种看似平淡的回复实则充满霸道气息，“不顾一切的人是顾皖迟”，说明人家只是一厢情愿；“最起码我不知道”，说明他在这件事情上有知情权。

一拨讨论还没结束，另一拨又开始，源于奕忻点赞了一个说他跟池亦然有 CP 感的帖子，结果十分钟不到冲上了热搜，盖住了原先那些莫须有的热点。

一个女人，同时跟三个男人有话题，偏偏这三个还都不是简单人物，她到底有什么魅力，成了舆论圈热议的话题。

“池奕忻你凑什么热闹！”

得知新闻，池亦然气得一个电话打过去，直接把奕忻的大名给喊了出来。对方正在片场休息，赶紧捂着手机跑到一个角落里。

“你是觉得我现在不够烦，还是觉得你那千万粉丝都是乖巧可爱讨人喜欢？”比起之前顾皖迟跟江景川粉丝的影响力，奕忻这个大明星所拥有的粉丝简直是前两者的数倍，这冲击力令池亦然一度连社交平台都不敢爬上去。

“你是存着什么心思去点赞的？我是你的亲姐姐，难不成你还想跟我传绯闻？”

“不是，我是觉得与其让那两朵烂桃花缠上你，还不如让别人的注意力转到我身上你说是不是，到时候洗白也容易呢。”

不明事理也就算了，哪来那么多歪道理，池亦然恨不得直接把奕忻拎到面前然后揍上几拳。

“真的生气了？”没听见另一头的声音，奕忻试探性问道，“其实你也不用放在心上，我这样做也是在分散注意力，前有顾皖迟，后有江景川，你要怎么解释？说哪个才是你的男朋友？我这么凑热闹，再买一拨水军把风向放到节目上，就说你是在录节目里跟我们熟起来的，因为性格好有才华所以大家都乐意跟你做朋友。至于其他什么，没人站出来澄清，久而久之也就散了。”

不愧是在娱乐圈混迹数年的奕忻，面对这样的情况永远是毫不慌乱，捣乱之后还能编出这么冠冕堂皇的原因，最可怕的是，听上去还有点道理。

“所以我现在就是按兵不动，谁也不接触不接近，什么都不解释？”池亦然语气里带着怀疑，“不是吧，池奕忻，这样只会让我背上‘绿茶婊’这样的名声，谁都撩结果一个都不是。”

“让你撩了？到时候自然会放出一些对你有利的证据，证明你下了节目之后并没有跟我们有过多接触，至于节目里，也会让剪辑多注意，不要剪一些令人误会的片段。总之，就是把你跟他们之间的距离拉远。当然，你要是自己私下跟某些人太接近，那我就没办法了。”

奕忻话里意有所指，池亦然也听得明白，摸了摸鼻梁还有些心虚：“我……我也没有做什么……”

“呵，有没有你自己心里清楚，我把话先放这里，一日是渣男，终生是渣男。”

说的是谁，再明显不过了。

池亦然回想起前几天跟江景川的亲密接触，如若以后真的又在一起，要怎么说服奕忻也是个问题。

猛地拍了一把脑门儿，她这是在干什么，没有影的事情怎么就想起来了。

Chapter 10

坠入暮云间

原以为奕忻的解释会让自己的情绪好一点儿，结果当晚还是睡不着，池亦然闭着眼翻来覆去脑海里都是粉丝们的话，每一句就跟弹幕一样弹出来充斥着她整个思维空间。还以为经过数月时间的沉淀，心理承受能力有些进步，没想到还是高估了自己。

她掀开被子起身，光着脚走到落地窗前，唰地拉开帘子，窗外的夜色比想象中的深沉几分。心情好的时候，繁星闪烁宛若在心头，一下一下照亮；心情不好的时候，看着这些星星只会觉得落寞。

她是怎么把日子过得这么糟糕的?

床头贴着的便利贴已经没有从前那么多，桌上的设计稿也没有那么凌乱，原以为紧密有序的生活节奏，一下子又回到了最初的起点。

铃声打破一室寂静，池亦然皱着眉走到书桌前拿起手机，看见来电显示时迟疑了一下才接。

“还没睡？”

是江景川。

基于眼下的心情，池亦然实在装不出一副淡然的样子：“干吗，你打电话的时候看时间了吗？知不知道过了晚上十二点最好不要打电话。”

“我是看见你拉窗帘了，知道你没睡所以打电话给你，能见一面吗？”

看见了？

池亦然眉头一挑，拿着手机小跑到窗前，楼下的车子回应地闪了闪车灯。

“这么晚了你来干什么？”

“担心你。”

江景川毫不犹豫的回答令池亦然到嘴边的话戛然而止，她无声地抿了抿唇。

“我知道你这几天的心情一定很不好，从前我没有设身处地为你着想，倔着，固执着。现如今回想起过去你经历的，可能比现在经历的要难受数倍，对不起……”

网络上很多人评价一件事情总是较为片面，带着主观情绪，从未去思考这样莽撞说出口的话会对当事者造成多大的影响。所以键盘侠跟舆论所带来的影响力，远比想象中的更大。

若不是这次自己评论了，亲身经历了，江景川恐怕还不能感同身受。

他甚至都不敢想，一年以前那些比现在要难听数百倍的语言文字，池亦然是怎么扛过来的。

“我能见你一面吗，我想当面跟你说说话。”

池亦然握着手机的手紧了紧，最终还是没有拒绝。

深夜的空气里安静得只剩下虫鸣声，披了件外套走出来，迎面站着的男人令她鼻头一热。与顾皖迟传绯闻时，她能敷着面膜开玩笑，是因为他们之间清清白白什么暧昧都没有。但江景川的评论还有衍生出来的各种流言蜚语，却令她百感交集。

如若眼前这个男人，还是那个日跟夜都呵护着她的男人，那现在所承受的这一切，是不是就不复存在了？

可他偏偏，不属于她。

就像是彼此的一个坎一样，合不来却也离不开。

思绪百转千回，情绪也跟着起起落落，池亦然的眼神里布满复杂，江景川几乎是一眼就看出来了。

“如果你信我，这件事情我会去处理。”

来之前他已经让范丞帮忙找媒体，先把这些舆论压下来，删评论再找水军刷其他的热点，试图盖过这些乱七八糟的新闻。现在不论是出什么八卦，公关的应变都是最重要的，先前池亦然的工作室已经出了一份声明。Wan 所在的 Swing 也在随后表示，Wan 跟池亦然的关系就像是粉丝跟偶像，他非常欣赏池亦然，才会连手机壁纸都是她，并不是外界所猜测的绯闻男女关系。

可现在多了一个江景川跟奕忻，声明根本来不及思考从什么方向写，风评就已经倒向了另一边。

“不需要你了，落井下石还不够吗？”池亦然垂着眸，声音淡淡听不出喜怒，“我自己的事情我自己会处理。”

她什么性格，江景川再清楚不过，今天过来，在她住处外面守了数小时，车轮旁边是好几个烟头。她愿意出现，见他一面，已然是值得。

至于她不同意他要做的事情，这不重要，他依旧会去做。

“夜深了。”

江景川的指尖落在池亦然的外套领子上，轻轻往上提了提，有一瞬间动作僵住，意识到什么的池亦然也慌忙后退。

这件睡衣，其实是他的。

从前两个人住在一起，买东西从一个人变成两个人的，喜好也从一个人变成两个人。杯子、牙刷、毛巾、睡衣，生活中大大小小的物事都是一套两个，一大一小。池亦然最喜欢装糊涂穿着江景川的衣服，有他的味道，有他的温度，宽大的码数也令她觉得有安全感。

后来渐渐分不清哪一件才是她的。江景川也纵容着她，只要她喜欢穿，自己光着膀子都没问题。

搬离芬兰，她习惯性将这些常穿的衣服放进去，都快忘了其实它们的主人是江景川。

认出睡衣来的男人眸底藏满了深情跟温柔，他没有说出口，却也不是假装看不到：“早点休息，晚安。”

看着池亦然慌乱跑开的身影，他勾唇轻笑。

第四次节目录制，池亦然跟顾皖迟的出现无疑成了现场焦点，不少人都在偷偷打量这两个前阵子传绯闻的主人公，回想着节目录制过程中是不是有什么细节，是她们落下没有注意到的。

宣布主题考核，是以经典电影主人公为设计理念，至于用什么布料并没有要求，比上一期宽松了许多。

也许是因为这段时间新闻八卦的关系，做单独采访的时候池亦然总会被问到跟顾皖迟或者奕忻有关的问题，不过每一次她的回答都很得体，令人抓不到一丝破绽。

就是有一个人，嫌着不够热闹，给她多添了点儿麻烦。

“我还是觉得个人实力比较重要，主题跟布料选择都不成问题，只要不把心思花在其他事情上面，做一个设计师该做的事情，我觉得就是对这个作品还有节目本身的尊重。”

梁婧言在说这些话的时候，奕忻正低头理着袖扣从化妆间走出来，独采的形式比较随意，有时候是在一个独立的房间，有时候就是在工作区，抓着设计师想点子的时候从旁问一两句。

梁婧言的采访就是后者，所以当着这么多人的面，她露出温婉的笑容看似云淡风轻地说出这样的一句话，实则在暗讽谁，在场所有人都一清二楚。包括奕忻，当即脸色就沉了下来。

“照梁小姐的意思，但凡是有些小手段，都算是对比赛跟节目的不尊重了？”

奕忻的嗓音冷得像是冬日凛风，特别是浓眉下那双深邃的眸，如同利箭一样射过来，令梁婧言觉得宛若被数支箭羽钉在了墙面上一样动弹不得。

他走近，抬手盖住采访工作人员的摄像镜头，俯身凑近梁婧言，压低了声音警告："再让我知道你在背后耍些下三烂的小手段，别说娱乐圈的边缘你挨不到，设计圈你也别想混了。"

料想不到他会说这样的话，拍摄节目成为搭档的这段时间，奕忻给梁婧言的感觉一直都是很绅士也很有礼貌，从来不会发脾气。只是在池亦然的问题上，他总会偏向池亦然，录制节目间隙也会发现他出入池亦然的休息室，或者看着池亦然，这让梁婧言觉得非常不舒服。

可这一次，他毫不掩饰的气愤跟警告令梁婧言觉得很尴尬，特别是旁边还有其他人看着。再傻，都不会觉得他们是在亲密地咬耳朵，奕忻身上所弥漫开来的冷意，是近在咫尺的人都能感受到的。

"我……我什么都没有做，奕忻，你是不是误会什么了？"从原先惊慌失措瞪圆了眼睛到后面装出一副楚楚可怜的样子，梁婧言也算是一个美女了，露出这模样换作是其他男人，恐怕都会不忍心。

但奕忻不是，他在娱乐圈里混了这么久，也见过不少女演员，论演技梁婧言这招算是拙劣的，若论心机，她比别人还要缺心眼。

所以，这种楚楚可怜的戏码，他是一点都没有被打动，反之有点反感。

"如果不希望我误会，你最好小心行事。上一次布料事件也好，这一次落井下石也罢，池亦然把你当朋友看待，你在背后插刀，你爸妈就是这么教你做人的？"

"奕忻你别太过分了，你知不知道自己是个公众人物，你要对你说出口的话负责任。她不就是一个三流设计师，抄袭、用劣质布料，她在国外做的那些事你不知道不代表没发生过。她不是你想象中的那么优秀。"

梁婧言怒极反斥，音量过大以至于这些话喊出来，很长一段时间四周都陷入了死寂。

她从没有看见过奕忻这样的眼神，就像是要杀了她一样。

在场其他人也噤声不语。池亦然那些事情，他们当然知道，可是真是假还未表明，梁婧言此番言论一出，摆明了就是从一开始看池亦然不顺眼。那么，一直以来旁人面前同行之人的惺惺相惜，就成了一出戏。

“原来你对我是这么关注。”

高跟鞋踩在地面上发出清脆的声响，和着一声听似随意但又充满冷意的嗓音，池亦然的出现让梁婧言有种做贼心虚的感觉，下意识往后退了几步，手肘撞在了墙角，疼得她直皱眉头。

越过无数看热闹的人，忽视无数张表情各异的脸，池亦然信步走到奕忻身旁，站定后看了他一眼，又看向梁婧言。这个前一阵子，时常跟他们一起吃饭的女孩子，这个她曾经教过不少设计方面小技巧的女孩子，现如今已经变得有点不认识了。

难道人都是这样？

总会因为利益，而变得陌生疏远。

“我解释过，那份设计并没有抄袭，业内人只要把两个作品放在一起比较就清楚其中的不同。再说了，我动笔的时间远比那个大学生来得早，若要说抄，恐怕还轮不到我。其次就是劣质布料，当时工作室就出了澄清声明，你是不懂英文呢，还是不识字？”

从前没有出面做解释，是因为那时的精神状态很差，稍微用力过猛的字眼都会令她觉得呼吸像被人扼住了一样。更别说像现在这样，堂堂正正站在大众面前，镇定自若地解释。池亦然的眼神里，充满着不容置疑的凌厉，微卷的长发搭在肩膀上，衬着巴掌大的脸颊，明明有温柔的线条，却感受不到半点小女人的姿态，反倒是强大的气场，令周围人不自觉觉得矮了一截。

“我十八岁从伦敦中央圣马丁艺术设计学院毕业，进入时尚圈，二十岁获得‘中国十佳时装设计师’的称号，二十一岁的时候，在巴黎高定时装周举办第一场发布秀，二十二岁的时候，再次受法国服装协会邀请，登上高级定制周 T 台。”

池亦然一步一步走近梁婧言，距离近到只要轻轻一抬手，就能推到她的肩膀。那份气场令梁婧言整个身子都僵住，屏住呼吸不敢动弹。

“二十三岁的时候，参加国际大秀，以古典山水刺绣，也就是你们口中说的那个所谓的抄袭作品，拿了金奖。二十四岁的时候，获得 Council of Fashion Designers 金奖。同年，‘缠绵’系列被 Joyce 独家买入，并且获得了 Deutsche BankAward 奖。我拥有这些的时候，你不过是个初出茅庐的小设计师，有些许小设计，不值一提。”

关于池亦然这些熠熠夺目的过往，都是刚进大学选择设计专业的小年轻口中崇拜的资本，她很少像今天这样一件一件数给别人听。

甚至如果不是之前，无意中在网络百科上看见别人对她资料的编写，时间上，池亦然可能都记不太清了。

今天她一条一条数给梁婧言听，就像是一个耳光接着一个扇过来，令梁婧言面红耳赤，羞愧不如。

现场的气氛一度陷入冰点，工作人员只是看着不敢出声，也没有上门阻拦，其他设计师双手抱臂站着，面色严肃。

作为圈内人，她们很清楚池亦然这每一个荣誉含金量有多重，被一个新人背后这么诽谤，是应该生气。可换作她们，不一定有池亦然这样的胆量跟气场在这么多人面前口齿清晰地表达出来，一点儿都不露怯。

“在今天之前，我从没有半点儿轻视你的意思。你扪心自问，我们私底下接触的时候，我教给你的东西还少吗？”

人啊，到底是不能太天真，真心对待未必能换来一分尊重。

池亦然低头笑了笑，算是自嘲：“你的那点儿小心思，我很清楚。初入职场的新人时常会迷惘，犯错误也不是不可原谅。但是，梁婧言，我今天把话放这里，设计圈也好娱乐圈也罢，从来都不是耍心机人的天下，你若一直这样不如趁早离开，别脏了名声永远只能夹着尾巴做人。”

说完这些，池亦然低头看了眼腕表上的时间，独采结束就要进入跟搭档商量设计的环节，也需要换个场地继续拍摄，顾皖迟早就在房间里等她，不能再耽误时间。

奕忻似乎看懂了她的想法，咳了一声很自然地让开身："不耽误Yizzan你的录制了，很抱歉，我跟搭档之间的争论打扰到了你。"

池亦然抬头深深看了他一眼，好半天才勾唇说没关系，实际上她很想说——我看你能装成什么样。

主人公离开，吃瓜群众该散的也散了，毕竟各自手上都有要负责的工作。梁婧言搓了搓掌心冒汗的手，抬起头却没有勇气去直视奕忻，闹了这么一出，她还有什么脸面继续谈工作跟录制。

"我想今天我们的状态都不适合录制，不如让助理跟导演说一声，暂停工作，耽误的部分等约时间再拍。"

奕忻双手抄着口袋，好整以暇地看着梁婧言，眼底的凉薄远不似荧幕上的他。

"好……好。"

梁婧言根本不敢看他。

"嗯。"

既然都这么安排了，也就没有多说什么的必要，奕忻理了理袖扣转身离开，干净利落不带一丝情绪。

此时此刻的梁婧言并不知道，话说到这个份上，彼此都这么难看了，根本就没有什么合作下去的必要。约时间再拍不过是个借口，奕忻根本没打算跟她继续合作下去，连做戏的兴趣都没有。

另一边，池亦然赶到房间的时候，顾皖迟正在跟节目的编剧聊天，事件后的初次见面，连打招呼都显得有些尴尬。

"然姐……"

一不小心，顾皖迟脱口而出平日里常用的称呼，一旁的工作人员看看他，又看向一脸微笑站着的池亦然。

光是这个状态，的确不像是新闻上写的什么绯闻男女。

“抱歉，独采后发生了点儿小插曲，耽误了时间。”池亦然拍了拍手，走到工作台前看了眼顾皖迟跟编剧讨论到的点子，“我们继续工作吧，听说接下来你训练时间很多，留给节目组的时间很少，进度上我们恐怕要比其他组更赶了。”

顾皖迟点头应承。

录制有条不紊地进行着，虽说是综艺节目，但几乎每一期池亦然都是以很专业的态度在对待。江景川随着助理来到房间里看见的便是这样的画面，绯闻过后，两个曾经站在风口浪尖接受着各种各样言语的人，正认真严谨地探讨着关于设计上的问题，没有丝毫的尴尬跟不自然。

“要我说，那些粉丝就该来看看节目录制，就这两个人，眼神里都没有半分火花，怎么可能在谈恋爱呢。”

摄像师一边拍一边轻声嘀咕，碰巧就被身旁站着的江景川听见，他先是看了旁人一眼，又顺着别人的目光看过去。

的确，一场探讨下来，池亦然跟顾皖迟对视的次数并不多，其他女人他不了解，但池亦然是他曾经的女朋友，朝夕相处，她哪个眼神是爱，哪个动作是喜欢，他一清二楚。

也许是目光停留得太久引起了注意，池亦然说话的声音顿住，紧接着抬起头来，跟江景川的视线撞在一块，前者愣住，后者则是轻轻笑了笑。

他的不正经总是能令她慌了神。

“Yizzan刚刚是在看我？”主抓池亦然镜头的摄像师痴痴笑了一下，自言自语。

江景川扫了他一眼，伸出手去：“给我。”

“什么？”

“摄像机给我，我来拍。”

摄像师有些不明白，这都还没中途休息呢，突然换人干什么？再说了老大现在不是很少自己扛机器了吗？

“还愣着干什么，卸麦，把机子给我。”

这边发生了换人的小插曲，那边工作还在继续，注定要比其他组时间少的池亦然连一分一秒都不敢浪费。

而成功顶替跟随池亦然摄影师位置的江景川，也开始了私心满满的拍摄。他的镜头里，除了池亦然根本不会有第二人。

被迫下线的摄影师挠着后脑勺走出房间，一路还迷糊着：“怎么就突然换人了呢？我拍得不好吗？不会啊……”

“那初次立意我们就先这样定下来，回去我会把设计稿画出来然后发给你。如果你觉得合适，我们就进入制作阶段，这个过程你可以专心训练，等到成衣出来我再通知你。”

暂时告一段落，池亦然一边询问站在一旁的小良有没有记录好探讨结果，一边看了眼腕表：“时间刚刚好，还提前了十分钟，训练加油。”

打板之后，工作人员上前帮顾皖迟卸装备，他走到池亦然面前，摸了摸鼻尖：“然姐，不好意思，前段时间给你添麻烦了。”

电竞粉丝里一大部分都是年轻人，阅历跟人情世故都还比较浅，说起话来也是随着脾气，所以有些很难听。

让自己爱慕的女人看见这样的言论，顾皖迟多少感觉很尴尬，偏偏比赛结果不尽如人意，被俱乐部训着也没能腾出时间来正式道歉。

隔了这么多天，好不容易等到一起录节目，顾皖迟还是想要认真说声对不起。

“没关系，我也觉得很抱歉，影响到了你打比赛。”

电子竞技这方面，池亦然也算是老粉丝了，从前钟爱的程度甚至要比林为安强，她很清楚如果一个选手比赛状态不好，不论是游戏里预判位置的判定还是开团扔技能的意识，掌控不好都会影响整场比赛，输了也会被喷得一无是处。

公众人物都是这样，不论哪个行业，只要业务水平不够细致认真，就很容易被人诟病。

顾皖迟现在所承受的，数月以前池亦然也感同身受过，那些言论跟带来的影响也曾出现在她的梦境里，试图瓦解她每一根神经。

“如果你很忙，训练的时间很多，你可以提前说一声，我来做。”池亦然笑了笑，“毕竟我才是吃这碗饭的。”

寒暄不到十句话，俱乐部工作人员就过来喊顾皖迟，经过身边，他迟疑了许久从口袋里掏出手机，屏幕亮起时赫然是池亦然的照片。

“比赛失误是我的问题，所有可以解释的都是借口，但我喜欢你这件事情，并不是假的。”

清朗的声音里带着满满的决心，有着少年登上领奖台时俯视对手的傲气跟自信，等到池亦然回过神来，顾皖迟已经走远。

他的背影，既熟悉又陌生。

熟悉是因为每一次走上赛场，镜头切换战队服后面的名字，Swing每个人的背影她都看了无数次。

陌生是因为他话里那句关于喜欢的笃定，是年轻人独有的坚定，是她很长时间来都没有听到过的。

“其实如果不是年龄上有差距，我倒是觉得他比江景川更适合你。”

小良捧着笔记本走上前来，小声在池亦然耳边说道：“你看看，你喜欢打游戏，他在游戏这方面是高手，带你的话，上王者分分钟不是难事儿。还有就是，他对你的喜欢远超于你的想象，即便是在这么敏感的关头，都不忘表明自己的心意，说明他就没打算让网络上那些三言两语的声明也好，解释也罢，掩盖住对你的感情。另一个人可就不一样了，他性格上没有 Wan 这么照顾你，反而跟你很像，都好强，都不认输，彼此都不肯退步。喜欢的时候轰轰烈烈，可一旦闹了矛盾，就……”

说话最精妙的地方就在于点到即止，前段时间江景川还没出现那会儿，私底下其实跟顾皖迟接触的时间并不少，小良是欣赏这个男孩子的，喜欢就喜欢，从不因为年龄而遮遮掩掩或者放低自己的身份。

相较之下……

她扫了眼扛着机器还在拍池亦然的男人，下意识地摇了摇头。

“你一个没谈恋爱的小姑娘别总把自己装得跟情圣似的，收拾东西走了，你帮我去买杯奶茶，我在休息室里等你。”

“好。”

小良提着包包先离开，经过江景川身边的时候微低头，算是打招呼。

池亦然则是看都不看他一眼，径直回了休息室。

将目光从摄像画面上移开，回想着某人方才那高傲的下巴，江景川低笑着摇了摇头。

“咚咚咚！”

一阵敲门声响起。

“进来。”

池亦然正窝在沙发上玩手机，以为是小良买奶茶回来了，头都没抬：“买了哪种口味的啊？有黑糖珍珠吧？”

“我发现你现在的坏习惯是越来越多了，不抽烟却迷上了喝奶茶，女生不都很注重身材保养，怎么，你不介意？”

江景川将门关上反锁，走到沙发后面，俯下身，双手搭在沙发靠背上，看上去就像是从背后拥抱住池亦然的感觉。

“你怎么来了？”

她不慌不乱地把手机放回到包包里，坐直了身转过头看向男人，保持着一定的距离。

“听说你今天跟梁婧言吵架了，把她怼得话都说不上来，直接停录节目回家休息了。”

江景川不是因为错过这样的戏码而感到可惜，而是在听说当时是因为奕忻才起的争执后，不自觉皱紧了眉。

这个小明星在池亦然心目中的地位，远远超过了他的想象。

“停录节目了？”

这倒是让池亦然有些意外，她还以为自己走了，奕忻跟梁婧言就开始录了，现在想来，以奕忻那个性格倒还真的有可能直接罢录。

“怎么，我发现你好像还真对那个小明星感兴趣，让我猜猜你们是因为什么吵起来的，男人？你跟奕忻传绯闻，人家小姑娘跟他搭档录节目也有了爱慕之心，所以吃醋？”

男人的声音性感得就像是一款丝绸制的领带，在她脖颈间缠绕，拂过敏感处引来一阵战栗。

“呵……”池亦然低头冷笑了一声，“什么时候开始，江大摄影师还兼职写剧本了，想象力这么丰富。”

“所以，你还没有回答我你到底对人家小明星是不是感兴趣，从上一次你就在逃避我这个问题。”

一个利落的翻身，江景川直接从沙发后面越过来，占据着池亦然身旁的位置，用一个霸道十足的姿势将她整个人困住。

“你很紧张？”

透过他的眼睛猜测着他的情绪，池亦然在气场上没有半点儿示弱，她甚至学起了江景川的小动作，手指头在他的领口上画着花：“你是以什么身份来关心这个问题，再说了，我今天跟梁婧言的矛盾，跟人家奕忻也没有半分关系。”

“想知道外界人是怎么评判你的吗？”

话题突然转而严肃，池亦然倒还真的有些好奇：“怎么评判的，说来听听？”

“在中国，一个设计师要用‘优秀’这两个字来形容的话，是有着很苛刻跟严谨的条件，并不是说谁获得了更多的奖项，谁就是赢家。”

当时的江景川并没有在现场，也没有亲眼看到气势逼人的池亦然是怎么当着众人的面细数自己的过往从而压制梁婧言。

可从旁人的复述中不难知道，一方面别人觉得她得到过那么多奖很了不起，另一方面，他们又都在观望着，这样一个年纪轻轻就在设计圈里有所建树的女人，到底能坚持多久。

十年是一个标准，很少人会坚持在十年间保持初心，特别是做设计跟艺术这一行的。从十八岁进入设计圈到现在二十六岁，池亦然还需要两年的时间来证明她在这条路上并没有放弃过。

“一直以来你都在国外生活跟工作，对比于其他设计师，你已经懂得如何用国际通用的语言，也明白国际时尚界有什么游戏规则。可不管怎么样，跟本土化的设计师，你仍然有距离，这些距离足以成为他们针对你的理由。”

外行人的评价总是牛头不对马嘴，看不懂门道却总要装得什么都会。可江景川不一样，首先他的工作也跟艺术沾边，其次也是最重要的，是他跟池亦然朝夕相处过很长一段时间。

世界上，比自己更了解自己的，就是恋人。

“你错了。”

池亦然唇齿间没有温度，她有些失望地看着江景川：“你是比别人多了解我一些，但并不代表你就完全明白我在想什么。从来，我都不需要别人赞许跟夸奖。不是说我享受这种被瞩目或者被崇拜的感觉，相反，这样会让我时刻都有危机感，不能失败，不能让别人看不起，以至于我每天的生活都像是在看眼色一样过得枯燥。”

这就是她一开始为什么会选择在芬兰开工作室的缘故，国内的环境太过浮躁，充斥着名与利，她既不喜欢也不想去融入。作为高定设计师，最重要的是时刻保持创作的灵感，不被市场所淘汰，至于其他……

“我不喜欢多重身份的生活，我只是一个画图的设计师。”

望着池亦然的眼睛看了许久，江景川最终放软态度：“抱歉，我从没有想要逼你的意思，只是怕你受到伤害。”

即便是来自外界的，池亦然听不到的言语，但凡是关于她，他都会十分在意。

修长的指尖停留在她的脸颊上，顺着一缕发丝缓缓往下，她低垂的眼睫毛一下一下像是扫在他心间。

“再给我一点儿时间。”

轻而缓的嗓音很容易被忽略，池亦然回过神来，怔忪地看着他：“什么？”

回应她的是江景川落在她眉间的一枚亲吻，就在热度与呼吸交织着迷乱时，一阵敲门声传来，紧接着隔着门板就听见了小良的自言自语：“哎？门怎么关了，Yizzan，你在吗？”

暧昧的喘息声在房间里显得格外清晰，明明什么都没有做，池亦然却非常心虚。推开江景川，视线刚好落在他那凸起的喉结上，一动，她就跟着颤了颤。

这个男人，真是……

“你把门反锁了？”池亦然哑着声音问。

“不锁，就会有人打扰到我们。”

池亦然：“……”

这是什么话，弄得好像他们关起门来在做什么见不得人的事情一样。池亦然推开江景川，站起身理了理衣服。

“晚上一起吃饭？”男人的声音里带着独有的磁性。

池亦垂下眼看他，哼了一声：“才不要！”

江景川笑着没有说话。

连她自己都未曾发现，这娇俏的语气，是他们谈恋爱那会儿才有的。

“Yizzan 你在房间里啊？我跟你说，这奶茶的队伍简直了，比喜茶还难排，我就怕限量的轮到我这里就卖光了。”

小良拎着袋子，里面装着两杯奶茶，开心得像是中了彩票大奖一样炫耀。

池亦然都快忘了她这是去买奶茶，还是去买彩票了。

“对了，你人在怎么还将门反锁了？我刚刚在门口敲了半天，我都……江景川？”

在门口叨叨了半天才进屋的人，猛地看见坐在沙发上，长腿交叠，姿态慵懒的江景川，小良觉得整个人都不好了。

仿佛她的出现打扰到了什么一样。

“你……你们……你们刚才……”

支支吾吾好半天都说不上话，小良瞪圆了眼睛上下打量池亦然，紧张地松了松自己的领口：“我出现得不是时候？”

怪不得把门反锁!

原来是在做见不得人的事情!

池亦然拿过小良手中的袋子,一边把奶茶取出来,一边扫了她一眼:“收起你的浮想联翩,他随手关的门,可能是不小心锁上的。”

“故意的。”男人冷不丁补充了一下。

池亦然:“……”

小良:“……”

房间里多了一个人,还是关系算不上友好的,小良总觉得如坐针毡。

“那个,江大摄影师,你很闲?”

吸了一口奶茶,听到小良这句话,池亦然差点笑出声来。

被她一问,江景川也不知做何反应,他很清楚这个小助理对自己并不算友好,所以回答的态度也没有往日的嬉笑。

“我等她收工,一起吃晚饭。”

“一起?吃晚饭?”小良挑着眉看向池亦然,用眼神示意她,不是说好了跟奕忻一起去吃火锅的吗?现在是什么情况?

接收到她的眼神电波,池亦然嚼了嚼珍珠:“我可没说要跟你一起吃饭。你先走吧,我们晚上另有约了。”

“真的?”

“嗯。”

“那好,我们下次再约。”

江景川站起身,理了理衣服离开,经过池亦然身边的时候还不忘凑过去问:“真的很好喝?”

后者像小孩子一样将奶茶往身后藏:“好喝也不给你喝。”

望着这两个幼稚的人,小良时不时用手扇风,还不到夏天呢,她怎么觉得这么热呢……

Chapter 11

入画时眉眼可爱

离开录制现场，江景川给范丞打电话，听说要一起吃饭，后者直接喊了起来：“你这人是有千里眼吧？我刚从海边带了一箱新鲜的海鲜回来，有口福了。”

“那岂不是刚好？在你家？那我直接过去。”

江景川到的时候，范丞正跟一帮朋友在庭院里打球，打过照面也算是认识，更何况里面还有个“熟人”。

“江大摄影师，不，在这里应该叫你一声江少吧？”

薛菲端着酒杯笑盈盈地走到他面前。一年不见，从先前那个小花旦成长到如今的新晋影后，只花了一年的时间，不得不说，也是有点真材实料了。

“你们认识？”范丞跟过来，单手搂住薛菲的腰。

见他这个举动，江景川心下了然，公子哥儿这是又看上新人了。

“之前去芬兰，托江少的福，拍了一套我很喜欢的写真。江少可是我见过的豪门子弟中玩摄影玩得最专业的了。”

“玩？我从来都是认真的。”

就算是发小的女人，说话说得不中听了，江景川照旧要呛一句，这会儿说完，看都不多看一眼拎着袋子就往屋里走。

徒留薛菲一脸尴尬地看着范丞：“我是不是说错什么话，惹江少不开心了？”

“没事，我进去看看。”

范丞拍了拍薛菲的肩膀，小跑着追进屋。

来的路上，江景川买了一袋新鲜的小龙虾，进厨房前把外套脱下，这会儿正捋起袖子准备清洗。

这架势可把追过来的范丞吓了一跳——

“别别别，你这是干什么？哪能让你来下厨啊。”

“买的时候问过，在清水里养了两天已经吐干净脏东西了。我就是怕阿姨觉得这东西怵人，干脆我来弄。”

范丞家的帮佣阿姨连连摆手：“不不不，先生，我会，还是我来吧。”

能来范家吃饭，跟范丞玩得这么好的年轻人非富即贵，帮佣阿姨哪敢一旁站着，让客人来下厨帮忙。

江景川说要自己亲自处理的时候，可把她给吓坏了。

“走走走，让阿姨弄，你跟我过来我有事问你。”范丞拉着江景川就往大阳台走去，越过栏杆还能清晰地看见庭院上的人都在玩些什么。

“你什么时候搭上薛菲的？小影后，娱乐圈最火的女演员之一，你还真是可以。”

范丞“嘁”了一声，扬眉：“这话听上去怎么酸里酸气的，刚听说你俩认识，怎么，莫非你以前看上过她？没追成？”

江景川轻飘飘地瞥了范丞一眼，摆明了不屑：“我心里从始至终都只有一个人，其他女人我看都不想多看一眼。”

“啧啧啧，得了吧你，要真对你那白月光忠贞不贰，现在就不用搞出这么多事情了。”范丞背靠着栏杆，双手悠闲搭着，“你让我帮你查的事情我已经查到了，说池亦然抄袭的那个女大学生，现在是国内一个独立品牌的首席设计师，也有不少属于自己的设计作品，虽然没有你的白月光那么出名，但在国内小众设计师圈子里也算出名。毕竟……Yizzan 抄袭她毕设作品这个话题，永远都是爆点。”

“就没有人怀疑过，她说的所谓抄袭，是栽赃陷害？我听说池亦然工作室曾列出过时间线，她给那个系列下主题定义的时间，远早于这个大学生做设计之前，虽然设计中间过程中有所耽误，可严谨一点儿来说，不是池亦然抄袭她的毕设，而是她抄袭池亦然的作品。”

江景川这一字一句，语气上有着不容置喙，听着让范丞忍不住抖了抖腿。

“哟。可以啊，一方面让我调查，另一方面自己也做足了功课。”

“要你废话。”

“就跟你说的一样，其实当初池亦然所在的工作室第一时间给出了声明，罗列出了时间线，但不知道是怎么一回事，风评还是一致倒向那个女大学生，总觉得池亦然是仗着自己有点名气，然后欺负人家刚出大学的。总而言之，就是没有人愿意相信，在那种情况下，工作室不再做解释，一封律师函都没有，也让外界猜测是心虚了，要息事宁人。”

言论自由的社会环境下，总有那么一些人，不明真相便跟着主观意识走。三人成虎，人言可畏，有时候到了最后都不清楚到底谁是对的，谁是错的，即便事情有了最后澄清，还是会有那么些人，死鸭子嘴硬觉得是用钱摆平了，是有后台。

总之，除了自己还有身边的亲朋好友，没有多少人愿意百分之一百相信你。

“还有一点就是，这个大学生因为指责池亦然抄袭这件事情走红了，我听说之前私底下是有不少人找过她，是因为噱头还是才华就不清楚，总之她后来就选择了那个独立品牌，空降当了设计总监。”

江景川听着皱了皱眉，指尖在栏杆上点了点：“那家独立品牌，是在哪里？”

“很巧，就在寒城。”

范丞忍着笑，别的地方不清楚，寒城可不就是江大少爷的地盘。

“那劣质布料的事情呢？”

“陈年烂谷子的旧事都能被那些网友给翻出来我也是佩服的。”范丞摸了摸额头，社会竞争严峻，哪个圈子不会出一些耍伎俩的烂事。

“那时候，Yizzan这个名字在设计圈风头正盛，由她带头设计出来的系列产品从高定T台走向大众商城，像这样亲民的举动其实是一件很好的事情。我听说那时候，她对这个措施还挺热衷的，一方面也鼓励了她工作室里的新手设计师参与设计。对不对？”

范丞调查这件事情的时候也发现，同一时间，江景川人也在芬兰，如果这两个人曾经是恋人关系的话，那么那时候，他会不会清楚这些事？

见江景川沉默着没说话，范丞捅了捅他胳膊肘：“不是吧，那会儿就吵架了？”

“不是。”

江景川只是突然发现，过去的时间并不算长，一年不足以让一个人忘记全部事情，可关于池亦然都做过些什么，想要准确对上号，他却做不到。

“我只知道她工作很忙，一投入设计很容易忘却周围的时间。我们在一起的时候，她做了很多份设计，有帮小明星的，也有自己去参加时装周的作品。我记得她提过上市一个亲民系列，但具体的时间，还有后来发生过的事情，我都不清楚。”

难得听见江景川说“不清楚”这三个字，还有言语间流露出来自责的情绪，让范丞有些意外。

与江景川不同，范丞在感情场上游戏惯了，见过形形色色的人，也很少用真情实感。可他未必看不明白——

“那时候的你，可能爱你自己胜过爱她。”

喜欢一个人，是恨不得把所有时间跟注意力都放在她身上。相爱的恋人，但凡为了彼此忙碌的工作而忽视对方，那么这段感情必定走不长久。

许是范丞说的这句话，过去一年多来江景川也反思过，所以没有辩白。

“我打算回寒城。”

“去找那个小设计师？”

“嗯。”

范丞早就料到江景川会有这样的行为，了然点头：“顺便问一句，你确定帮她澄清这两件事情之后，你们就能重新在一起？”

江景川摇了摇头。

之前他的确这么觉得，可后来池亦然的一句话提醒了他——

她不屑于当替身。

“她可能误会了什么，觉得我爱她是把她当成某个替身，可直到现在，我都想不明白她到底是看到了什么才会产生这种误会。”

“替身？”

范丞忍不住笑出声来。别人他不清楚，江景川可是他的发小，从小到大江景川身边都有哪些女孩子跟着他再清楚不过。对于女人，江景川的态度从来不是随随便便，这么说吧，当着朋友的面唯一承认过的，也就只有池亦然。

目光落在楼下那个小明星身上，范丞勾起嘴角，听闻她对江景川也曾有过示好，事实证明，他也没有多看她一眼。

就是这样的一个人，居然会被怀疑心怀不轨？

“池亦然真的是这么说的？”

“嗯。”

江景川揉了揉额角，神色越加薄淡。

“不是，你就没有澄清辩白一下？你再好好想想，在一起那会儿你有没有跟哪个女人暧昧不清过？”

“哪个女人？”

江景川看了眼庭院中跟人谈笑风生的薛菲，回想着那时候池亦然与她碰面后的“争风吃醋”，下意识笑出声来。

这种反应可把范丞给看傻了。

“不是，说严肃的事情呢，你怎么反倒笑了？”

“你是没见过，她吃醋的方式有多不一样，她不会直接上前来宣示主权，反倒是用尽各种方法来让其他女人觉得，不论是从外貌、气质、气场上都不如她。不信你可以问问薛菲，她就有幸体会过一次。”

范丞：“……”

快看看，看看这个男人的样子，每次提起池亦然不是夸奖就是露出一副全世界我女人最优秀的模样。

都还没追到手呢，真是服气了。

“那不然，你们是怎么吵起来吵到分手的？”

“不清楚，当时她可能是听到什么传言了，就气冲冲地来我工作室。碰巧那会儿我工作上也遇到了棘手的问题，所以脾气也不好，两个人冲撞到一起谁也不让着谁，为此她还推翻了我一整书柜的相册……”

不经意间的一个回想，让江景川猛地抓住一个点。

“对了，相册！”

范丞被他这一惊一乍吓了一跳：“什么跟什么啊，你相册怎么了？”

江景川闭上眼睛，努力回想着一年前已成碎片的画面，拼凑着那些被他忽略过的细节，宛若电影场景一样在脑海中快节奏闪过……

“我知道她误会的人是谁了。”

“谁？”

“宝蓝。”

范丞只觉得后脑勺“嗡”的一声，手上的动作僵住。

别人还好，怎么偏偏是宝蓝。

“如果是宝蓝的话……事情起码好解释一点。”范丞摸了摸鼻尖，小心翼翼地看向身旁的男人，“毕竟人都……”

“肚子饿了。”

范丞：“……”

江景川摆了摆手，头也不回地往屋里走。

晚餐安排得很丰盛，在露天台摆了很长一张桌子，自助餐的方式既方便又可以交际，江景川端着红酒杯坐在最靠角落的位置，不时有人走过去寒暄几句。

“江少家里同意他一直当摄影师吗？不会让他去从商，像你一样？”薛菲小口小口吃着眼前的食物，试探性问了一句。

坐在她对面的范丞眼皮都没抬一下，只不过握着刀叉的手顿了顿：“你很好奇关于他的一切？喜欢他？”

由于前阵子投资一部电影的缘故，范丞认识了薛菲，近日来走得也比较近，但还没有到男女朋友关系的地步。这会儿调侃她，他没有抬起头看不清楚表情，在光是靠听的情况下，根本分辨不出他的情绪。

薛菲笑了笑，轻轻放下手中的刀叉，举起一旁的高脚杯浅抿了一口红酒：“好奇是真的，喜欢是假的。”

“哦？”

“最初知道这个人，是从朋友口中得知的，看过他拍的照片觉得非常有灵性，才会在后来争取到机会合作。对他的才华跟摄影能力我很欣赏，后来偶然得知他的身份，那时候我就很好奇，像他那样的家庭，不会要求他去从商或者从政吗？”

“那只是你的想法，他想做什么家里人都会支持，再说了，他玩起摄影也不马虎，不照旧成了青年摄影师代表？”

范丞还是第一次这么严肃地驳回薛菲的话，这让薛菲多少有点尴尬，干笑了几声低头安静吃饭。

“对了，你之前见过他的女朋友？”

提起那次见面，薛菲表情明显不太好，毕竟那是她事业上升期遇见的第一个轻讽她的女人，最重要的是对方还是江景川的女朋友。

那是薛菲第一次觉得自己不受重视，不被尊重。

见她沉默着没说话，范丞端起酒杯身子往后靠着椅背，一边摇晃着杯子，一边打量她的表情：“怎么，不愉快？”

“哦，不是。”

薛菲抿了抿唇，在这个圈子里混久了，懂得圆滑说话技巧就是掌握生存的一门技能，永远不要给自己主动树立敌人，也永远不要在背后嚼舌根落下把柄。

“池小姐是一个很特别的女人，与我这些年见过的大不相同，她跟江少很相配，我听说前段时间，江少还为她办了一个独立摄影展。就是不知道，这对金童玉女当初为什么会分手……我倒是很好奇这个。”

可以说是很滴水不漏的一个回答了，范丞点着头没有继续问，似乎从一开始就没打算在薛菲这里打听到什么一样。

见范丞没有继续说，薛菲抿了抿唇，眼神间闪过一抹深意，状似不经意地开口：“倒是前些日子，池小姐经历了不少事，坊间不也有传闻，她对江少其实没有真感情，反倒是喜欢更年轻的人，例如一个什么电竞职业选手，还有奕忻。”

“呵！”

范丞冷笑了一声，不作回答。

面对如此冷漠的反应，薛菲反倒不好说什么了。吃完晚餐，助理催着她还有通告要赶，也没来得及跟江景川打招呼便匆匆离开了。

实际上，她也看不到江景川人在哪里。

堂堂正当红的明星，参加一个公子哥儿的私人聚餐，渺小得像是一颗尘埃都没有引起多少人的注意。

这就是上流层的社会，什么没有见过，不论是人也好，事也罢，从不大惊小怪也不趋于巴结跟奉承。

江景川离开时，范丞还给他塞了不少新鲜海货，顺便嘱咐了一句：办事小心。

近期关于池亦然的风波可不算少，万一回去了，家里人指不定会盘问起来，到时候处于什么立场考虑这个女人，就需要很谨慎了。

“我不在的这段时间，白城这边的情况你帮我看着。”

“没问题。”

回到住处，洗完澡订完机票已经是深夜，望着订单上的信息，江景川想了许久才拨通池亦然的电话，在等待与挂掉的边缘间徘徊了数秒钟，响起了熟悉的声音。

“干吗？”

“下一期节目的录制，我请假了。”

刚吹完头发的池亦然一边拨弄发丝，一边听着电话，听到这句觉得有些莫名其妙：“跟我有什么关系吗？”

“你的镜头不会是我在拍，你的宣传照也不是我负责了。”

江景川说得很慢，嗓音里的磁性在深夜里被无限放大，像是变成了一缕细丝，穿过声筒透过耳膜，将池亦然的心悄悄缠住。

“你……以后都不负责我的部分了？”

她的小心翼翼，他听得一清二楚，嘴上的硬气永远没有心里的柔软来得快。

“只是下一期而已。”

“你要去做什么？”

意识到自己的反应似乎太过关切，池亦然连忙咳了几声装作不在乎的样子：“你别误会，我不是好奇，我只是担心你的请假会影响到我的节目录制，毕竟跟拍突然换了，镜头语言的表达上可能会有所出入，对我的形象也会造成一定的影响。”

江景川笑，靠着落地窗，想象着窗户上映着池亦然那张脸，伸出手指来触碰：“有没有人跟你说过……”

“什么？”

“你口是心非的样子很可爱。”

池亦然："……"

她每一次想要掩饰什么，就会变得很不自然，稀里糊涂说一长篇幅的话很可能到最后都没什么关键性信息。

跟她相处过一段时间的江景川自然非常了解她这个模样："你放心，我不舍得别人把镜头对着你太长时间。毕竟你的颜，只有我能目不转睛地看。"

"嘟嘟嘟嘟……"

忍不了江景川耍流氓的池亦然直接把电话给挂了，把手机捂在胸口处，扑通扑通的心跳声令她怅然若失。

她突然意识到，大事不好了，这段时间的她仿佛回到了从前跟江景川小吵小闹相处的时候，差一点就忘了，他们已经分手一年多了。

这边，望着突然被挂电话而暗掉的手机屏幕，江景川摇头失笑，他几乎能想象出池亦然那脸红心跳的模样。

比起重逢时她那冷漠的嘴脸，现在的她仿佛回到了从前，会生气，但更多的时候还是像恋爱中的模样。

这让江景川更加坚定要为她挡下所有流言蜚语的心，之前或许不够成熟，所以没有担当，现在重新追求池亦然，首先要做的就是把一年前在他还是男朋友身份而没有尽到责任的事情，全部做好。

次日，江景川把在白城的工作做了一个简单收尾，并且去了一趟外公家打声招呼。

回到寒城已近凌晨，在自己公寓洗漱休息了不到六个小时就匆匆前往之前调查过的那家独立设计品牌工作室。

"谜"，以短短不到一年的时间晋升到国内原创独立设计品牌前十的位置，网上业绩名列前茅，实体店也落户在一二线城市的中心商城，可以说发展前景一片大好。

而这其中，最具噱头的便是一年前指证 Yizzan 抄袭的预毕业大学生薄一念，从她进入"谜"，成为设计总监后，由她设计的衣服已有十几个系列，市场反响也很好。

江景川来之前就已经搜集好了资料，并且第一时间跟“谜”的高管取得联系。

薄一念踩着高跟鞋，像平日一样面带微笑来上班却发现公司里的同事并没有像往常一样热情回应，反倒是眼神躲闪，低头小声议论着不知道在说些什么。

虽然纳闷，但薄一念脸上还是保持着一个总监该有的威严。直到进了办公室，助理小姑娘敲门进来，探头探脑地检查外面有没有人偷听偷看。

“发生什么事情了吗，怎么大家今天都怪怪的？”

小助理蹭到薄一念身边，伸出手揪住她的袖子，被她不留痕迹地躲开之后也没有露出异样的表情：“总监，你是得罪了什么大人物吗？”

“你胡说八道什么。”薄一念蹙起眉，“这种话不能随便说。”

“今天有个人，一大早就来公司，总经理接见他的时候都毕恭毕敬，还有，听说昨晚副总一晚上都在整理你这一年多的设计方案。”

整理设计方案？

薄一念细想了一下，能让总经理跟副总经理都这么严阵以待的，一定是个大人物。又是跟自己有关，既然是整理设计稿子，那会不会是推荐升迁之类的？

一想到可能有大人物看上自己的才华，薄一念眼睛都亮了，可小助理还站在自己面前，为了不让人觉得她好高骛远不切实际，还是控制住了脸上的表情。

“整理设计方案，有可能是为了今后合作，对方只是想要进一步了解我的作品，怎么会说是我得罪人家呢？我薄一念做事从来光明磊落，行得端正也不怕别人在背后指指点点。”

小助理挠了挠后脑勺，尴尬地看向薄一念：“可我们听说的是，对方是为了 Yizzan 来的，好像是说当年你不仅污蔑了她抄袭你设计作品，而且……而且……”

“而且什么，你倒是说啊，磕磕绊绊的干什么？”

听到 Yizzan 的名字，薄一念的表情已然变得生硬，这会儿小助理说话还吞吞吐吐的，瞬间不耐烦起来。

“而且……还说论抄袭，应该是你抄袭 Yizzan！”

“什么？”

一听到“抄袭”两个字，薄一念头皮发麻。这件事都过去多久了，跟池亦然如今也是井水不犯河水，现在怎么突然有人来帮她出气？

“总监……”

“你去忙你的，这件事……”

话还没说完，办公室门被大力推开。薄一念回过身就对上副总那张黑沉如破布的脸，脊背不自觉地僵住，脸上的表情管理也做不出来。

“薄一念，跟我到总经理办公室一趟。”

就这样的语气，听的人一下子就能辨认出事件的轻重，根本不像薄一念说的，人家是为了招揽人才或者寻求合作。

被这么一喊，透过房门都能看见外面那一张张看八卦的脸，薄一念忍着气攥紧了拳头，跟在副总身后往楼上办公室走。

推门进去，总经理面色难看地坐在沙发上，旁边主位坐着一个男人，长腿交叠，双手交握放在膝盖上。即便只是个背影，都能感觉到弥漫开来的强大气场，似乎走近一分，自己身上的这股锐气就自动被减弱一分。

“江少，薄一念来了。”

副总将人带到后便离开。

听着这恭恭敬敬的称呼，薄一念整个人都僵住了。她努力回想姓江的大人物都有哪些，能让公司高层都这么恭敬对待。

可就在她走近，看见男人那张脸时，顿住了。

这不就是池亦然的前男友，那个青年摄影师？他是什么身份背景，一个拍照片的人能让公司高层这么毕恭毕敬？

“你就是薄一念？”

“我是。”

江景川摸着左手腕上的机械表，默默点了点头。

气氛比想象中的还要冷凝，总经理将桌面上的文件袋摔在了薄一念面前，压着怒气：“你自己看看。”

看什么？

薄一念弯腰拿起文件夹，厚厚的一沓拆开来看，是从她上大学开始到近年来的设计图。

很明显，江景川调查了她。

这让薄一念觉得很生气，仿佛被人扒开了衣服一样：“江先生，我们之间是有什么误会吗？你需要这样子对待我？私底下调查我的过去，你难道不觉得这样的行为侵犯了我的隐私？”

“侵犯隐私？”

江景川觉得很好笑，一个设计师如果想要成名，她一路以来的设计作品必然会公布于众，第一是起到宣传的作用，其次就是让大众熟悉了解并且喜欢她的风格。

薄一念之所以会这么害怕别人对她过往作品的调查，无非就是心虚，因为从她的作品里不难看到，有模仿池亦然设计的痕迹。

“薄小姐似乎有点小题大做了。作为一名设计师，你所设计的作品一旦上市销售，关于你的设计亮点大众都看得一清二楚。我这么做，不过是提前做点儿功课，整理一下罢了，只是没想到整理完，会发现这么有趣的事情。”

对于“有趣”这个词语，江景川意有所指，顺着他的目光落在一张照片上，薄一念不可思议地后退了一小步。

“两年前的学术交流会上，你作为学校代表发言讲话，在当时明确表示了 Yizzan 是你的偶像，是你在设计这条路上的标杆。你也希望像她一样能有个机会年少成名，像被上帝选中的幸运儿一样。我说得没错吧？”

江景川的每一句话，都像一双强有力的手，使劲将薄一念封存在过去里的记忆给撕拉出来，清晰地呈现在面前。

特别是听到“Yizzan 是你的偶像，是你在设计这条路上的标杆”这句话，薄一念脑海里立马浮现起当初在交流会上的场景，脸颊火烧火燎。

“所以，说偶像的获奖作品是抄袭你的毕业设计，这就是你对待偶像的态度？”

江景川的语气里满满都是讽刺，在场谁都听得出来，总经理一口气憋在胸前，都替薄一念觉得羞耻。

“我什么时候说过 Yizzan 是我的偶像了，江先生，这不过是一张照片，难不成你杜撰出一个故事来安在我身上我也要承认？”

面对薄一念的强辩，总经理气得话都像是从牙缝中挤出来：“你到现在还不承认？”

薄一念难以置信地看着昔日非常欣赏自己的总经理，当初也是他亲自联系她，说是欣赏她的才华，非常心疼她的遭遇，说什么许诺她一个总监的位置，把她捧到像 Yizzan 那样的高度……

可现在，就因为一个江景川，这个男人就害怕成这个模样。

“总经理，我需要承认什么？别人三言两语污蔑我，难道我就要承认吗？你忘了你之前是怎么说的？你就是看不上 Yizzan 那个心高气傲的模样，给我一个平台，给我一个机会，把我打造成像 Yizzan 一样的设计师甚至超过她。你说的这些话你都忘了吗？”

关键时撇清楚自己，踢她下水。薄一念咬紧后槽牙，她从来就不是这么好欺负的人。

江景川皱眉看着总经理，很不可思议：“杜总，薄一念说的都是真的？ Yizzan 心高气傲？”

“不不不，江总，您不要听信她的一面之词，我从来没有这么说过。Yizzan 在国际上的地位是有目共睹的，我怎么敢这么轻视她的才华。”

总经理卑躬屈膝的模样，薄一念真是一秒都看不下去了，她很清楚眼前这个男人，曾几何时觉得他就是自己这匹千里马的伯乐，但事到如今他是肯定不会帮她的了，不论她说什么，只要江景川要她离开，总经理就不敢说二话。

想到这里，薄一念反倒变得气势强硬：“江先生应该是个有身份背景的人物吧？今天才会出现在这里，诽谤污蔑也不给人一个反击的余地。你为池亦然做这么多，她知道吗？毕竟据我所知，她现在的男朋友是当红小生奕忻。”

见江景川皱了皱眉，薄一念还以为自己是说中了他的弱点，嘴角的笑容更加张扬：“你看，人家的眼光从来不低。她知道江先生你在背后为她做这么多事情吗，不惜来寒城找我，顺便带上这些资料？”

像这样的话，江景川不喜欢听，并不代表他听了之后会失去判断力。他始终保持着清醒的头脑跟精准的应对能力：“她跟谁的绯闻，是真是假我都有眼睛，会看。就像今天我来这里一样，不过是为一桩旧事做个了断，毕竟不该被扣上的帽子，我觉得应该让当事人站出来澄清一下。你觉得方才我说的话是凭借一张照片杜撰出来的故事，那么，接下来的这段录音，你需不需要听一听？”

嘴上是问句，实际上动作却没有半点儿放缓，录音播放出来，正是薄一念当时在学术交流会上的发言。

“你自己的声音，你应该很熟悉吧？就这样听，你也会说是我在诽谤你？”

原本以为只有一张照片，却不曾想过连录音都有。一时间，薄一念都不知道该怎么辩白好，方才的话如今“啪啪”打脸。难怪总经理的面色那么差，想必他早就听过那段录音，才会在刚才连帮都不帮一句。

“Yizzan 的设计在国际上拿了奖，你就说那是抄袭你的毕业设计，虽然你只是一个大学生，但因为跟 Yizzan 扯上关系，你的一句话也成功成为大众讨论的焦点。当时的你是不是没有想到，随口的一句话，会让你尝到一夜成名的甜头。一个刚刚毕业的大学生，初入职场的职位就是设计总监。呵，你想过没有，她因为你的一句话，又失去了什么。”

江景川紧紧抿着嘴唇，眼底冷然一片：“Yizzan 的每一个设计，都是有她独特的理念跟想法，她的初稿时间远远超过你的预期，甚至在你还没有想好毕业设计主题是什么的时候，她就已经着手了。就因为她精益求精的个性，作品成型得晚，又遇上比赛，你就可以直接说是抄袭你的？这么说吧，你觉得以她的身份、成就跟才华，需要抄袭你一个一无所有的大学生？”

“你有证据吗？”薄一念咬着牙，盯着江景川看，“你有证据来证明她的初稿时间吗？我怎么知道你是不是为了帮她而虚造一些假的证据。”

“薄一念，事到如今你还不能清醒一点儿吗？”总经理低斥了一句，深吸一口气，“江少不会冤枉你，做了就是做了，承认有那么难吗？”

“你是因为他的地位而畏畏缩缩不敢说话吗？”薄一念盯着总经理的眼睛，讥笑，“我为公司做了那么多，我付出了那么多，结果到头来我还得承认一些莫须有的事情。不就是要我离职吗，我不干就是了，说那么多干什么。”

一气之下，薄一念转身就想走。

“等等。”

江景川喊住她，与此同时探身将桌面上的资料都收整齐了，走到薄一念面前：“你不需要这样用离职来掩饰一切，你比我更清楚这个行业的规则。今天你之所以气急败坏想要离开，就是不愿意承认抄袭这件事情，你生怕被扣上了这顶帽子，你就没有办法在这个圈子里混下去。优胜劣汰，强者为先，但凡你今天是因为抄袭这个原因离开‘谜’，今后你就无法在这个圈子里立足，找到另一份相当的工作。薄小姐，你觉得我说得对吗？”

薄一念：“……”

“很可惜，我并不想给你这样的机会，因为这样就违背了我亲自来一趟寒城的初衷。薄一念，从头到尾，Yizzan 才是那个最无辜的人，高处不胜寒，她站得高并不代表像这样的言语伤害不了她，恰恰你的行为在那时候给予她的打击无法估量。”

话，江景川并不想多说，他觉得太浪费时间。早在叫薄一念进来之前，他就已经把所有的证据都摊开来给了“谜”的高层看，都是从设计学院毕业的，作品里有没有相似的细节，谁抄的谁，其实一眼就能够看清楚。

等薄一念进来的时间里，总经理就明确表示了这个人他不会留。

江景川要的不是赶尽杀绝，不是让薄一念在这个圈子里待不下去，他要的是她的公开道歉，还池亦然一个清白。

“我可以给你两个选择：第一，你召开记者会主动公开承认当时污蔑 Yizzan 的事情并且道歉；第二，杜总出面发表声明将你抄袭 Yizzan 作品并且污蔑她的事情公开。这两者之间的不同点，我想你是聪明人应该能够明白。”

给了薄一念两条路，相较于第一条，第二条路就等于直接将薄一念赶出这个圈子，不留余地。

对于江景川来说，薄一念不过就是一个小设计师，他今天不亲自过来，这件事情也照样可以摆平。但他还是过来，最初是因为看重每一件跟池亦然扯上关系的事情，现在就是希望这件事情落到实处，不拖泥带水，也能在最短时间内达到他想要的效果。

也许是看到自己真的没有退路了，薄一念低着头沉默了许久，无力道：“我自己召开记者会。”

她选了第一个办法。

江景川点头，将手中的资料递给她：“成名的路从来都不是捷径，不是踩着谁就能上位，你要记住，从‘努力’这两个字上你就注定输给池亦然。”

给了“谜”工作室还有薄一念一天的时间，24 小时内召开记者会。

江景川离开之前，薄一念喊住了他——

“江少，我不明白。”

“什么？”

“她都没有跟你在一起，你为什么还要这么帮她？”

听到这样的一个问题，江景川只觉得好笑，深眸里一闪而过一丝柔软，快得令人抓不住：“还需要问为什么吗，因为我是她的男人。”

Chapter 12

爱着的还会爱着

事情办得比想象中有效率，离开“谜”之后江景川抽空回了一趟家，父亲江照应出差还没回，母亲林唯正在院子里修剪花草。

听见车声抬起头来看时，她还以为眼花了，在白城工作的人怎么突然就出现在自己面前。

“妈！”

江景川下车后从后备厢取出礼物，两手拎着满满的东西走到林唯面前张开双手就要抱，还像个小孩子一样。

“你怎么来啦，哎，我手脏，别碰到你的衣服。”

林唯很惊喜地看着自己的儿子，想要碰碰他的脸又顾及手上的泥：“先进屋先进屋，我洗洗手。”

“妈，家里就剩你一个人？阿姨呢？”

“你爸出差还没回来，阿姨回老家做奶奶去了，家里就剩我一个人，其实打扫做家务也不累，忙忙碌碌一天很快就过去了也过得充实。倒是你，怎么突然过来了？今儿不是周末，你不用工作吗？”

“过来办事。”

江景川把买来的东西都拎到里屋放好，出来就见林唯指着楼上，一脸温柔的笑容：“先去跟宝蓝打声招呼吧，就说你回来了。”

“嗯。”

江景川应了一声，换好鞋子走上楼，沿着走廊到最尽头的房间，推开门时就能听见清脆的风铃声。满屋子的粉红色，收拾得干干净净的，即便没有人住着，也不觉得荒凉。柜子上放着一张特别可爱的照片，上面那个小女生笑起来，梨窝浅浅，眉眼弯弯。

“宝蓝，哥哥回来了。”

抬起手指贴到相片上面，做出一个捏脸的小动作，脸上的笑容同平日里戏谑的模样完全不一样。

宝蓝是江家领养的孩子，江照应跟林唯一直把她当亲生女儿看待，特别疼。包括江景川，自从有了这个妹妹，去哪儿都带着，只要有人欺负宝蓝，他二话不说上去就是打，为此没少挨骂。开始学摄影的时候，拉着宝蓝就是一通拍，用范丞的话来说，就是宝蓝成就了今天的摄影师江景川。

所以，江景川跟宝蓝的感情特别深。

遗憾的是，由于先天性疾病的缘故，二十岁生日都还没等到，宝蓝就离开了这个世界。

江照应跟林唯把房间留着，还像从前一样每天都会打扫，保持着宝蓝在时的模样，每年到她生日这天就会给她买一个礼物，存着存着，柜子里如今也满了。

江景川则是会把宝蓝的照片都装到一个小盒子里，走到哪里，带到哪里，就是当初池亦然一不小心推翻的那个小盒子。只不过，她误会了，宝蓝并不是江景川从前的恋人。

“咚咚咚！”

林唯敲了敲房门：“先下楼来吃水果吧，我刚切的。”

“好。”

离开房间，随手把门关好，下楼后江景川就在林唯对面的位置坐下，一开始没注意，后面发现还真有点接受审问的感觉。

“我听你外公说，你在白城跟一个小女生关系挺密切的。”

小女生？

林柏青就是这么评价池亦然的？看样子八卦新闻也没少看，他还以为家里人什么都不知道呢。

“怎么不说话啊，是不是谈女朋友了？你这次是不是为了她才去的白城？那什么时候把人带过来给我瞧一瞧？”

他们这个圈子里，纨绔子弟多的是，像范丞那样谈的女朋友不下十个，每次提起范妈妈总是摇头说懒得管了。可来到江景川这边，林唯等了这么多年，也没见他带什么女孩子回家，也从不提有没有交往的对象，弄得她私底下都跟江照应偷偷探讨过，儿子的取向是不是有问题……

好不容易听说有情况，林唯当然要抓紧问一问。

“妈，这么多个问题你到底想要我怎么回答？说成是小女生……我总觉得自己跟不良分子一样。”

“那她多大了？在干什么？”

江景川怀疑地看了看林唯，他不相信来之前，林老爷子没把池亦然的情况详细说给林唯听，按照惯例，应该在听到风声的下一秒就会把人里里外外给打听个一清二楚了。

“你真不知道？”

林唯连忙坐直身来：“我真不知道，本来想从你外公那里打听点儿什么的，可他这次居然一反常态，说都不说。可能跟我的心情一样吧，小心为上。”

“什么意思？”

“怕我们太关注把你媳妇儿给吓跑了。”

江景川：“……”

“不过我能从你外公的话里听出一点儿情况来，你跟那个女孩子关系还不明朗？”

“我跟她之前是在芬兰认识的，她是一名服装设计师，在圈内很有名，本身也很有魅力，是一个很吸引我的女孩子，不过一年前分手了。”

“在一起过，然后分手了？”

林唯显然很吃惊，她觉得自己的消息完全滞后了，连儿子什么时候有了女朋友都不知道，结果人家都分手了一年多，她还是不知道。

“如果不是你整天闹着要去外面发展，我至于连自己儿子感情状况都不知道吗……要是让你爸知道了，他一定会嘲笑我。”

见自己母亲委屈巴巴的样子，江景川哭笑不得：“妈，没你说得那么夸张，爸什么时候舍得嘲笑你了。再说了，是我自己没有跟你们说，是我的问题。这一次回来选择在白城发展，也是为了重新把她追回来。”

“有机会？”

“她很难追。”

“你是不是做错了什么才分手的？我跟你说，男孩子一定要让着点儿女孩子，女孩子嘴上说着不要不要，其实就是希望你能劝着哄着，我看你就是在这方面不开窍，情商低，人家才跟你分手。”

江景川：“……”

他都什么还没有说呢，就被林唯说得一无是处，不知道的还以为不是亲生儿子呢。再说，他连跟池亦然分手的原因都没了解清楚，怎么就一味把错怪到他的身上。想来想去，江景川都怀疑池亦然是不是跟林唯见过面，然后把她买通了。

“你是我亲妈啊，怎么老把错怪到我头上……”

“我就是担心像你这样谈恋爱的方式，迟早把人家女孩子给谈没了。”

直到江景川答应尽早把池亦然给带过来，林唯才没在这件事上面过多纠缠。

从在外读书到工作，从四处奔波到有了自己的住处，除了逢年过节江景川很少在家里过夜。

他洗完澡冲了杯咖啡端上楼，遇见正准备关门就寝的林唯，只见她温婉地笑了笑，说声儿子，晚安。

江景川怔了怔，仿佛回到了很多年前他还是个小孩子的时候。

第二天，薄一念召开记者会，澄清了一年前在网络上污蔑 Yizzan 抄袭她作品的事件。过程由视频模式在网络上广泛传播开来，“谜”也发出声明表示这一事件的真实性，还有跟薄一念设计师的解约通告。

“老池老池，你看新闻了吗？”

扎在工作室里画设计图的池亦然，接到林为安电话的时候还有些迷糊：“什么新闻？关于 Swing 的？”

“关于你自己的！长点心好嘛我的宝贝儿，薄一念你还记得吧？”

“薄什么？不认识。”

对于无关紧要的人，池亦然向来都是不加一分的关心，反倒是把林为安给急坏了：“你心怎么那么大啊，她把你害成什么样子你居然转身就把人家给忘了。”

“害？”

池亦然愣了一下，放下手中的画笔，动了动嘴唇把薄一念的名字翻来覆去念了好几遍。

“你是说，那个大学生？”

“对啊，就是当初说你获奖作品抄袭她毕业设计那一个。”

池亦然：“……”

当时新闻曝光，她只觉得这个小姑娘想红想疯了，落井下石蹭热度，编造一些莫须有的罪名。有一颗想红的心可以理解，但用踩着别人来上位的方式就不得不鄙夷了。

“她又怎么了？”

“她召开记者会，主动澄清了当年诬陷你的事实，现在聘用她的‘谜’，也跟她解约了。老池，这怎么回事啊，她怎么突然良心发现要还你一个清白了？”

林为安可没有忘记，当初这件事情一出，再加上布料风波，池亦然工作室上上下下忙得团团转，发律师函也好，主动联系要求道歉也好，薄一念都拒之门外，态度高冷得仿佛做错了的是池亦然一样。

现在倒好，陈年烂谷子的旧事，她反倒想起来澄清了。

“如果不是‘谜’跟她解约，如果不是看她两眼泪汪汪，我都要开始怀疑，这是不是她新一轮炒作了。”

“那你说……她为什么突然做这个……”

“我怎么知道……你还是先去看一眼视频吧，微博也炸了，好多粉丝都在等着你回应，当然，也有不少人表示当年真的冤枉了你。沉冤得雪啊我的老池！”

池亦然：“……”

用“沉冤得雪”这个词语，是不是有点太夸张了？

挂了电话，池亦然连忙上网，她发现每一次只要太过沉迷做设计，总会错过很多事情。薄一念的道歉视频在网络上传播开，点击量高达百万，业内人士纷纷出来说话，有力挺池亦然的，也有对设计本身做出分析的。至于那些圈外人，就这视频发表着捧谁捧谁的态度，也就是大众的目光。

“难不成是节目效果？”

池亦然一边刷着视频一边嘀咕，几期节目下来，她的人气也好能力也罢都得到了广泛认可。不少人也开始翻她从前的秀场作品出来看，莫非是因为这个，薄一念觉得自己再不澄清，等到大众把自己的过往都扒出来，那就晚了。

“Yizzan！”

小良敲门进来，捧着电脑愣在原地：“你看过视频了？”

“嗯。”

“你今天这个收消息的速度可以啊，往常不都是等到我来通知你？”

“就在你进来的前五分钟，为安给我打电话了。”

小良把凌乱的桌面稍微整理一下，将笔记本放好，然后挤到池亦然身边看她都在刷些什么视频——

“猜出来是谁在背后帮忙的吗？”

“帮忙？”

池亦然瞥了眼小良：“难道不是节目效果导致薄一念心虚自己站出来说？”

从池亦然口中听到这样傻白甜的理由，小良还真有点怀疑她从前那个高冷红唇御姐的人设是不是虚假的。

“我发现你一开始画设计图，就容易智商掉线。”

池亦然：“……”

其实，她有往某方面猜的，可就是不敢去细想。前天江景川才说有事要出差，紧接着薄一念就主动澄清，哪有这么巧的事情。

“Yizzan……”小良欲言又止，“我其实私底下查过了，很巧的是我有个朋友就在‘谜’上班，不过不是设计师。她说昨天有个大人物去了总部，就连总经理对他的态度都毕恭毕敬的，你说会不会是这个人……”

“知道是谁吗？”

小良摇摇头：“我朋友只是人事部一个小主管，据说当时气氛挺严峻的，想要八卦都被明令禁止。”

“寒城……”池亦然睫毛颤了一下，似是自言自语，“江景川就是寒城人。”

小良惊讶地张大了嘴：“不是吧？莫非是江景川去处理这件事情的？他真的只是一个摄影师吗？我怎么听我朋友描述，好像是个霸道总裁还是豪门公子爷，要知道‘谜’的总经理也不是小人物啊。”

池亦然摇头，她不清楚，她甚至都觉得自己不够了解江景川，当初在一起的时候只是单纯谈恋爱，从不涉及家庭。

江景川没有打听过她的家庭背景，她也没有主动去问过。

现在想来，自己或许谈过一个很厉害的男朋友也不一定。

“要真是他的话，他做这个事情的目的是什么？挽回你？”小良双手捧在胸前做心状，“这可是个加分项啊。”

“闭嘴吧你，别八卦了，该忙什么快去忙，不知道我们最近任务很多？”

把小良赶走后，池亦然拿着手机走到窗台前，想了很久还是给江景川打电话——

对不起，您拨打的用户已关机。

在肚子里打了半天草稿，嘴上练习了好几遍，结果都还没开口就被这个声音给堵了回去。一气之下，池亦然也把自己手机关机了……

自从知道很有可能是江景川在背后帮她，池亦然就再也安不下心来画设计图，脑海里一帧一帧回想着从重逢到现在发生的一切。

似乎每一次都是她单方面的争吵，到现在的慢慢不忍心。

如果这一次真的是江景川帮忙的话，那她该说些什么？该表示些什么？尽管已经是过去了很久的事情，原本以为无所谓了，以为时间足以证明一切，现在才发现其实还是有人关注，还是有人在乎她过去的那个“污点”，证实清白获得了不少好感以外，也将她心结一点点解开。

画笔在纸张上无意识地涂画着，直到传来敲门声，她抬起头来的那一刻跟门口站着的男人目光碰撞到一起。

他嘴角慢慢上扬的笑容仿佛是一个慢镜头，清晰地呈现在她眼前。

“看傻了？”

池亦然缓缓站起身，放下画笔绕开书桌走到江景川面前，目光落在他脚边的小行李箱上，低着头，嗓音轻而沙哑：“你出差回来了？”

“嗯，一下飞机就给你打电话，但你手机关机了。”

“为什么要给我打电话？”

江景川看着池亦然低垂着头，不自觉抬手将她脸颊散落的发丝捋到耳后，做完这个动作也没将手抽回，反而是顺势托住了她的脸颊，好让她抬起头来看自己。

“因为我想见你。”

事情处理完，他一秒钟都不想要多待，买了最快一班飞机回到白城，一落地就给池亦然打电话。听到关机提示音，他整颗心都揪在了一起。来之前的路上他想了一百多种可能会发生的情况，直到方才在工作室门口碰到小良，出乎意料不再是从前那个冷冰冰拦着他的态度，那一刻他就想，池亦然很有可能已经猜到了。

眼底映着他的眉眼，眼眶渐渐被湿意占据，池亦然强忍着涌上鼻头的那股酸涩，歪着头问他：“薄一念的事情是你做的吧？为什么？是觉得亏欠了我，还是觉得这样做我就会原谅你？”

“我只是把一年前我没有做的弥补回来。我说过，一定会向你证明我的心意。”

江景川上前一步，轻轻抱住了池亦然，将下巴抵在她的颈窝，闭上眼睛感受着这一刻的静谧。

“你能猜到是我，说明我们之间有默契。一年前是我不对，在你饱受争议最最难受痛苦的时候，没有在你身边陪伴你。我不想为我的错误做解释，我只想补偿你，弥补过去因为我的不成熟而犯下的错误。”

池亦然的身体在抖。不得不说，江景川的话让她回到了很久很久以前，在那一个又一个不眠的夜晚里，她也曾想象过今天这样的画面。

在无数个公开的场合里，在其他人用着几近尖锐的字眼讽刺她的时候，她想象过远处有个人，逆着光而来，披荆斩棘为她挡下一切。

经过十字路口，搭乘地铁，上下公交车，她总会无意识看向某个地方，错以为会有那个身影出现。

然而都没有。

不再奢望能有那个人出来为她挡下一切的今天，他却出现了。带着淡淡的温柔，不似从前认识的那个时而清冷、时而戏谑的男人，说想要弥补自己。

“江景川，你不觉得一切都晚了吗？”

所有的情绪都在一瞬间爆发，池亦然哽咽地开口，那些原以为会忘记的过去原来只是记得越来越深，之所以需要弥补，是因为真真切切被伤害过。

“不晚。”

江景川没有松开手，反而是一下又一下拍抚着池亦然的后背，安抚她：“只要我还爱着你，一切都不晚。”

他清楚池亦然在害怕什么，从重逢时她那冰冷的态度就知道，之所以抗拒接近，就是怕再一次受伤。

像池亦然这种看起来非常高冷不容易接近的类型，往往在感情上面爱钻牛角尖，受过伤就再也不愿意尝试。她怕看见失望，所以他不会再让她失望。

“然然，你还愿不愿意再相信我。”江景川抬手托住池亦然的后脖颈，指腹捏了捏，在她慢慢地软下身的时候，低头在她耳侧温柔地亲了下。

“我现在回答不了。”

池亦然的声音很轻，却没有半分的游移不定。她能清晰地感觉到江景川每一句话对她来说有多大的诱惑力，他的眼睛像是能够看透她的心，所以她做的每一步决定都需要慎之又慎。

不是说江景川做得不好，也不是他不够优秀，恰恰是他如今做的每一件事情都令她动摇，所以……

“我必须为我所做的每一个决定负责，包括重新跟你在一起。”

她仰起头来看着眼前这个男人，她曾爱过，可能现在都还爱着。但爱情不能取代一切，发生过在她身上的事情也不是三言两语就能说清楚道明白，不然，那些个不眠的日日夜夜，怎么算？

她曾溺水，无法呼吸，很长很长一段时间都需要一根浮木来将她拯救。

所以，她怕极了那种不能自主的感觉。

她慢慢挣脱开江景川的手，从他的怀抱退出来，能够感觉到身体颤抖，心跳加快，也能感觉到滚烫的胸腔，分不清是她的温度，还是来自他的。

“谢谢你这些天为我所做的一切。”

江景川忽然就笑了，可他的眼里却是痛的。这样的池亦然没有了他初见时的那份潇洒跟无所畏惧，她布满棱角，把自己一颗心缩得让人触摸不到。

而她之所以变成这样，都是因为他。

小良进屋来的时候，池亦然已经回到了书桌前，江景川离开时吩咐小良帮忙冲杯热牛奶，端着进来时还能看见她红通通的眼眶。

“喝一杯牛奶吧。”

池亦然抹了抹眼角，沙哑着嗓子说声“谢谢”。

有好些话都在嘴边，可小良最终还是没有问出来，这场谈话的结局应该不算好，不然就不会一个红着眼，一个低着头。

“明天还有活动录制，不要熬太晚就下班回家休息吧。薄一念的事情工作室已经发声明了，表示不对她过往言论进行过多追究，这样的处理办法你觉得可行吗？”

“嗯，分寸你们拿捏就好。”

有气无力地说完这句话后，池亦然就放下了手中的画笔，将未完成的设计稿收拾好，走到窗前靠着，桌面上放着的牛奶都凉透了也没有端起来喝。

工作室里，职员陆陆续续打卡离开，办公区的灯一盏盏熄灭，原本喧闹的空间一下子安静下来。

窗前的人，一动不动维持着最初的姿势。

而她站了有多久，楼下车里的人就等了多久。

江景川一直都没有离开，他就在楼下一个最巧妙的角落里，池亦然看不见的地方，他一抬头就能清晰看见她的地方。

前阵子范丞问他，到底能坚持多久。

或许在他们这样的公子爷眼中，并不缺女人，也不需要为了一个女人去付出这么多，所以江景川的所作所为在他眼里，只需要一个时间来证明，是能坚持还是会放弃。

那时江景川的回答干净利落，我的人生里从来都只认定她一个。

如果池亦然不愿意，那么他可以一直等；如果她选择了别人，那么他也可以一个人到最后。

人这一辈子总会在一件事情上固执己见，不管其他人的选择，他江景川就是栽在了爱情上。

范丞说他“作”，他承认。

最初要不是他脾气臭端架子，还跟从前嬉笑玩闹时一样，池亦然也不会一气之下扭头不回。

他在洗澡的时候，会想很多事情，面对镜子中模糊不清的自己，想着时间在身上到底留下了多少痕迹。一个人安静的时候也会想很多，而想到的那些也只有一个关联点，那就是跟她有关的。

关了花洒，雾气中分不清眼泪跟水滴，直到他走出浴室看见了墙壁上挂着的时钟，才知道自己原来花了比平日里多出十几倍的时间去回想了跟池亦然有关的那四百多天。

过去种种，皆为爱情。

不论是一个人的时候，还是像现在在楼下守着她的时候，或欢喜或悲伤，或焦灼或无奈，或挣扎或痛苦，皆因为爱。

不爱这个人了，哪来那么多情绪无法自拔。

灯灭了，江景川像个笨小孩儿一样手忙脚乱发动引擎，将车子倒退到大门看不见的地方，再探出身去看，直到池亦然出了工作室大门，身影逐渐消失在视线中，他这才像失了所有力气一样瘫回到座位上。

手机铃声打破车厢里微妙的气氛，范丞的电话总是来得这么及时——

“喝杯酒吧？”

“在哪儿？”

"你家。"

江景川车子开得很快，范丞都没等多久人就到了，见他下车后从后备厢里取出行李箱，愣了一下："敢情你下飞机没有直接回家？去找池亦然了？"

见江景川沉默着没说话，范丞就知道自己猜对了。

"怎么，脸色这么难看，你做这些人家小姑娘还不原谅你？不是吧，这个池亦然真的是铁石心肠？"

"你再说她一句不好试试看。"江景川回瞪了一眼，范丞立马闭嘴。

某些人啊，就是他的心头宝，怎么都说不得。被训得一鼻子灰了，第二天睡醒就跟没有发生过一样，照旧为了她忙前忙后。

看着江景川这副模样，范丞直摇头，他不敢去细想未来自己是不是也会遇到一个女孩子，为她鞍前马后。

薄一念的事情处理得比想象中来得干净利落，就是前期工作做得有点久，光是收集设计方面的资料，就花了很多时间，连范丞都开玩笑说自己好像自学成才会画设计图了。也是，如果不是江景川谈了个当设计师的前女友，他也没有机会去接触设计圈的事情。

"哦，对了，有个事情我觉得跟你提一下比较好。"

"什么？"

江景川晃了晃酒杯，脸颊已有红晕，迷蒙着眼也不知道范丞的话他究竟听进去了多少成。

"薛菲说设计师节目组邀请她去做一期特邀嘉宾，她想要趁此机会，跟池亦然合作。当然，我叮嘱过她不要惹麻烦，就是……"

"不用担心。"江景川低声笑了笑，"对付有小心思的人，她就没有输过。"

更何况是薛菲，一年前就是池亦然的手下败将了。想起当初在别墅拍照，两人针尖对麦芒的场景，江景川就忍不住笑出声来。

"看样子，她还是有点手段的？"

“只是有点小脾气。”

声音里带着掩饰不了的宠溺，更何况嘴角都还有笑容，江景川仰头将杯中红酒一干而尽，随手将酒杯搁置在桌面上发出清脆的声响。

范丞坐在一旁，一边摇头一边嘀咕着，女人，就是祸水吧。

接到录制安排，得知这一期的特邀嘉宾是薛菲时，池亦然觉得整个人都不舒服了。顾皖迟穿着设计好的衣服从试衣间走出来，在她面前晃荡了几圈都没得到回应。

“然姐，然姐？”

池亦然猛地回过神，“啊”了一声。

“不好看？”

由于言论风波，前段时间顾皖迟都没敢耽误训练赛和直播，接了综艺节目结果从头到尾都交给池亦然来做，心里总觉得过意不去。幸好这两天的比赛都打得不错，今儿也特意抽出时间提前过来试穿衣服。

对于池亦然的设计，他从来都很放心，特别是经历了上一期的女装后，更觉得没有什么不敢试的了。

“是觉得还有什么不满意吗？”

“哦，没有，我只是在想事情。”池亦然将节目卡递给顾皖迟看，“特邀嘉宾是薛菲。听说梁婧言提前退出了节目，所以接下来会怎么安排我不清楚，很有可能搭档的顺序会被打乱。”

顾皖迟皱了皱眉，很直白地表示：“最初答应这个节目是因为有你在，除了你，我并不想要跟其他设计师搭档。”

除了说我喜欢你以外，顾皖迟能表达的都表达得很清楚了。

一时间池亦然都有些不自然，握着手机，低头看着脚尖：“我……其实……”

“其实她喜欢的人呢，不是你，是我。”

一道声音插进来，紧接着她肩膀被人轻轻搂住，一带，趺趺撞撞靠近了奕忻的怀里。

池亦然惊得瞪大了眼，下意识地看向四周，由于是在自己的工作室，外人并不多，也没有人注意到这边的情况。

顾皖迟先是愣住，紧接着眯了眯眼："奕忻，你……"

他显然有些难以接受眼前这个画面，比相信江景川是池亦然前男友还要难。

"不瞒你说，我们认识有很长一段时间了，比你想象中的还要长。"

到底是新晋影帝，演起感情戏来有模有样的，特别是这种外形风度翩翩，谈及恋人深情款款的模样，换作是其他女孩子，肯定是一见倾心。

"由于我的特殊身份，我们现在还没有公开。你也知道，她一直喜欢低调，特别是这阵子的各种传闻已经弄得她很烦躁了。"

目光凝聚在奕忻握着池亦然肩膀的手上，顾皖迟的嘴唇抿得越来越紧，仿佛有什么东西正在嘭嘭嘭地冲撞他的胸口，如那试图要冲破牢笼的困兽一样，从来没有这么强烈过。

那是从最开始就被他深深地隐藏在心底深处的东西，一直都不敢正面说出口。

"你不适合她。"

这个反应倒是很让奕忻觉得意外，他挑着眉看向顾皖迟："这话怎么说？"

"你是公众人物。正如你说的，她喜欢低调，而你的各种传闻多不胜数。还有你的粉丝，从上一次新闻就不难猜到，假若然姐真的是你的女朋友，会受到什么样的攻击。而从头到尾，你都没能像个男人一样站出来保护她，为了她得罪全世界。"

池亦然："……"

奕忻："……"

得罪全世界这个，也有点过了吧？

奕忻摸了摸鼻梁，说实话从小到大，可都是他这个姐姐在家里称霸天下，若非要说谁拥有天下，那也只能是池亦然。

沉默无回应让顾皖迟误会他的这一番话说中了奕忻的弱点，眼底的光也变得强烈起来："我不一样，我可以为了她站出来，承认我喜欢她。"

奕忻："……"

他侧头挑眉，怀疑地看着身旁一脸茫然的池亦然，仿佛是在用眼神询问她——

原来你这么有魅力的？

自家姐姐长得好看这件事情，作为亲弟弟总是嘴倔得不想承认。小的时候邻居总会说，池家小姑娘长得真好看，跟洋娃娃似的，他就会冲出来说自己也好看。长大了，当了明星，颜值得到更多人的认可，再看身边总没有什么男人围着的池亦然，奕忻就更怀疑她的魅力。

他不知道的是，从踏入设计圈开始就有不少人说，池亦然是长得最像模特的设计师，也是娱乐圈龙头公司最想挖去捧成艺人的设计师……

"停，可以了。"池亦然摁着青筋直跳的额角，有些头疼，"演得差不多就可以了，再这么闹下去是想怎样？三角恋题材上八卦杂志头条？"

幸好是在工作室，这个时间大家都在各自岗位上忙忙碌碌，就连小良也在准备着待会儿去往录制现场的东西，并没有人看到或者听到方才发生的一切。

池亦然本就身高腿长，这会儿单手叉着腰，另一只手搭着桌面，斜斜倚靠着书桌，眼角眉梢都露着一股无奈："我跟你们其中谁都不可能，都是弟弟，满脑子在想些什么，特别是你。"

瞪着奕忻，再想起方才他那搂着自己油油腻腻说着情话的样子，池亦然就想要一巴掌扇过去让他清醒清醒。

"别把演戏那套安在我身上，我是你姐，看着我的眼睛说我是你的女人，你的良心就没有半点儿不安？"

池亦然想想都觉得头疼，反倒是奕忻，还在嘻嘻哈哈："没有不安啊，你不就是我的女人，妈也是我的。”

顾皖迟：“……”

总觉得脑回路已经适应不了如今剧情的发展，什么姐姐跟弟弟，现在是什么情况？向来跟队长 Ziko 一样在比赛上以高冷形象出没的顾皖迟，突然间变得有点呆。

意识到顾皖迟的不知所措，池亦然认真解释了一下。得知奕忻居然是她亲弟弟，顾皖迟惊得半天都说不出话。

反倒是奕忻，还有点不开心：“你就这么把我们家族里最大的秘密说给了一个外人听？”

“Wan 不是外人。”

池亦然心里早有打算，她不可能接受顾皖迟，为了不伤害到他，不影响他的比赛，就需要找个时间说清楚。只是没想到会是今天罢了，如果不是奕忻突然蹦出来插一脚的话……

“Ziko 是你为安姐的丈夫，Wan 又是 Ziko 的队友，一直以来我也把他当成弟弟一样看待。Wan，今天之所以告诉你这件事情，首先是信任你，毕竟奕忻的身份在圈里还是秘密，一旦曝光，会引起很多不必要的麻烦；其次是希望说清楚，你能明白我对你的态度，从始至终只是朋友，只是姐姐对弟弟的感觉。”

池亦然咬了咬唇，神色严肃：“你还年轻，接触的女孩子还不算多，等有一天你不打游戏了，你脱离了原来的圈子尝试着走出去，你会发现其实还有很多人、很多事物等着你去了解。到那个时候你就一定会遇上一个你喜欢，并且她也喜欢你的女孩子。”

喜欢跟爱都是相互的，假若只是单纯一方的付出，那一定不会快乐。

“然姐。”顾皖迟眉头紧锁，“我真的一点儿机会都没有吗？”

沉默片刻，似是下定决心，池亦然开口道：“我有喜欢的人了，并且很喜欢。”

可能此时此刻，她的回答有些狠心、有些绝情甚至说有些伤人，可日后，她也好，顾皖迟也罢，十有八九都会感谢这一份脱口而出的拒绝。

对于池亦然来说，是更加肯定心底里对江景川的感情。

对于顾皖迟来说，是把一段没有未来的感情彻底放下。

同样震惊的还有站在一旁的奕忻，长这么大，他从没有听自己的姐姐这么坚定地表达过感情，他甚至都不用思考就能猜到她所喜欢的那个人是谁。

原来隔着这么久，爱着的人，始终还会爱着。

“Yizzan。”

小良打断了三人谈话，敲门进来，对上池亦然的目光里含着深意：“我们要准备出发了。”

“哦，好。”

池亦然回头整理，瞥了眼仍旧站在身旁不动的两个男人，纳闷儿地问：“不走吗？你们不用录制节目？”

“我在门口等你。”顾皖迟先表态。

奕忻一听，连忙伸手挡住，挺身而出表现自己：“坐我的车，我送你过去。”

盯着这两个人，池亦然总觉得自己方才说的那番话都是废话，跟对牛弹琴似的，正想要发脾气，没想到小良反倒抢先上前阻止：“你们都先走吧，我们自己会过去。别制造一些不必要的麻烦了，彼此考虑一下。”

也许是难得看见这么严肃的小良，就连一贯爱跟她闹着玩唱反调的奕忻都没有再吭声。

就这样，把这两个人送走，池亦然松了一口气，对着小良竖起大拇指：“你今天表现不错啊。”

小良嘴角抽搐，哼了一声：“那是因为你不知道，大麻烦还在后面。”

“什么？”

“江景川来过了。”

“嗯？”

来过了？什么时候？她怎么都不知道？

“就在刚刚，那两个人围着你表白的时候，奕忻搂着你肩膀说是你男朋友的时候，江景川正给我们送下午茶，就站在门口把你们说的话听得一清二楚。”

听见了就听见了啊，池亦然觉得这也没什么，毕竟她是有解释的，江景川如果听到了，反倒省去了她日后重复一遍。

所以低着头整理东西的池亦然也没有注意到小良那个为难的表情。

“如果我说，他只听到了前半部分就走了呢？”

“嗯？前半部分？”

小良咬着唇艰难点头：“他见你并没有推开奕忻搂着你的手，脸色就很难看了，再加上顾皖迟的表白……都还没听见解释，就已经转身离开了。”

池亦然：“……”

这男人……

“很生气？”

小良回想着江景川当时的表情，的确算不上好，就连送他出门时，招呼都不愿意回一个。

“你怎么都不知道提醒我一下啊，还站在他身边陪着看完整出戏？”

被池亦然这么一问，小良就跟卡了壳一样说不上话，她当时也正在忙，发现江景川并且追过来的时候看到的就已经是那一幕了。

如果是从前，那她肯定觉得无所谓，反正池亦然都想要离他远远的，误会就误会吧。可薄一念的事件结束后，她明显能够感觉到池亦然态度的回暖，所以这才头疼地提醒。

“不然待会儿去录制现场的时候，你解释一下？”小良建议。

“也只能是这样了……”

陆陆续续到达演播大厅录制现场，工作人员上来帮忙化妆跟佩戴设备，池亦然一边用眼角的余光搜寻着江景川的身影，猛地发现跟拍自己的摄像换了一个人，一边下意识地问身旁的编剧：“江景川呢？他不负责我的部分了？”

编剧小姑娘在圈里混的时间也不短了，江景川跟池亦然之间的微妙关系她也略有耳闻，圈内朋友对他们俩也十分感兴趣，还时常来打听。

这会儿见池亦然心不在焉，编剧小姑娘就低声笑着问：“是不是想江老师了？”

池亦然：“……”

脸蛋红扑扑的，也不知道是被问着了害羞，还是今儿打的腮红有点重，惹得刚进门来的小良一看就说是猴屁股。

编剧小姑娘趁着旁人不注意，偷偷告诉池亦然，今儿因为有特邀嘉宾薛菲参加，已经点名要江景川过去负责她的镜头，所以这边只能换上原先担当梁婧言的摄影师。

又是薛菲……

这个人池亦然可一点都不陌生，想起两人在国外初次见面的场景，想起那时候她拍私房照穿得露骨的模样，想起讽刺她拍的是日本三流杂志封面……

时隔一年多，薛菲摇身一变成影后了，光芒万丈了，粉丝上千万了，到头来还是喜欢缠着江景川。

一想到这里，池亦然就气得差点把手中的画笔给折断了。

“喂喂喂，想什么呢，画笔可是无辜的。”

小良将笔从池亦然手心中拯救出来，把方才跟导演还有监制开的会议内容简单重复给池亦然听。

因为梁婧言退出节目，再加上邀请了薛菲，所以嘉宾搭档需要重新组合，由经纪人帮忙抽签决定，池亦然这边的搭档就是奕忻。

“搭谁无所谓……”

池亦然毫无灵魂地应了一句。

“那如果薛菲也在你的组里呢？”

“什么？”

小良将结果重复了一遍：“你的组里有两个人，奕忻跟薛菲，前者是抽签决定的，后者是自己选择要加入的。导演给了薛菲自主权，问她想要跟谁合作，结果她想都没想就选择了你，说什么……慕名而来。”

当初听到这四个字，再配上她那看似真挚的表情，小良都快为了这演技而鼓掌了。

“不是，她来干什么？她想跟我合作也得问我答不答应啊！”

“你没有拒绝的权力……”

小良同情地看了池亦然一眼。她跟在池亦然身边工作了这么多年，自然也知道薛菲跟池亦然之间那点儿事情，虽说已经过去了一段时间。但今天薛菲特意点名要求与她一组，明显就是没有把池亦然给忘了，先前的过节，人家还记得一清二楚。

“我不同意，凭什么啊，凭什么她说来我的组我就得接纳这个人？我对惺惺作态的人没好感，我拒绝。”

池亦然的态度很坚定，一如当初在别墅初次见面讽刺薛菲时一样，就算薛菲如今已经在娱乐圈混出了名堂，成了流量明星，可在她眼里依旧是情敌般的存在。

特别是今天，这个人还点名让江景川过去跟拍！

“可以啊，让江景川追她的镜头，我给她设计衣服，想得倒是挺美的！”

池亦然性子执拗，即便是之前在节目里表现得很安静，可私底下给人的感觉还是高冷得不易接近。

节目组将这个安排告知她以后，也派了专门的编剧导演过来讲流程，殊不知池亦然开口就拒绝了。

“很抱歉，我不想跟薛菲合作，涉及私人原因，不便相告。”

换作别人，在娱乐圈这种说话做事都必须要小心翼翼的地方，恨不得有一张八面玲珑的嘴，谁都不得罪，也不给别人拿到什么把柄。

像这样直接而又干脆的拒绝，听得在场所有人都为池亦然捏把汗，包括助理小良在内。她小幅度地扯了扯池亦然的袖子，小声提醒池亦然。

“Yizzan，我们能知道为什么吗？或者给我们一个私底下谈谈交流的时间？”导演显得有些为难，好不容易请来了薛菲，结果却临时出了这样的事情。

两边的团队都不能得罪，一个是当红明星，另一个则是至今连背景都是谜的高定设计师。跟池亦然合作这么长时间以来，不论是出现什么样的新闻，即便是有再难听的字眼，都能在短时间内平息，并且没有衍生出什么更大的风波。

这多少让圈内人都有些好奇，究竟是怎样的背景，能让这么低调的人，一直保持着一个合适的定位。

“抱歉，我说了是私人原因。”

池亦然一点都不退让的态度让工作人员面面相觑很是难办。

“不然，副导，我们去跟薛菲那边商量看看？”助理小声询问，两边总得有一方愿意退让才好。

Chapter 13

爱过才知方寸不舍

薛菲休息室。

听说池亦然拒绝合作，正在玩手机的薛菲抬起头来，有些讶异地挑了挑眉，旁边站着的经纪人面露不悦——

“什么意思？拒绝合作？她不知道有多少人争着抢着要跟我们家菲菲合作吗？给她这个机会居然还耍大牌？”

“别这么说。”薛菲摁住经纪人的手，站起身来，露出一副温婉大方的样子，“Yizzan 有说是因为什么原因吗？或者可以给我一个机会，我亲自跟她谈一谈？”

“没有……”

工作人员也很为难，节目录制到现在从未遇见过这么棘手的事情，一时间也不知该说些什么。

“这样，麻烦您帮我联系一下 Yizzan，就说我想跟她见一面谈一谈。至于合不合作，她说了算。”

“薛菲小姐真是善解人意，我们这就去问。”

“拜托了。”

微笑颔首道谢，做完这些送走工作人员后，经纪人挑着眉疑惑不解地看着她：“为什么非得摆低我们的姿态？她不过就是一个设计师，你这样只会助长她的气焰。”

“你知道她是谁吗？”

“是谁？ Yizzan 啊，池亦然。”

“我是说她的背景。”

“没打听过，我又不关心这些，我操心你一个人就够了。”

“池亦然的身上有着无数的荣耀跟光环，她曾万众瞩目，让多少人为之倾倒。曾几何时，她的一个设计，需要从年初约到年末，即便经历了一些不算好的事情，可依旧能在这个圈子里保持一个高度。我不知道你有没有注意到，关于她的负面新闻，热度从来不会超过两天，再搜索也找不到任何信息。没有很强的公关队伍，除非是有背景，否则怎么做得到。”

薛菲一番话，多少也给经纪人提了个醒，之后录制节目的过程中，她也不忘多看池亦然一眼。当然，这些都是后话。

工作人员帮忙带话后，池亦然最终同意了见面，地点定在她的房间。薛菲过来敲门的时候，她正悠闲地坐在沙发上沏茶。

“Yizzan，好久不见。”

薛菲一脸笑盈盈地打招呼，就算初次见面印象不好，这招呼上还是要显得亲密一点。身后跟着的助理提着一个袋子递给小良，说是礼物，实际上就是代言的产品。

“客气了，薛菲小姐。”

不过一年光景，两个人身上似乎都已褪去了稚气，言语谈吐间没有第一次见面时那般轻狂跟张扬，反倒是多了互相试探。

面对如今已有影后加身的薛菲，池亦然没有半点儿想要巴结的意思，依旧是悠闲地冲茶，压根儿不管一旁站着挤眉弄眼提醒她的小良。

“来之前我其实一直很喜欢这个节目，也有关注过。各个设计师的作品我都很喜欢，只不过你的设计比较入我心，所以导演问我选谁一起搭档的时候，我不假思索就选了你。”薛菲拂着裙摆，优雅地坐在了池亦然对面的位置，脊背挺直，态度不卑不亢。

“只是没有想到你拒绝了，我能问为什么吗？”

开门见山地将问题问出来，周围的人几乎都屏住了呼吸。

池亦然同意跟薛菲见面的时候，小良还问她到底打算怎么应付过去，结果她也没说，现在所有人都盯着看。

“薛菲小姐觉得我的作品还可以，这是它的荣幸。不过做设计的，讲究灵感跟默契，之前跟 Wan 合作得很愉快，有很大一部分原因是我个人就是 Swing 的粉丝，喜欢看比赛。至于奕忻，一起在节目组有段时间了，也有些了解，相对来说跟薛菲小姐就有点距离了，我并不了解，也没有时间去了解，所以没有默契跟灵感的设计我个人并不喜欢。”

说白了，就是不打算在这个人身上浪费过多的时间。

池亦然到底是池亦然，说话做事很有风格，话里没有半点儿阿谀奉承的意思，也没有半点儿害怕得罪到人，简单表示自己不愿意合作。

比起初次见面说什么三流杂志拍摄之类的尖酸字眼，薛菲想，倒是小看了她。

“这里也没有别人，与其说什么灵感跟默契，这都有些片面了。倒不如说，是因为某个人？”

薛菲手肘搭着膝盖，眉眼间透着笑意与深究，红唇间无声吐出三个字的口型，池亦然再熟悉不过——

江景川。

“因为他所以一年多了你对我还心存敌意对吗？如果我告诉你，我跟他之间什么关系都没有呢？我只是欣赏他的才华，不论是一年前，还是现在。”

“呵！”池亦然冷笑了一声，“你跟江景川什么关系我管不着，一年前你找他拍私房照我没说什么，一年后的现在你把他调去跟拍我还是不会说什么，薛菲小姐未免有些小题大做了。”

“是不是小题大做，彼此心知肚明。我今天过来其实就想说，我是诚心想要跟你合作的，无关其他。实际上你也不用担心江摄影，毕竟从最初合作就知道，他有一个特别喜欢吃醋的女朋友。”

吃醋的女朋友……

小良下意识地看向池亦然，见她端着茶杯的手一抖，就知道薛菲这话是在说她了。

“说起来，最初去谈合作的时候，他就说了私房照的尺度，卡得很严格，一点儿都不像外面的三流摄影师。可能是怕误会吧，一开始就有人提醒我，他是有女朋友的人。”

一年前的事情，如今回忆起来依旧印象深刻。

薛菲低头撩发，似是自嘲地笑了笑：“我承认，一开始对于这么有才华的帅哥，我是存了心思的，可不论我怎么暗示跟撩拨，他总能轻描淡写地掠过，从不多看我一眼，也不多碰我一下。直到他的小女友出现，我才从他眼底看到那份温柔跟宠溺，他对她的放肆视而不见，对她的骄纵一直惯着。那时候我就清楚，他眼里也就容不下其他了。”

仿佛听了一个很长的属于别人的故事，讲完时，手中的茶也已经凉透了。

见池亦然沉默着没有说话，薛菲抿唇：“Yizzan，我今天过来就是有两件事情想要说清楚：第一，我跟江摄影从来清清白白；第二，我希望能有个机会能跟你一起合作。以你的资历跟作品，如今在圈内已是有口皆碑，我想要踏足时尚界，必定得有个人帮忙，我希望能是你。”

人都是有私心的，影视资源跟广告资源都不用愁的情况下，时尚资源成了当下薛菲很需要的一部分。

来之前她其实求助过范丞，对方并没有立马帮她牵线搭桥，而是通过暗示，让她来参加这个节目。

薛菲很清楚，她需要池亦然的帮助，必然就需要解释一年前的事情。现在看来，池亦然对于她的解释，还算满意。

茶凉，也临近录制时间。

薛菲站起身来，理了理裙摆，露出一副自信而又温柔的模样，通情达理道：“既然这一次没有合作机会，那我期待下一次。”

池亦然缓缓抬起眼，右手搭在左手手腕上的银镯子，指尖摩挲，好半晌才开口：“会有机会的。”

薛菲眼睛一亮，她来的目的达到了。

“谢谢。”

直到人离开，房间门关上，小良这才凑到池亦然身旁，笑嘻嘻地问她：“原来你以前还挺横啊。”

“横？”

池亦然斜眼看了她一下，有些不自然地端起面前那杯早已凉透了的茶喝起来，只一口就差点吐出来——

太苦了。

“以前总觉得江景川这个人不正经，不跟女人保持距离，总是拈花惹草。可今天听薛菲这么一说，又觉得他好像挺洁身自好的，会不会我们当初就是误会他了？”

“别人一面之词，能信几分？”

对于池亦然心口不一爱嘴硬的臭毛病，小良早已熟悉，这会儿也只是哼了一声，没拆穿她。

节目录制正式开始，池亦然跟奕忻搭档成新的组合，而薛菲则加入了 Rita 的队伍，在设计这方面，她还挺有自己独到的见解。

第一阶段的创意概念出来后，Rita 队伍赢得了比较高的分数。

很快，就进入了布料选择还有裁剪阶段。比起从前的全神贯注，这一期的录制过程里，池亦然没少分心，总是会不自觉把目光抛向另一个地方，跟随着某个身影，只要他消失在视线里五分钟，她就开始胡思乱想。

“喂，不是吧，你跟我初次合作就要这样坑我？”在池亦然第 N 次失误后，奕忻双手叉腰低着头瞪她，“今天脑子出走了？”

“……”

顺着她的目光看过去，奕忻一下子就明白了，挑眉不屑地讽刺：“都快把人后背看出洞来了，不是，你眼瞎了还是怎样？这种渣男看上一次也就算了，好不容易见你情商有点回转，怎么，又傻了？”

“有你这么说你亲姐的吗？”

避开镜头，池亦然抬脚踩了奕忻一下，还挺用力，令他忍不住倒吸一口凉气。

“为了一个外人居然这么对我？”

无视奕忻的控诉，池亦然埋头开始自己的设计，她越加快手中的动作，越显得她心虚。都怪薛菲，非要在录制前跟她说那些话，令她心下大乱。

“我听小良说了，他最近帮了你不少忙，就连前些天薄一念道歉的事情，都是他亲自去寒城办的？”趁着周围的工作人员不注意，奕忻小声问。

池亦然扫了他一眼，红唇微勾：“可以啊，我的助理都快变成你的心腹了，从什么时候开始，你们无话不说了？是不是我这边发生了什么事、见了什么人、说过些什么话，你转身都能知道？”

“小事儿。”

平日里虽然说话毒了点儿，但对于池亦然，奕忻还是很关心的，也许有过“合作”经验，小良也比较信任他，所以这阵子发生过什么，一有机会，她就会跟他说。

“我这是关心你，我就是想知道，你当着我跟顾皖迟的面说有喜欢的人，是不是认真的？还喜欢那个江景川？还想要跟他在一起？”

“不是，我的事情你怎么管得那么严呢？你是我爸还是我弟弟啊？”池亦然就差一条尺子勒住奕忻的脖子，胁迫他不要再继续说。

“从前我觉得他不靠谱，是因为看过不少照片，听过一些流言，但现在，你也有自己的判断力，我希望你再做选择的时候想清楚。”

瞥了眼不远处的江景川，身为男人的奕忻用舌尖捅了捅腮帮子，有时候他不得不承认，有些事情，江景川做得还挺男人的。

“我自己心里有数……”池亦然小声咕哝。

录制结束，薛菲经纪人向导演提出邀请，想跟所有工作人员还有嘉宾一起吃饭，制作组举双手同意，开心地欢呼起来。

江景川则表示自己还有事，没有办法一起吃饭。听说他不去，池亦然也支支吾吾地说自己没有时间。若不是助理小良说代替池亦然出席，在场所有人联系上今天 Yizzan 拒绝跟薛菲合作的事情，还以为这两个人是真的有深仇大恨。

地下停车场。

江景川左手搭着西装，右手食指把玩着车钥匙，只走了几步便看见了站在车旁等着自己的池亦然。

他眯了眯眼，紧接着步履淡定地朝她走去：“怎么，池大设计师有时间在这里等我？”

“我有话想要问你。”

穿着高跟鞋的池亦然，只比江景川矮了一点点，这会儿被他逼得连连后退，紧靠在车旁：“你干吗，离我这么近？”

“不是有话要问我，不走近一点儿怎么听得见你说什么？”

江景川就是故意的，双手撑在车上，正好困住池亦然，低下头说话的语气充满暧昧，勾着人的目光不自觉落在那上下滚动的喉结上，性感得让人一股酥麻劲儿从脚底蹿到后背上。

池亦然好不容易才稳住心神，颤着声问：“之前，在芬兰的时候，你给那些女孩拍私房照之前，是不是都跟她们说过你有一个爱吃醋的女朋友？”

“嗯？你关心这个？”

对上江景川眼神里的炙热，池亦然总觉得自己脸颊滚烫滚烫的，说话也有些不利索，特别是在他的手缓缓移动到她腰间的时候——

“她是挺爱吃醋的，表面上总装出一副很高冷的样子，让人感觉不在乎。可实际上，就爱闹。不过那都是从前了，现在的她可不一样了。”

“有什么不一样……”

“很有魅力，引无数男人竞折腰。”指尖在她腰间轻轻打着圈，俯身凑近，在她耳边呵着热气，也不知道是说笑的，还是认真的，江景川把白天在工作室听见的，奕忻对池亦然的表白，又重复了一遍。

“很喜欢他？嗯？小男生满足得了你吗？”

“江景川，你胡说八道些什么。”池亦然一把推开他，有些着急地解释，“我跟奕忻还有顾皖迟，都没有关系。你这个人听话怎么总喜欢听一半，就着自己的理解固执下去？”

“你今天看了我七十八次，一共三个小时四十五分钟二十秒。”

池亦然：“……”

这个人是胡说八道呢，还是后脑勺长了眼睛，心里放着一个计时器，真把她偷看的次数跟时间记得一清二楚？

“池亦然，你自己心里想什么，想要什么，你究竟清不清楚？”

“我当然清楚。”

见他薄唇轻轻开合，吐出的字眼略带凉意，池亦然目光渐渐收紧，攥着垂在身侧的手指：“我之前问你要时间，是因为需要重新估算风险，并不是因为我有其他感情处理得不清不楚。这是我的态度，我不希望两个人之间的感情有其他人介入。那么你呢？”

“我？”

“对，你跟我之间，有没有隔着其他人，你现在想清楚了吗？”

月黑风高夜，寂静无人的停车场，身贴着身的近距离，本该充满着暧昧跟无数的不可控制。可池亦然眼底的清明跟冷意，时刻提醒着江景川，她没有想要跟他开玩笑的意思。

“过几天有时间吗，我带你去见一个人？”

“见谁？”

“你到时候就知道了，关于你现在所困惑的，所担心的，所在意的，我都会给你一个合理的解释。”

抬手看了眼腕表上的时间，远处也传来隐约的脚步声，江景川松开原本搭在池亦然腰间的手，后退一步拉开距离："我送你回去。"

池亦然想了想，点头答应。

此时此刻，他们并不知道有一双眼睛一直在盯着他们看……

改设计图、检查成衣样板、挑选这个季度合作商提供的新配饰，池亦然每天的工作安排都很满，小良抱着日程本进来问她是不是过几天有什么安排，不然为什么要把后面几天的工作都移到前面来做。

"过几天我有点事，要去一趟寒城。"池亦然正在改设计图，头也不抬地回答。

"寒城？你没跟我说啊，去那里干什么？"

"办事。"

江景川说到做到，那天送她回家之后不到两个小时，邮件里就有了一封机票信息，显示的日期是在一周后，地点是飞往寒城。

他说要带她去见一个人，给她一个解释，她信。

"寒城，寒城。"

小良一下一下拍着手思考，紧接着跟慢镜头回放似的扭头，看向池亦然，咽了咽口水试探："不会是要跟江景川一块回去……见家长吧？"

"啪"的一声，画笔笔尖直接折断了，池亦然猛地抬起头来："胡说八道什么？"

"不是，寒城嘛，江景川不是寒城人？我印象中你跟寒城也没什么接触跟渊源，这会儿过去，很容易令人浮想联翩嘛。"

小良撞了撞池亦然的肩膀，挤眉弄眼地问她："说说，是不是跟江景川一块儿去的？"

"要你管……"

"当然要我管啊！你现在跟从前可不一样了，可是一个有流量的设计师，上了当红的综艺节目，微博粉丝上千万，出个街都有人跟拍。

你要是真的跟江景川一起去寒城被拍到，传出了什么绯闻，我也好随时公关啊。”

说得有板有眼，有模有样，弄得池亦然差点就要信了。

“闪开闪开，别在这里影响我画图。”

“你没否认，这么说还真的是跟江景川一起去了？你想好了吗？”这些日子，小良看得出来池亦然对江景川的态度逐渐变好，跟最初那种保持距离完全不一样。有的时候，她甚至有种错觉，仿佛回到了一年前在芬兰的时候。

那会儿池亦然跟江景川正在热恋中，每天都像个小女生一样，除了画设计图，一门心思就在约会上面。谈起江景川，眼角眉梢都是笑意，她看上去是给人一种很高冷的感觉，可只要跟江景川站在一起，还是像个被肆无忌惮宠着的小姑娘。

如果非要说现在跟过去有什么区别，那就是眉眼间的神态成熟了。

“虽说一年的时间不算长，但也足够我想清楚了。他说会给我一个解释，我且先听着吧。”

池亦然有她自己的打算，小良也不知道该说些什么，只是吩咐手头上的工作一定要安排清楚。

一周后，江景川亲自到池亦然家门口接她一同去机场。

她上车后系好安全带，男人伸手递过来一个三明治跟一杯热拿铁：“从这里到机场还得一个多小时，先吃点儿东西垫垫肚子。”

“谢谢。”

从白城到寒城需要三个多小时的飞行，到了机场办理完登机手续，在 VIP 休息的时候池亦然接到了奕忻的电话。

“听小良说你去寒城了？”

“她怎么什么事转身就去告诉你？”

真是猪队友……

池亦然扶额，倘若以后小良真的跟奕忻在一起，那她真的不敢想象还有什么事是能瞒得住的。

“主要是我今天在寒城出通告，她顺嘴一提，怎样？下飞机后我派人去接你，你跟我住一起？”

“酒店？”

“嗯。”

池亦然是有考虑过住宿这方面的问题，江景川只给她发了机票信息，并没有提及会在寒城待多久，住在哪里。她也想过是不是要自己去订酒店，可对寒城地理环境又不熟悉……

不得不说，奕忻这通电话的出现仿佛一道曙光照进了她原本有些迷茫的世界里。

“好啊，那我把我班机时间告诉你，到时候联系我。”

“嗯。”

结束通话，回到座位上，正在玩手机的江景川抬起眼来：“跟谁打电话，说得眉飞色舞的？”

“有吗？”

“有。”

VIP休息室很安静，江景川虽然一直低着头可注意力都在池亦然身上，所以在她接电话的时候，他便听出了另一边传来的男声。

这会儿，也是小醋劲涌上来。

“那个，下飞机后会有人来接我去酒店，到时候要去哪里你提前联系我就好。”

“住什么酒店，为什么要住酒店，跟我在一起为什么要别人来接你？”

江景川的霸气三连击，让池亦然当场怔在原地，低着头看着眼前这个男人，似乎在生气，又似乎在吃醋。

好久没有看见这样的江景川，令池亦然有些哭笑不得。反应过来的她也起了玩心，撩着头发，双手交叉放在胸前，高跟鞋在镜面地板上轻轻点了点——

“怎么，我只是答应跟你一起过来寒城，又不是答应跟你发生些什么。凭什么要被你限制自由，我住什么酒店，为什么要住酒店，为什么要跟别人一起住酒店，还要跟你报备？”

话里的别人，她还刻意加重音调。

勾着红唇，分明就是为了挑衅男人。

江景川站起身来，缓缓走到池亦然面前，贴近了看她：“除了我，你还想跟谁住酒店，嗯？”

池亦然抬手揉了揉眉心，语气轻松：“这话说得，我除了你还不能试一试别人了？你怎么能保证过了一年多，我的口味还跟从前一样，只喜欢你这款的。”

额角一跳。

池亦然冷不丁回了这样一句话，让江景川有些措手不及，识得她的路数也知道像这样的口吻不过是一时胆子罢了，他再撩，她必定扛不过。

果不其然，当江景川把手搭在她腰窝的位置，趁着今日短款上衣的优势灵活探入，指尖准确找到腰窝并且打转时——

女人身躯一震，顿时觉得麻了半截儿。

“可我怎么觉得，你只会对我有反应？别人知道你的敏感处在哪里吗？”

“江景川，大庭广众之下别动手动脚的。”

看看，就一个动作，她又开始生气了。

相比较之下，他还是喜欢她主动撩人的模样，尽管技术不够，可胆量值得鼓励啊。

“怎么，刚才是谁先挑起的？”江景川借势挡住池亦然，从这个角度看只会觉得两个人很亲密地在聊天，根本发现不了什么小动作。

就是因为这样，他的手才更加肆无忌惮。

“都试过别人了，反应就不该这么生涩才对，让我猜一猜，你这一年多以来，没有什么感情生活吧？什么顾皖迟，什么奕忻，都是假的。”

池亦然眨了眨眼，看着眼前这个似笑非笑的男人：“你怎么会忽然这么觉得？”

自从上次小良说江景川站在工作室门口听见奕忻“告白”后气冲冲离开，池亦然还以为得找个时间做一下解释。

可这会儿，他又想通了。

这前后难不成是有第三人帮忙解释了什么？

谁知道，并不是这样。

“之前没想通是因为不知道，今天这么一试探，别的女人我不清楚，我自己的女人我了解，有感情生活不会是这么生涩的反应。”

池亦然：“……”

她整张脸变得通红，咬牙切齿骂着“流氓”两个字。

江景川低头笑了起来：“难道我说得不对？你自己说一说。”

大庭广众之下，公众场合。

池亦然想往后靠发现后背已经贴在了墙壁上无路可退，双手用力撑着江景川的胸膛，瞪着眼：“别乱来！”

“你就这么害怕？”江景川在她耳边呵着气，继续挑逗着，“只要你回答我的问题，我就放过你。”

“回答……回答什么？”池亦然硬着头皮，“都什么时候了还玩什么你问我答。”

“跟顾皖迟，还有奕忻，都只是逢场作戏并不是真的？”

循循善诱要的不就是一个答案。

“你不是都已经知道了吗，还要问我？”池亦然的身体微微颤抖着，呼吸急促。她很想要抬脚踹江景川，可又怕踹出什么问题来到时候遭殃的还是自己。

男人与女人的力量差令她此时此刻很是被动。

“我要的是你肯定的回答。”

“没有！没有关系！可以了吧！”

就差拿个喇叭用力喊出来了。

江景川满意地点头，抬手捏了捏池亦然的鼻尖：“乖，早点儿承认不就好了。”

闹了这么一出，等江景川从洗手间出来已经是很久以后的事情，池亦然拿着机票黑沉着脸站在登机口等他，上了飞机找好位置坐下，系好安全带，哼了一声扭头背对着。

“这就生气了？”

得不到回应，江景川也不着急，他就想知道这么别扭的一个姿势，她到底能维持多久。

出乎意料的是，池亦然竟然就这么睡着了。

也许是太疲惫，毕竟为了腾出来寒城的这几天，她把工作就挤在一块完成，连续熬了好几个通宵。

他抬手示意空姐要来毛毯，轻轻盖在她身上，手指并没有立马移开，而是在半空中停留了好一会儿才敢落在她的脸颊上。

要知道，这一刻的照顾是他等了许许多多个日夜才盼来的。

这个世界上猝不及防的事情有很多，突然就吵架了，突然就有矛盾了，再然后，突然就分手了。

人在感情里总是太笨拙、太任性，轻易放狠话说再也不要见面，却在无数个深夜想念里不知道未来该怎么去收拾残局。

他了解池亦然的性格，好强，放不下面子，从收拾感情到转身离开干净利落不带一丝犹豫，足以见得她狠心起来有多决绝。

可她又明明是爱着的，从重逢时那眼底的慌乱就足以证明，一个人，但凡把过去放下了，就不会慌不会怕，只会越加平静，因为再也掀不起波澜。

所以他下定决心，由他来做迈一步上前的那个人，他来弥补过去的亏欠。

世间万物，瞬息万变，可有一样值得庆幸——

“你都不知道，我有多爱你。”

三千英尺高空上轻声如呢喃的表白，伴着云彩化为丝丝缕缕钻入了池亦然的梦境里，眉头缓缓松开，嘴角微微勾起。

三个多小时的飞行说长不长，做个梦醒来就听见广播通知，池亦然捂着有些酸痛的脖子，挣扎着坐起身时才发现多了一条毯子。

转过头一看，江景川还在睡，一只手搭在她的椅背上，衬衫上多了不少褶皱，显然是她弄的。

也不知道什么时候睡着的，还枕着他的胳膊，望着这张熟悉的睡颜，脑海里细碎的画面像是被摁了一个旋转开关，扑面而来，拼凑出过往的回忆——

那些个清晨，她醒来的第一眼便是他，离得那么近，都能数清楚他有多少根眼睫毛。有时候不想起身，就赖在他的怀里，指尖点点他的额头，又顺着鼻梁落在他的薄唇上，小动作被抓包，咯咯咯笑出声来。

甜蜜、幸福，两个再普通不过的词语完美诠释了那段时光。

只是那时候想不到，怎么忽然就走散了。

“在想什么？”

缓缓睁开眼，对上池亦然发怔的模样，男人的嗓音里透着睡不醒的沙哑，一如从前醒来抓住她的手，询问她是不是来一场晨练时那般性感。

池亦然回过神来，敛下眼眸收住情绪：“要落地了。”

江景川张了张嘴，但最终还是什么都没有说。

提前告知了航班信息，下飞机打开手机后就收到了来自奕忻的短信，已经安排司机过去接，让池亦然在 5 号门等一等。

这边，江景川取好行李走到她身边：“走吧。”

“已经有人来接我了。这几天我就住在酒店，白天要去哪里你提前跟我说一声，约个地方……”

“你是不是听不懂我说的话？”江景川直接打断池亦然的话，看上去还有些生气，“你不跟我住还想跟谁住？”

池亦然：“……”

不是。

他们现在都还没有复合，说得好听点儿也只是前男友跟前女友关系，怎么就非要住在一起了？还说得这么理直气壮。

“把手机给我。”

“干吗？”池亦然下意识地把手背在身后，只可惜动作慢了一点儿，手机还是被人抢了去，眼睁睁地看着男人顺利解锁，表情从蹙眉到得意——

“哟，还用纪念日当密码？”

江景川挑眉看她，嘴角噙着笑。

呸！

池亦然此刻万分后悔当初没有把密码换掉，这会儿被江景川嘲笑了。

通话记录排在最前面的是“池家大笨蛋”，江景川皱了皱眉，看着这个备注有些犹豫着要不要打电话过去，池家？万一是池亦然的父母，那他未免太过失礼。

“池家大笨蛋是谁？”

“不告诉你，想怎样？”

“打电话告诉他，就说你另有安排，不去酒店住了，不方便。”

“我不要。”

男人一副淡然自若的表情：“你确定？”

仅仅这三个字，池亦然就㞞了，支支吾吾了半天最终还是妥协，打电话给奕忻，说是住的酒店离办事的地方太远，不方便过去住。

“这样你满意了吗？”

结束通话，她歪着脑袋无力问道。

江景川抬手揉了揉她的后脑勺，满意地“嗯”了一声：“乖，跟我一起。”

最终入住的地方并不是酒店，而是距离市中心不远的一个复式公寓。池亦然没有问江景川这是不是他的房产，但一进屋，看着装潢跟摆设，她整个人就僵住了。

跟在芬兰时同居的那个房子装修一模一样，细节到墙壁上的画框都像是同一个。她眼底写满了难以置信，双脚跟灌了铅似的移动沉重：“这里……”

嗓音里带着颤意，有一股热流从脚底涌上心头，又以迅猛的速度蹿到喉间，堵住了说不出话来。

江景川看着她，不疾不徐地替她把想说的话都说了：“是不是一模一样？从门口的地毯，到房间窗台上的窗帘，都是我亲自去买的。跟在芬兰时，我们的家一样，我就想着有一天，布置完这一切，你能跟我一起住进来。”

“你做这些的时候就没想过，如果我不进来呢？如果我们再也见不到呢？如果……”

“哪有那么多‘如果’。”江景川打断池亦然的话，“我总有一天会找到你。”

醉过才知酒浓，爱过才知情重。

关于过往的一点一滴，细节到小玩意儿的布置，他都记得一清二楚。这多少能让池亦然感觉到自己被珍视。

她换下鞋子一步一步走进公寓，从客厅到楼上的卧室，心情跌宕起伏。手指轻轻拂过桌面，记忆仿佛回到过去——

清晨醒来，互相赖着对方，早安从一个吻的问候开始，玩着闹着挤进同一个浴室刷牙洗脸。满嘴都是泡沫也无所顾忌地来一个薄荷味的深吻，结束后又开始假装生气责怪对方。

一日三餐大多时候都在外面解决，能有时间在家里亲自做饭成了需要隆重对待的一件事。从结伴去超市买菜，讨论着今天迁就谁的喜好做谁爱吃的菜，回家后换好衣服进厨房，本就不大的空间挤着两个人，来回手肘都撞在一起。

他熬汤，她就帮忙尝味道。

她不喜欢切肉，他就接过她的刀帮忙。

两个人一桌子菜，吃完了还幼稚地玩起猜拳游戏，即便输了，到最后还是两个人一起洗。

相较于白天，晚上的生活就丰富了，露台看星星，看一部老电影，喝一瓶小酒……情到浓时，情不自禁，那会儿生怕对方不知道自己有多喜欢。

一帧一帧的回忆细细想来竟也花去了大半时间，江景川洗完澡换好衣服走过来，池亦然还坐在窗台上发呆。

Chapter 14

爱且尽余生

“今晚早点休息，一路奔波也累了。”

闻声，她回头，男人就站在门口，一身白 T 恤，黑色棉麻短裤，脚上的拖鞋跟自己穿着的这双是情侣款。

心下百感交集。

“我今晚住这个房间？”她问。

“嗯。”

“那你呢？”

“我住客房。”

在芬兰的时候同居，江景川更多时间都在池亦然的住处，偶尔忙起来等到要休息已经很晚了，怕吵醒浅眠的池亦然，他就会去客房睡。有时候小吵小闹有了脾气，也会被赶到客房。

可这里跟芬兰不一样，是江景川的公寓，哪有主人睡客房，客人睡主卧的道理。

“还是我去吧，你的卧室你自己睡。”

池亦然起身拿着包包就准备往屋外走，结果直接被堵在门口，江景川看着她，下巴扬了扬：“你就睡这儿。”

“这是你的公寓。”

“就这么固执？”

见池亦然没回答，也没有留下的意思，江景川点了点头，一把拿过她手中的包包：“既然你这么强烈要求，我也不好拂了你的意，我留下就是了。”

“哎，你拿我的东西干什么？”

“你也住在这里啊，你不就是想跟我一起睡？答应你就是了，扭扭捏捏做什么，你不好开口我就替你说。”

掀开被子，迈开长腿爬上床，男人很是自然地拍了拍身边的位置，邪魅一笑：“等你。”

池亦然涨红了脸，暗骂一句“不要脸”后转身离开。

她当然不可能跟江景川睡一张床，从一开始就没有这个想法，被这么调侃了以后反倒各种不自然，连洗澡都不自觉开始浮想联翩。

等到洗完澡出来，已经过去了将近一个小时。

而这期间，江景川一直在书房接电话，是林唯打来的。

“我听说你回来了，还是跟个小姑娘。怎么，是上一次说到的那个设计师？”

“妈，你的消息怎么这么灵通的？”

人刚到不久，电话就来了，江景川都有些怀疑是不是身上被安装了定位器。

“公寓那边不是一直有阿姨在帮忙打扫嘛，昨儿我顺路过去了一趟，刚好听阿姨提起你今天要回来住。她说连带着客房的被子都一块晒了，那肯定就是带人回来了啊。这住处你看得这么重，能跟你一起住进来的想必就是那个姑娘了。”

到底是过来人，一猜就中。

江景川也没打算瞒着什么，把池亦然带回来就有想过要不要跟家里人见上一面，当然，都得看她的意思。

不过，林唯就比较着急：“明天要来家里吃饭吗，你爸爸刚好也回来了？”

“妈，我们是过来办事的，至于能不能抽空见上一面，等再看看吧。”江景川考虑着池亦然的情绪，语气略显沉稳，“我跟她还没有在一起，贸然去家里吃饭我怕会令她不安。”

“这样……可是我就想见一见这个女孩子。”

毕竟儿子长这么大第一次带心仪的姑娘回来，做母亲的总是按捺不住好奇心想要见上一见，哪怕远远看着都可以。

沉默了许久，江景川坦白：“我们会去见宝蓝，到时候一起？”

“见宝蓝？”林唯稍显意外，“怎么专程回来见她？”

江景川也没有瞒着林唯，把先前池亦然误会的事情简短说了一下，听筒另一边传来安静的呼吸声，好半晌才有回应：“原来是这样……”

提起宝蓝，好像整个气氛都变了，林唯的声音里也没有方才那般雀跃跟欣喜。事实上，当年她的确有过私心，看儿子跟养女的关系处得那么好，未来在一起也不是不可以。自己带大的女孩子，总比外面那些小姑娘来得贴心。

可惜的是，她的想法还只是个小萌芽，宝蓝就离开了。

“那到时候看吧，说起来我也有挺长时间没有去看她了。”

“好。”

还记得当初江照应把宝蓝从孤儿院带回来的时候，林唯喜欢得不得了，给她买小裙子、小发卡跟小皮鞋。就连家里的窗帘都换成了蕾丝跟薄纱，腾出一个房间来布置成粉色的公主屋，弄得江景川都害怕保不住自己那一屋子的玩具模型。

宝蓝的父母是因为空难去世的，她父亲是江照应的好朋友，所以得知情况后，他便二话不说把宝蓝带回家。林唯一直都希望能生个女儿，结果没能如愿，这时多了一个小姑娘，恨不得把全部心思都放在她身上。

查出宝蓝患病时，林唯觉得整个天都塌下来了，跟着江照应去大大小小城市一级医院转了很长一段时间，托朋友认识了不少医学方面的专家，什么方式都尝试过了，最终还是没能挽救这条年轻的生命。

还记得宝蓝离开的那些日子，林唯时常坐在宝蓝的房间里，抱着宝蓝最喜欢的玩偶发呆。她是真的把这个姑娘当亲生女儿疼着，护着，爱着。

后来每年清明跟宝蓝生日这天，林唯跟江照应都会抽出时间来买鲜花过去，一晃也过去许多年了。

就这样，林唯最终还是跟江景川约好了时间，到时候她提前过去，就远远看一眼也不打扰。

这边，池亦然的包被留在了卧室，洗完澡裹着一条长毛巾出来，光着脚跟做贼似的贴着墙慢慢挪动。

她察觉到江景川在书房打电话，顿时眼睛都亮了，捂着毛巾一溜烟跑到卧室，开心得像是捡到了钱的二傻子。殊不知她的动静没能逃过江景川的眼睛，透过玻璃还是清楚地看见她小跑而过跟做贼似的身影。

“包包呢，包包呢？”

装着换洗衣服的包并不小，可怎么就是找不到，猫着身在屋里翻了半天，都不知道男人已经站在门口看了许久。

“找什么？”

身子一颤，霎时间跟木偶一样一动都不动，机械地移动视线往下，看着自己裹着毛巾，光着脚丫的模样，池亦然只想要找一条缝钻进去。

“你穿成这样不怕感冒吗？虽说天气有点热，但大晚上的还是有些……”

江景川走了进来，经过池亦然身边的时候还不忘伸手拍了拍她裸露的肩膀，虽说没有多余的动作，可一阵酥麻感还是迅速蔓延全身。

“我的包呢，里面装着我的衣服？”

池亦然咬着唇硬着头皮问。刚洗完澡的她连头发都还是湿的，毛巾就那么长，裹着最多就到大腿根部，露出性感的锁骨还有一双大长腿，看得江景川眼底的深意如浓墨般扩散开来。

赤裸裸的目光让池亦然脸颊滚烫，抬脚就往江景川膝盖上踹："看什么看！转过头去！我问你我的包包在哪里！"

"你浑身上下哪一处地方我没看见过？"江景川闲适地靠在桌前，双手环抱，目光上下打量了一圈，故作为难地开口，"说实话，身材没有从前那么好了，该有的还是没有。"

"什么没有，明明就有好嘛！"池亦然捂住胸口，瞪大了眼睛反驳。

"啧，之前还是稍微有点曲线的，现在好了，平得跟飞机场一样，你去挑选内衣的时候店员有没有告诉你'木瓜牛奶'了解一下？"

"了解你个皮皮虾啊！"女人最怕听到"飞机场"这三个字，更别说是向来就对自己身材很满意的池亦然了，要知道她每次穿紧身裙的时候，都能听见身旁人的号叫还有掩盖不了的艳羡的目光。

"哪里平了，我是C好不好，C！你知道C吗？"她挺直了胸脯往前冲，生怕对方真不知道。

江景川忍住笑，以手握拳掩唇："你确定是C？A吧，你会不会自我定位错误了？"

池亦然："……"

她为什么要在这里跟一个男人讨论自己是A还是C？有什么用吗？

闹到最后池亦然已经放弃了挣扎，包也不想找了，随手拉开衣柜从里面取出一套江景川的运动服就往门口走。

又不是以前没穿过他的衣服，难不成还真在这里争辩到天亮？

"让开，我困了要去休息。"

"你今天就睡这里。"

江景川态度坚决，身姿也不移动半分。

跟他正面杠上的池亦然也来劲了："我说过我要跟你睡一个屋了吗？"

“我去睡客房。”

时间已经不早了，今天一天也比较奔波，一开始就是想要开玩笑，真没打算让池亦然去客房住。这会儿她衣服也没穿好，就包着一条毛巾，再这么闹下去肯定会着凉。江景川指了指屋内的大床，她留下，他去客房。

仿佛一开始就是这样安排的一样，等到要走了的时候也不用再收拾些什么，一个人双手抄着裤袋轻飘飘就掩上门离开了。

“睡主卧就睡主卧，有大床我更开心！”池亦然小声咕哝了一句。

就这样，兜兜转转到最后她还是回到了主卧，透过门板走廊也没再传来脚步声，江景川应该是去休息了。

池亦然披着外套继续找自己的行李包，拉开另一边的柜门，惊喜地发现放在里面的包包。

“原来你在这里！”

同时引起她注意的还有角落放置的一个大盒子。

江景川是一个对收纳有着很高要求的男人，最初接触的时候总以为他是有强迫症，什么东西都要归置进一个盒子里，有棱有角放置好。后来知道他是为了方便归纳跟寻找，也算是一个生活很有条理的人了。

这个盒子跟之前她在芬兰时看见的江景川工作室里的盒子有些相像，按捺不住好奇心，池亦然在换好衣服后将盒子搬了出来。

“哇，还真重。”

盖子上有丝带，打着漂亮的蝴蝶结，被细心保管着连一丝灰尘都没有沾染。

应该是照片之类的东西吧？

他一贯珍视自己拍出来的作品。

池亦然小心翼翼地拆开丝带，将盖子掀起来的那一瞬间，她整个人都呆住了，仿佛有一束白光在眼前炸裂那般，连带着大脑都停止了运转，一片空白。

这些照片，她并不陌生，重逢时江景川在白城举办了一场个人摄影展，其中就有这些作品，只是那时展出的是单纯一幅照片，而这里放置的，从相框边缘到照片右下角，都有一个“Marry me（嫁给我）”的字眼。

长长的睫毛颤抖着，澄澈的眸子里泛着潋滟的波光，池亦然咬着唇，将盒子里的东西一点一点地拿出来。

相片、相册、彩带、一束精致搭配的干花、一张黑胶唱片、一个U盘，还有一个……钻戒盒子。

这些东西平摊在地板上，池亦然坐在旁边看着，脑海里仿佛拼凑出了一个完整的画面，瞬间气息都哽在了喉咙里。

他，设想过一场求婚？

对于钻戒的模样，池亦然并不陌生，她甚至看一眼就想起来，这是根据她当年扔进垃圾桶的那张设计稿所设计出来的。

没想到那时候画着玩的草稿纸，甚至是被丢进垃圾桶的，都能被江景川捡到并且设计成型。

这种被珍视的感觉有很长时间都没有体会过了，甚至于现在突然看见这款钻戒，心下百感交集说不出话来。

细节处江景川像是修改过一样，弥补了池亦然在饰品设计上的一些缺陷。那会儿她跟随与澄交好，所以才会对首饰设计感兴趣，不过论精致程度可能还有所欠缺。

“这些东西……都是什么时候准备的？”

池亦然小心翼翼地把钻戒放回盒子里，把相册翻开来，全都是属于她的照片，不同角度的拍摄，全都是笑脸。

觉得有一张很好看，抽出来端详，不经意发现背后居然写了一行字，除了拍摄的时间地点就是他当时的心情——

她穿上我为她挑选的裙子，美得有点不太真实。

一张照片有字，那么其他张呢？

池亦然手忙脚乱把相册里所有照片都抽了出来，发现它们放进相册里的顺序是按照时间先后，属于江景川的笔迹落在她照片上。

不同的时间，不同的地点，不同的心情，唯一一样的是每一句话里，都有着对她的赞美跟喜欢。

他说她可爱，说她好看，说她像是仙女。

这些都是以前两个人住在一起，她掐着他的脖子互相打闹逼着他，他都嫌弃太肉麻不愿意说出来的情话。

可写下来的时候，他又比谁都认真。

这些都是什么时候准备的？

他策划这场求婚有多长时间了？

池亦然不敢去细想，她拿起U盘在屋子里转了一圈，却发现根本没有电脑。好奇心驱使，最终她还是悄悄打开房门溜了出去，既然这个公寓是按照她之前在芬兰的住处设计的，那么书房应该就在尽头拐角的地方。

贴着墙壁摸过去，把手搭在门把上祈祷了一下，试探性一开，竟然真的打开了。

书房有电脑，并且没有密码，池亦然顺利打开，在这期间她就像是个小偷一样，一边等着电脑开机，一边光着脚跳到门口去贴着门板听动静，生怕被江景川抓个正着。

捏着U盘的手都出了汗。

等待着电脑读取硬盘的时间里，池亦然一直在回想这一年多来的时间，她其实没少想起江景川，只是会在那时候暗示自己，不要去想。

分手了不必怀念，过去了不必追回。

可现在，她满脑子都是属于两个人在一起的细碎时光，它们像是被放大来了一样塞满过去二十多年的时光，别的事情都记不起了。

U盘里只有一个视频影像，池亦然移动鼠标点击时略有迟疑，她不知道这算不算是窥探，算不算犯规，可如果当初不说分手，这个视频可能早就看过了。

“就看一下，就一下。”

怀揣着这样的心理，最终还是点开了视频。

十八岁那会儿，池亦然在书上看到过这样的一句话，一个人爱你，他的全世界便是你，倾尽所有去爱你，从此时光里都是你。

视频中的江景川一开始略显不好意思，旁边总有朋友小声催促着他赶紧说话，布置得极尽浪漫的环境里，他就像是个第一次尝试的小孩子，眼里带着光，动作里却有点不知所措。

他把初次见面时的心理活动一一说了出来，说到“一见钟情”这四个字的时候，池亦然眼眶都红了。

“很多人觉得我们的相遇不够认真，可我知道，只有在喜欢一个人的时候，我才会有这份冲动。”

真的会有人不看好这段恋情，知晓他们初次见面的情况也会觉得很不可思议，包括闺蜜林为安跟温时，最初也会反复询问她，认真的吗？是认真的吗？

如今看来，他的朋友也是这么认为的。

白纸画板上写了好几个缩略词，每翻一页，都有江景川在未来想要对池亦然承诺的话。

他答应每年起码陪她去旅行一次，看遍世界各地的风光，拥有更多的灵感。

他答应以后每一场专属于她的秀，他都会去看，帮她拍最好看的照片。

他答应以后有了小孩儿，他来帮忙拍满月照、生日照……

不知不觉，泪已满面。

特别是在听到那句：“Yizzan，你愿不愿意嫁给我，做我的妻子，与不完美的我共度一生。”

池亦然猛地将笔记本电脑盖上，然后捂住嘴小声啜泣，闭上眼睛满脑子都是江景川捧着鲜花，深情款款，眼角眉梢带着笑意说出那句话的模样。

她怎么什么都不知道？

他是什么时候开始准备这场惊喜，什么时候开始布置照片，什么时候开始做的视频……她为什么都没有察觉到？

闹分手，闹永不再相见……池亦然不敢去想她在说那些话的时候，距离江景川准备好这场求婚过了多久。

她颤颤巍巍起身，扶着桌沿离开脚步虚浮，尖锐的酸涩涌上鼻端，一阵一阵激得她不由得紧咬嘴唇，试图用这样的方式来控制情绪。

从书房回到卧室，池亦然花了很长一段时间，掩上门的那一刹那，浑身脱力跌坐在了地面上，忍了许久的泪滴滴答答如同断线的珠子落下来。

正当爱的年纪里，他们却不知不觉互相错过这么多。

一个求婚视频不到十分钟，她却跟看了一个很长很长的故事一样，任由这个故事线在她心底扎根、蔓延，如强有力的藤蔓推翻原来筑造起来的城墙。

池亦然靠着门板不知坐了多久，等意识清醒，情绪逐渐平复时，窗外的天色也已渐渐亮了起来。

手撑着地板试图站起身，未曾想到脚麻，整个人“咚”的一声跌回了原位。

“嘶……真疼。”

不过才过了一夜，身体里某个地方就跟熬了很长一段时间般疲倦，跌跌撞撞回到床沿，拿起手机的那一刻她直接打给了林为安。

凌晨五点多的电话，对方还是立马就接了，语气里还有些担心：“老池，发生什么事情了吗？”

距离上一次在凌晨接到池亦然的电话，还是一年前她状态最不稳定的时候，所以看见来电显示的那一刹那，林为安心里“咯噔”一声，睡意全无，一刻都不敢耽搁地起身接电话。

“为安，我现在很乱。”

“怎么了？你不是去寒城了吗？发生什么事情了？”

池亦然深呼吸，平复了很长时间，然后把她昨天晚上不小心察觉到的小秘密一五一十说给林为安听。

包括U盘上求婚视频的内容，只差把江景川说过的每一句话都重复一遍。

“照片跟视频，你可以发给我看一看吗？”

“嗯？”

“情绪跟故事都是你自己的，我现在离你那么远又没有办法第一时间到你身边，如果你给我看一下，我大概还能感觉到江景川的态度。”

这个时间点，猛地听到这样一个消息，别说是池亦然了，就连林为安一时间都觉得不知道该说些什么，仿佛思维还跟不上来。

当事人则情绪处于临界点，她实在担心这样一个属于过去的视频会让池亦然做出不准确的判断，倘若又受伤怎么办？

“我发到你的邮箱可以吗？”

“好。”

庆幸这通电话打得还算早，池亦然回到书房把视频转码发邮箱后才反应过来昨晚连U盘都忘了带走。

趁着江景川还没起床，她把东西重新放回到盒子里，原位归置好。

等着林为安消息的这段时间，池亦然把自己裹进被子里，望着天花板发呆。一夜没睡，可她一点儿都不觉得困，安静地回想着过去发生的一切，那座遗失了很久的城池仿佛又属于她。

可是，她又不敢去亲自证实。

江景川来敲门的时候，林为安还是没有回音，池亦然只得当作什么事情都没发生过一样出去见他。

“你脸色很差，是昨天没睡好？”他问。

“嗯，有点认床。”

这个借口找得她自己都觉得烂，所以根本就不敢跟江景川对眼。

或许是分开得久了，再也不敢仗着喜欢说了解，江景川是真的觉得池亦然脸色不太好，看了看腕表上的时间，迟疑道：“不如你再睡一下，我做完早饭喊你。”

“等等。”池亦然叫住江景川，“你是不是之前说过今天要带我去见个人？”

“是，见了她你就会明白之前你所怀疑的猜测的，都是误会。”

“但我今天不想去了。”池亦然抿了抿唇，“我身体不舒服想休息，能不能换个时间？”

沉吟片刻，江景川点头答应了。

“那你休息，有什么事情就喊我，今天一整天我都会在家里陪着你的。”

“嗯。”

关上门，目光落在窗外明亮的光线上，日光透过层层树叶落下光斑，跳跃着，明媚着。

几张照片、一个视频，林为安看了一整个早上，只因为中途老有钟其叶小朋友在捣乱，想要跟温时商量吧，电话又打不通，不得已只能联系在基地训练的钟慕远。

不巧的是，钟慕远正在直播，林为安这通电话还有发到邮箱的邮件，都暴露在了看游戏直播的网友面前。

尽管钟慕远第一时间把邮件画面关闭，可弹幕上还是刷起了一连串问号。

为了不让网友误会，钟慕远只得面无表情地解释那些照片是老婆闺蜜的男朋友为了向闺蜜求婚拍摄的。

从他嘴里说出来的解释，尽管轻描淡写但还是掀起了不小的波澜。

钟慕远的妻子林为安之前公开力挺过设计师 Yizzan，那么照片上的人是不是就是她？说起来也巧了，原先说是 Yizzan 前男友的江景川还在白城举办过一场个人摄影展，主题也是 Yizzan。

透过模糊的印象再去寻找江景川摄影展上的照片，这届网友就是神探夏洛克，没有他们办不到、了解不了跟猜不透的事情。

与此同时，有个粉丝站出来爆料，说是当初为了蹲自家偶像综艺节目，结果却不小心拍到了江景川跟池亦然之间的亲密互动。

照片曝光出来正是那天池亦然跟江景川在地下停车场聊天的场景，暧昧的姿势还有迷离的眼神，网友很难相信这两个人之间并没有什么关系。

混世魔王："我赌十包辣条，这两个人一定是旧情复燃了！"

皇上您这是喜脉啊："要我说，之前的Wan跟奕忻肯定都是幌子，真正跟Yizzan在一起的就是这个为她回国专程办摄影展的江景川。"

倔强的年糕妹："我怎么觉得这么甜呢？这是破镜重圆的梗吧？"

我和她的小梨窝："楼上的吃瓜群众都让一让，让一让，上料了！昨天池亦然跟江景川一块去寒城了，据我所知江景川就是寒城人，你们说！这一次，他们是不是见家长去了！"

……

林为安是万万没有想到钟慕远的一个不小心，会让整件事情在网上发酵开来，可网友们的帖子截图跟回复又让她意识到，即便这一次不曝光，还会有下一次。

若是让一些黑粉掺和进来，指不定今天的主题就是知名设计师Yizzan借着综艺节目脚踏三条船了。

从顾皖迟到奕忻，再到江景川，不得不说池亦然的确是这档综艺里话题性最多的女嘉宾，舆论自由，键盘侠当道，不敢去想象万一这事发酵起来会造成多大影响。

这边林为安一方面责怪钟慕远做事不小心，一方面连忙给池亦然打电话。

得知自己的事情变成网络热议的话题，池亦然只觉得整个脑壳像被电钻钻开一样难受——

"为安，我打电话给你是想让你帮我分析的……不是让你帮倒忙把事情发到网上去的……”

“老池对不起，我也不知道钟慕远这么不小心，我当时只是想要听听他的意见。”林为安万般愧疚，听着池亦然沉重的呼吸声，心下也很焦虑，“你千万不要着急，我找人把新闻压下来，你放心，我来处理，你应该相信我的公关能力的。”

池亦然：“……”

她最烦的就是这种情况，明明是自己的事情，却弄得尽人皆知，一个个吃瓜群众把她心下无法解决焦虑的事情当作茶余饭后讨论的焦点。

能给予一个合适的建议还好，就是有那么一些人，明明不知道情况却还要掺和一把，把事情往一个不可预料的难堪境界上扯。

“老池……你别生气，我错了。”

想到林为安也是为了帮自己，池亦然最终还是摇摇头没说什么，挂断了电话后上网浏览消息。

意料之外，网友们对这一件事的态度并没有想象中那么尖酸刻薄。原先池亦然担心的是他们把之前的绯闻联系起来，觉得她是一个很喜欢炒绯闻买热搜的人。参加一个综艺节目，作为半个圈外人却总是跟明星传绯闻，没有踏踏实实做设计。

可这一次，网友们居然一致觉得她跟江景川的爱情很浪漫。一个男人为了她举办一场摄影展，愿意为她成为综艺节目摄影总监，更是筹备了一个别具匠心的求婚计划……

能为女生做这么多，不是因为爱情是因为什么？

池亦然难得有耐心地把留言一条一条点开来看，她很少这般静下心来看别人的看法，从前总觉得自己的事情没有必要让别人来品头论足。可这一次，她忽然觉得有些话，像是说中了她的心声那般——

人一旦很喜欢，就总会做出一些很作的事情，有时候连自己都不知道。重复着争吵，重复着拉扯，重复着说爱跟分开，实际上如果真的没有感情，连做这些都会觉得费力气。所以如果还爱着，就一定会重新在一起。

原本约好今天偷偷见一见池亦然的林唯，一早就开始忙碌着打扮，对着镜子练了许久打招呼的方式，生怕一不小心碰上了，怎样才能自然得不让池亦然看破。

谁知道江照应拿着手机气冲冲进来，第一句话就是："打电话给江景川！让他立马回家！"

"怎么了？"

老江同志很少发脾气，这会儿倒是把林唯给吓了一跳。

"你自己看看，他除了成天跟些不三不四的人传绯闻以外，能不能干点儿正事？之前我就不同意他玩摄影，是你非要支持他，现在好了，三天两头上热搜，这次还是什么求婚？"

"求婚？我看看，我看看。"

林唯拿过手机快速把热点新闻都浏览了一遍，看到"江景川疑似向 Yizzan 求婚"的字眼，笑出声来："这小子总算开窍了。"

"你说什么？"江照应蒙了，"你知道这件事情？从一开始你就知道他在追求这个设计师？"

"知道啊，而且原本我打算今天偷偷去见她一面的。只是突然出了这样的新闻，也不知道还能不能见上。"林唯有些担忧，怎么就在这个时候爆出这样的新闻呢。

"我不同意这桩恋情，更别说是求婚了，我们老江家不接受这样的儿媳妇。"江照应突然这么大的反应，让林唯很是意外。

"不是，你怎么突然这么反对？儿子可是第一次公开恋情，在此之前你听他说过喜欢哪个女生了吗？我感觉得出来他对这个池亦然非常上心，你对儿子不支持，怎么还反倒想要拆散人家。难不成你不想儿子结婚，不想当爷爷了？"

江照应："……"

大好光阴就说要当爷爷，未免有些早了。

再说了，选媳妇是一件需要慎重的事情，他虽然从未过问过关于儿子江景川的事情，但并不代表他不上网不浏览信息。之前回来办摄影展，主人公是 Yizzan，就曾引起过他的注意，私下调查了一番得知这两人在芬兰时是情侣，后来分手了。

小年轻谈恋爱分分合合，这个江照应并没有放在心上，分手了肯定是因为不合适。

而在后来，江景川为了池亦然接下综艺节目不说，这个池亦然还陆陆续续跟很多个男生传绯闻，什么电竞选手，什么当红影帝，这在江照应看来，就是生活不检点、不够低调、喜欢攀附权贵的类型。

所以还未见过面，他对池亦然的印象就很差了。

“谈恋爱我不反对，但以我们家的背景跟条件，不需要说一定要门当户对，但起码必须是大家闺秀，知书达理，言行举止都配得上我们老江家。可这个叫什么 Yizzan 的，你觉得她可以？”

林唯一头雾水，这都没见过，怎么就能直接否定呢：“你是不是对人家小姑娘有所偏见？难道不应该先问一问儿子？”

“我不是对她有偏见，她在设计这方面的确很优秀，很有才华，是年轻女孩子里面事业做得比较好的类型。可这并不代表她言行举止端庄，你看看这照片，跟阿景在地下车库，这算什么样子？还有之前曝光的那些绯闻，跟什么电竞选手，还有娱乐圈的人，你说说这个人私生活有多乱。”

“你这太片面了！之前节目组还有当事人不都出面解释了吗？都说只是普通朋友只是走得近了一点儿罢了。哎，你平日里都不关心娱乐圈的八卦，绯闻那么多是真是假只有当事人清楚，我们外人哪能凭借一些小道消息就这样直接否认一个人。”

一个唱红脸，一个唱白脸，林唯反正就是站定了池亦然，江照应发现不论自己怎么说，妻子都能反驳回来，索性摆手放弃——

“我不跟你争论，没用，反正我不同意就是！”

“哎，你这个老顽固！”

劝不住江照应，林唯直接给江景川打电话，心急火燎地在房间里来回走。

电话很快就接通了，江景川的声音听上去并没有什么异样。

“儿子，你看新闻了吗？”

“嗯。”

“那你们今天还去见宝蓝吗？小池怎么样了？你们没吵架吧？”

一下子问出这么多问题，倒把江景川给问倒了。事实上，他也是刚知道，原先以为池亦然是路途奔波所以身体不适，便心无旁骛地钻进厨房里做早餐。后来范丞打来电话，看完网上的新闻他才知道，池亦然的不舒服是有其他理由的。

她一向反感上热搜，从前是，现在也是。

曝光出来他曾经设计过一场求婚这件事，他早该想到把池亦然安排在卧室住，那个秘密也许就会被她知道。

只是没想过，最后推波助澜的还是网友，一个个说着浪漫跟良苦用心，一个个圈着她的微博名重复喊答应他跟他在一起。

在林唯打来这通电话之前，江景川想，这是不是一个契机，跟池亦然和好的契机。

“你爸爸看见新闻了，很生气，觉得小池是那种不够自律跟检点的女孩子，三天两头跟不同的男生上热搜。说什么就算你想要结婚，他也不答应。”

一想起自家老江同志方才那张脸，林唯就直摇头，都什么年代了还这么死脑筋。

“其实那个视频是很久以前做的，那时候还在芬兰，虽然相处的时间不长，但是，我觉得那就是要跟我走一辈子的人。只不过还没来得及求婚，就发生了争吵，紧接着便分手了。”江景川头疼地捏了捏眉骨。

“儿子，之前我好像没有很正式地问过你，小池跟那个打游戏的还有拍电影的，到底有没有过？”

“没有。”

被江照应那么一说，林唯到底还是有点犹豫。

江景川解释，顾皖迟和奕忻都对池亦然有意思，不过已经被拒绝了，而且说得很清楚就是普通朋友的关系。

“她有没有跟其他人交往过，有没有喜欢上别人，我都能感受得出来。”

庆幸分开的时间只有一年多，若是三年五年甚至是十年，江景川根本没有自信。

Chapter 15

人间深爱如长风

门口传来敲门声，江景川愣了一下，赶忙跟林唯说一声，挂断电话后快步走过去开门。

池亦然站在门口，手里握着那个U盘，看着男人的眼神里情绪复杂：“我们谈一谈吧。”

迟疑了数秒，江景川点头说好。

“先把早餐吃了，有什么我们慢慢再谈。”

望着桌面上精心准备的早餐，池亦然回想起之前在芬兰同居的时候，捡到一个会做饭的男友令她一度很惊喜。

最令她惊讶的是江景川的厨艺，堪称五星级水平。看上去那么放荡不羁的一个公子哥儿，还以为十指不沾阳春水，没想到是真的会做饭。

尝一口，还是从前的味道。

他喜欢在鸡蛋里加葱花跟酱油，比她随手煎一个荷包蛋来说好吃许多。

两人安静地吃着早餐，在这期间，江景川无数次偷偷抬眼，试图从池亦然脸上看到什么情绪变化，可他什么都猜不出来。

筷子放下，抽过一张餐巾纸优雅地擦了擦嘴角，掀起眼帘，一系列动作池亦然做得很慢：“你曾想过跟我过一辈子？”

江景川跟随着放下筷子，点头。

“戒指的设计图是你偷拿我的？”

“嗯。”

他并不否认。那时候池亦然每天有一大部分时间都扎在画室里画设计图，住在一起后，他经常会去拍她画画的样子。无意中发现那张被她丢进垃圾桶里的戒指设计草图，觉得花样很好看，便留了起来。

“我觉得很好看，也很适合你。”

“实物跟我设计图上画着的还有些不一样的地方，是你修改的？”

见池亦然看得这么仔细，江景川嘴角微微上扬：“你都看出来了？你当初之所以会丢掉不就是觉得它还有不完美的地方。后来我试着改了改设计图，也拿给专业的朋友看了一下，他们说做完的实物会比设计图上的更好看，事实证明的确如此。”

“那个视频谁帮你拍的？”

“工作室的同事。”

当初他讲出这个想法的时候，工作室里的同事纷纷兴奋地自告奋勇说要加入帮忙，很长一段时间大家休息的时间都在讨论怎么布置，还有怎么安排。

惹得原本心情还算平静的江景川在那几天变得很激动却还得小心翼翼生怕被池亦然发现。助理出了个馊主意，让他尽量减少对女主角的关心，给人一种感情突然变淡了的感觉，等到最后惊喜登场形成反差，女主角才会更感动。

亏得这个馊主意，不仅惊喜没能上演，还直接把女朋友给“作”没了。

一想到这里，江景川就忍不住扶住额头。

“当时他们说要冷落你一点儿，这样容易形成反差，到时候惊喜出来你就会感动落泪。”

池亦然：“……”

这种狗屁招数江景川是怎么欣然接受的？

怪不得当时总觉得江景川对自己的态度有些变化，加上她工作室又很忙，根本没时间去细想，单纯觉得两个人之间是不是产生了距离，是不是没有共同话题了。

现在看来，是一个傻瓜一个呆瓜。

“这场求婚我其实想了很长一段时间，那时候没想过呈现给你的方式是这样的。可我依旧庆幸，能让你看到。”

深爱如长风，不惧日与夜。

“我可以遇见很多人，可以为他们拍很多张照片，可我只愿意爱你一个。”

缘分是这个世界上最难琢磨的事情，如果有缘分，那么注定就会相遇，也注定了要相爱。从认识池亦然开始，江景川就一直信奉这句话。

看着她的眼睛，他可以很平静地把过去没能跟她在一起，日夜积累着肆虐的思念归结成方才那句话来告诉她——

说白了，一个爱字就够了。

池亦然的指尖在桌面上无意识地划着圈圈，忽然开口：“江景川，我们都不是年少青涩的人了。”

她定定说着：“我们不能凭借过去就去说未来，你不觉得我们之间的问题真的太多了吗？有误会，有不理解，还有隔着一个人。”

那张照片里对他含情脉脉的那个女人，永远就像是一根刺扎在她的心上，即便过去这么长的时间，她依旧耿耿于怀。

见她这么正经且严肃地提起，江景川反倒忍不住想要笑出声来，低头看了眼时间：“原本今天就是打算带你去见她，可是你一早起来说身体不舒服。”

“今天？”

池亦然哪里想得到江景川说要去见的人，就是她心里一直耿耿于怀的那个人。

“见！为什么不去见？”

“你不是身体不舒服？”江景川挑眉，故意试探。

池亦然眼神躲闪，扬起下巴故作有底气：“没事了，我倒是要看看究竟是谁，能让你心心念念惦记那么多年连照片都珍藏着。”

从小公寓到墓园有很长一段路，在这期间，池亦然一直低头在刷消息跟回复消息，绯闻一出，八方询问。

比起之前那些不靠谱的，这一次池亦然跟江景川在地下车库亲昵、同行飞往寒城，多少都让周围的朋友心里有数，这两个人八成是要复合了。

正在拍戏赶通告的奕忻，趁着休息时间连连给池亦然打了好几通电话结果都被拒接。不甘心的他开始用微信发起了长篇文字攻击，总结成一句话的询问就是——

“你想清楚了吗？要跟这个花心大萝卜复合。”

池亦然就不明白了，他都没有跟江景川接触过，怎么就用“花心大萝卜”来形容。可之所以不去辩白也不生气，就是因为奕忻这个难得紧张她的样子令她有些感动。

这个弟弟，也不是想象中那么无视自己。

每一个新闻出来，最佳公关时间就是两个小时内，随着现在苛刻的网络环境，越是大流量，公关时间越早。

但这一次，几个小时过去了，池亦然跟江景川都没有站出来做出解释或者干脆公开恋情，吃瓜群众的耐心被消磨殆尽，有些黑粉开始了各种夹枪带棒。

池亦然刷到了几条评论就直接指出她这一次又在蹭热度了，是不是买了热搜，一周上几次保持着热度。

除了他们，连带着林为安、钟慕远甚至范丞的微博都被观光团光顾了一拨。林为安在群里小心翼翼地询问池亦然需不需要站出来解释，毕竟事情是她不小心捅出去的，现在不论做什么都得先征求一下池亦然的意见。

池亦然说不用，眼下她手心冒汗，心跳加速，头皮发麻，脊背僵直，所有紧张的情绪都是因为接下来要见到的那一个人。

即便过去了很长一段时间，遇见过许多人，搭讪过，玩闹过，也曾忘记过，可拆开那个盒子第一眼看见的那张脸，却在这么久的时间里根深蒂固地扎在她脑海深处。

说不介意，说不在乎，说能忘记的，原来还是心存芥蒂。

池亦然收起手机，无意中抬头发现不远处是墓园，心下“咯噔”一声，难以置信地转过头：“你要带我见的人，在这里？”

“嗯。”

江景川的回答无疑让池亦然大受打击，她怎么都没想到自己一直以来是跟个去世的人计较。她设想过很多种场景，包括在刚刚，她还想过自己应该以什么姿态出现在对方面前。

是高傲地告诉她，这个男人现在是爱着她，还是苦笑着告诉她，这么多年这个男人还忘不掉她？

可唯独没想过，要跟一个得不到回应的人说，他当初喜欢上她，可能是因为那双似曾相识的眼。

到了地方，江景川先下车，帮池亦然开门后带着她来到一个鲜花店，店主看见他的第一眼就认出来：“江先生，又来看妹妹了？”

“是。”

“昨天接到你的电话后就准备好了，老样子，还是小姑娘最喜欢的花。”

“谢谢老板。”

池亦然就站在不远处，把这简短的对话一字不落地听进去，包括花店老板那句“又来看妹妹了”。

那个人是江景川的妹妹？

可据她所知，江景川是独生子啊。

“想什么？走吧。”

江景川捧着鲜花走在前，池亦然抿着唇不说话，一小步一小步跟在后。

走了八十几级台阶，来到一个位置前，池亦然看见墓碑上那张照片，熟悉的笑颜令她颇为震惊。

“宝蓝刚来家里的时候，还是个扎着羊角辫的小姑娘，怕生不爱说话。我爸跟她的父母交情很深，得知她家里的事情之后，跟我妈商量了一下便把她接过来了。”

江景川把鲜花轻轻放在位置上，从口袋里掏出一条手帕很细心地打扫着墓碑上的灰尘，像是重复做了很多次的动作一样熟练。

小时候，他是家里的霸王，大大小小院子里的树都爬过，打过无数场架，在当时住宅小区里是小有名气的捣蛋王。

可自从有了个妹妹就不一样了，最初就跟有了新玩具一样天天带着宝蓝出门，走街串巷介绍着他有了个妹妹。

到白城外公家也是如此，用范丞的话讲，当时的宝蓝就是江景川的心肝宝贝，谁碰了都不行，谁欺负她，他立马打架。

“宝蓝体弱多病，所以很多时候她都安静跟在我身边，陪我去采风，当我的小模特。除了你之外，她是我拍过最多照片的人。”

这就是那一箱子照片的由来。

池亦然一直安静地站在旁边听着，没有打断江景川的话，记忆里伴随着这段别人的回忆，想起那时候看过的照片。

印象里，那是个长得极其漂亮的小姑娘，有着一双大眼睛，笑起来整张脸都是甜的。

花一样的年纪，听着江景川娓娓道来，池亦然能感受到他们家里人有多喜欢这个小姑娘，也能感受到宝蓝的可爱跟机灵，未曾谋面，着实有些可惜了。

“我一直把她当亲妹妹看，所以那些照片也会很珍贵地收藏起来，不论去到哪里都带上。就跟小时候一样，去哪里采风，身后总有个小丫头跟着，一边喘着气一边抗议我走得太快了。”

江景川压低了声调，柔软的声音不难看出从前对于这个妹妹，他有多么宝贝。即使时光的洪流一去不复返，可宝蓝在他心底永远都会有一个位置。

“其实我从没有觉得你跟她相像，我喜欢你的全部并不是说有一点点宝蓝的影子。你是你，是我的女朋友，宝蓝是宝蓝，是妹妹，这两者是不一样的。”

隔了一年多的时间，终于能这样心平气和地说出真相，江景川有时候都不理解，明明是这么简单的事情，当初怎么就说不出口，闹到直接翻脸分手呢？

池亦然深吸一口气，看着墓碑上那张笑靥如花的照片，轻声打招呼：“你好，宝蓝，初次见面，我叫池亦然。”

这一天，他们在墓园里待了很长一段时间，江景川把从前的故事都说给池亦然听，从轮廓到血肉，虽没有参与过那段岁月，可安静地听完，她也喜欢上了这个不可能会再谋面的女孩子。

“对不起，如果我当初愿意听解释的话……”

可能现在就不会变成这个样子了。

江景川笑着拨弄墓碑前的鲜花，再开口时，带着些许无奈跟苦涩：“是我，这么简单的话，为什么没能早一点儿说给你听。”

爱情跟误会一样，都能化作藤蔓将人捆绑住，误会解开了，就露出了爱情的模样。

她从前所耿耿于怀的，突然都有了答案。

江景川没有跟薛菲暧昧，从来都是保持距离，与每个异性接触之前都会事先透露自己有女朋友这件事情。他盒子里的照片，都是属于他对妹妹的思念，别无他意。

这就是爱情吧？

误会跟时间始终没有成为横亘在他们之间的阻碍。望着眼前这个蹲在她身边的男人，风吹过来，他额前的碎发随之扬了扬。身后的阳光仿佛一个框将这一切圈起来，定格成一幅画落在她眼底——

年月在每个人身上都添了一抹稳重跟成熟，在他之后，她尝试着想去谈许多场恋爱，试图把这段恋情看淡，就当成是不小心遇上了一个渣男，结果呢，到后来才发现自己根本做不到。

为什么她在某些细节上总是固执己见，为什么每次江景川出现她都会情绪失控，为什么在无数个深夜的梦里都有另一个人模糊的身影……

突然，这些都有了答案。

那是因为，从头到尾，她都没有忘记这个令她尝尽了爱跟痛的男人。

须臾数年，久经辗转，一切还是回到了最初。

“然然，我们重新在一起吧。”

所有误会都说清楚了，所有障碍都清除了，是不是没有必要再这样拖拉下去？

“我想过了，之前的我有很多毛病，不够耐心，不够体谅你，不够有眼力看不出你心情好与坏。这些我都会改，过了那个肆意妄为的年纪，我只会比从前更加珍惜你。”

他情话从不多说，可每一次都很真挚。

初见也罢，现在也好。

池亦然都能清晰地从他眼中看到认真和坚定，也许是经历过分开，才知道相爱是多么难能可贵；也许也是因为失去过，才会在重新开始这条路上走得敏感而又细腻。

“以后你还会不会跟除了我以外的其他女人走近？”

“不会。”

“以后会不会帮其他女人拍私房照？”

“你难道不知道，从很久以前我就出过口头声明，不会帮异性拍照片？”

“呵！”池亦然冷笑了一声，“也不知道是谁，薛菲一参加综艺，立马过去跟拍。你这人说话还有没有可以信的地方了？”

女人总是说翻脸就翻脸，江景川哭笑不得，只能耐心向她解释，当时薛菲是以为池亦然会同意和她合作，所以才先把摄影师调过去。

后来合作不成，江景川也是找了个借口让另一个摄影师跟拍，自己从旁指导，只不过这个细节池亦然不知道罢了。

“对了，找个时间我带你去见我妈妈吧，她很喜欢你，想要见你。”

今天林唯还以为他们不会过来了，所以就取消了偷看计划，眼下江景川想要跟池亦然在一起，还需要说服一个老江同志，江景川并不着急，所谓一物降一物。只要林唯喜欢，压根儿不用担心老江同志会反对。

趁着池亦然还在寒城，江景川还是想正式安排一场见面。

“见你妈妈？见家长？”

池亦然霍地站起身，摇头后退：“不要，我都还没答应要跟你重新在一起，怎么就见家长呢。”

江景川撩了撩唇，缓缓站起身，一边拍拂着衣服，一边漫不经心地问道：“怎么样才算重新在一起啊，抱你？亲你？还是……”

“流氓！”

池亦然红着脸反击他。的确，话都说到这个份上了，误会都解开了，明眼人都看得出来两个人互相喜欢，那还需要什么？

“可我还是觉得太快了，万一你妈妈见到我本人觉得不喜欢我怎么办？”

“没见到本人就很喜欢了，哪有见到本人变得不喜欢的道理。”

这个脑回路，江景川表示不懂，走上前搂着池亦然，装作很认真地打量：“我女朋友哪里都长得好看，是爸妈喜欢的那种好看。”

“你不懂，父母都特别喜欢那种看上去温文儒雅、干干净净的女孩子。就像我闺蜜温时那种，不是特别漂亮，但是非常耐看。”池亦然指了指自己的脸，很是苦恼，“你难道没听过别人用什么词来形容我的长相？”

“天仙下凡？”

江景川这种一本正经说瞎话的样子真的是久违了。

“都什么时候了别开玩笑！”

一巴掌过去，疼得江景川捂住胸口直皱眉：“说真话都不行了？我是真觉得你好看啊。”

“妖孽！用妖孽来形容我的颜，说什么放到电视剧里我就是女反派一号的长相，随便涂个红唇都像是气场强大得要去害人一样。”

说起这个，池亦然就觉得很苦涩，可她偏偏就喜欢高冷的造型。小良一度想要劝说她妆容温柔点儿，淑女点儿，选樱花眼影或者是西柚眼影，可她都做不到。

长辈们应该都不喜欢这个长相的女孩子吧？会觉得太危险，不靠谱？

“胡说八道什么。”江景川伸手罩住池亦然的后脑勺用力揉了揉，“长相都是父母赐予的，你长得很好看，我喜欢，我父母也会喜欢。不用担心这些有的没的，知不知道？”

“真的？”

“嗯。”

“那我到时候穿什么衣服去啊……我就只带了两套衣服过来，都是很随意的那种，不然你现在带我去买衣服？”看着江景川，池亦然勾唇补充一句，“刷你的卡。”

“好。”

本是打算约着一块吃饭，营造一个轻松的氛围作为初次见面。

殊不知一场酒会打乱了江景川的安排，最重要的是，这封请柬还是江照应指名交给池亦然的——

“这次私人酒会，会有我不少老朋友过来，他们都知道你现在在寒城，所以你必须参加。至于那个小姑娘，你也一起带过来，能不能进我们江家的门，还得我亲自看了决定。”

江景川清楚，老江同志松口，那肯定是林唯在背后推波助澜，所以这封请柬，他也笑嘻嘻地收下了。

反倒是池亦然，得知这件事，愁得一晚上都睡不着觉。

“我最不喜欢这种场合了，该说什么话，该做什么事，都得在脑海里想个一百二十遍都不确定之后会不会被人在背后指指点点。”

“放心，有我在。”

江景川从盒子里取出一条钻石项链帮池亦然戴上。星月吊坠上镶钻，既不浮夸又显得精致好看。

池亦然第一眼就认出来，这是随与澄的设计：“原来你也喜欢阿随的设计？”

“随与澄设计的饰品在业内备受赞誉，好几款限量版价格都不低，当初也是一个偶然的机会碰上她星月主题的设计展，一眼就看中这条项链了。”

“的确，阿随在珠宝设计这方面很有天赋。”

晚礼服是情侣款，她有星月吊坠，他有星月领扣，任是谁看了都会觉得是金童玉女天生一对。

由于这场酒会是江家办的，所以江景川跟池亦然决定提前过去，一路上池亦然紧张得像是第一次去参加颁奖典礼那般，双手双脚都是冰的。

“你放心，我妈是非常好相处的，我爸虽然刻板了一点儿，但也不会让你难堪。不管怎么说，你是我唯一带过的女伴，大家都会以友好的态度与你相处的。”

“江景川……”池亦然抿着唇，只觉得喉咙干涩，“我都忘了问你，你家里人到底是做什么的？”

在芬兰的时候，两个人谈场恋爱风风火火，可也从未主动提起过家里情况，但不难看出江景川的家世背景不错。

这段时间在白城，他先是办了一场规模不小的摄影展，紧接着轻轻松松拿下了热门综艺摄影总监的位置，怎么看都觉得不像是个普通的摄影师。

是池亦然粗心了，就该问一问，提前了解一下的。

“我爸叫江照应，是做房地产的，平日里也比较忙，很多时候都在外出差。我妈叫林唯，以前是国家书法协会大师，跟我爸结婚后就成了专职家庭主妇，偶尔有时间就会去少年宫教小孩子书法。”

既然池亦然问起了，江景川便毫无保留地把家里的情况一五一十地说给她听：“我外公是白城军区老司令，现在还住在老的大院里，等回去了找机会我带你去见他。”

“你们家原来这么厉害的。”

池亦然嘀咕了一声，默默拿起手机把方才听到的名字百度了一下，将百科里的全部内容看完时，她觉得整个人像是站在深渊边缘……

万一表现不好，就直接坠下去了。

车子很快停在了一个高档小区门口，江景川先下车，然后绕到另一边帮池亦然开车门，牵着她的手还不忘俯身帮她整理一下裙摆。

“走吧，我的池小姐。”

提前两个小时来，江照应在楼上书房，林唯在厨房吩咐帮佣准备东西，听说江景川跟池亦然来了，连忙笑盈盈地迎了出去。

“小川，这位就是然然吧，快进来，快进来。”

开口便是亲昵地称呼她为“然然”，加上那热情的笑容，林唯友好的态度让池亦然原本紧张得快无法呼吸的情绪稍稍平复。

“这裙子你穿上还真的很合身呢，之前我挑的时候还在想，你会不会适合这种款式，现在看来担心是完全不必要的。”

林唯牵着池亦然的手到沙发上坐下，又招呼帮佣把洗好的水果端出来：“我问过小川了，他说你平时吃得就很少，喜欢粤系菜色跟西式甜点，今晚都安排了。”

“阿姨，真的谢谢，费心了。”

“妈，这是然然买的礼物，送给你跟爸的。”江景川插了一嘴。

“哎呀，来就好了，怎么还破费呢！”

嘴上这么说，可林唯脸上的喜欢是藏不住的，说是要把礼物拿给江照应看，就噔噔噔上楼去了。

江景川坐在沙发扶手上，单手钩着池亦然的肩膀低头看她："怎么样，我没骗你吧，我妈是真的好相处。"

"嗯，很温柔很友善。对了，我身上这件晚礼服是你妈妈挑选的？你怎么没告诉我？"

"我爸说请你一起过来的时候，我妈就开始想着准备什么送你了，最后选了这条裙子，晚一点儿看，你会有惊喜。"

"惊喜？"

对上江景川神秘的笑容，她突然有些好奇今晚的晚宴了。

林唯上楼很久才下来，身后并没有其他人，起身作迎的池亦然心下打鼓，莫不是江爸爸不喜欢她挑的礼物？

决定来也比较匆忙，根本没有办法事先了解喜好去投其所好。

仿佛看出了池亦然的忐忑，林唯笑着说："礼物我家老江同志收了，说是很喜欢。这样，小川你先带然然上楼去，我这边还有其他事情要忙。再过不到一个小时酒会就开始了，届时记得提前下来帮忙。"

"好。"

就这样，池亦然跟着江景川上楼，直到酒会快开始了才一块儿下来。越过无数人群来到江照应身边，她举止大方礼貌地打招呼。

意料之外，江照应并没有为难她，而是点头后向身边的朋友介绍："这位是小川的朋友，池亦然池小姐，是位年轻有为的服装设计师。"

"小川的朋友啊，一看就知道是出自名门，长得漂亮也有才华。"

商场上的人，嘴皮子功夫最是了得，池亦然站在一旁微笑着客气回应，只觉得把一辈子的赞美都听完了。

江景川举着酒杯应酬，目光不忘扫了自家老江同志一眼，可以啊，小道消息说不喜欢池亦然，还反对交往，这会儿倒是大大方方介绍给朋友认识。

葫芦里卖的到底什么药？

寒暄几句后，江照应代表江家简短做了祝酒词，身旁站着举止优雅的太太还有年轻有为的儿子江景川。

池亦然并没有跟着上台，是她自己觉得还不合适，便默默站在台下最靠前的位置，目光牢牢落在江景川一个人身上。

商场之间朋友可多，敌人可少，像江照应这种在房地产业拥有很高位置的商人，时常需要举办这种小规模的酒会来笼络人际关系。事实上，氛围比池亦然想象中的轻松许多，大家举杯觥筹交错有来有往，就像林唯说的，准备了不少食物都是她爱吃的。

以至于江景川随着父亲转了几圈后回来，池亦然还站在甜品区小口小口吃着蛋糕。

“好吃吗？”

“嗯！我都有很长一段时间没有吃过口感这么绵密的蛋糕了。”

“好吃就多吃一点儿。”

江景川抬手，帮池亦然理了理鬓发，顺势站在她身旁，靠着阳台的栏杆。甜品区就设在露天阳台，外面延伸出去便是庭院了，这会儿入夜，月光轻盈盈投下影子来，将整个人的线条都变柔软了。

“你不用再陪着你爸四处走走吗？”见江景川在自己身旁喝起了酒不走了，池亦然好奇地看他。

“不需要了，我也就是走个形式，跟一些我最交好的叔伯打招呼，至于其他的，商业圈这么大能合作几回都说不定。你就应该跟我一起去的，他们都在问我，我带来的这个女孩子是谁，真好看。”

池亦然闻声抬头，噘了噘嘴巴：“后面这三个字，是你自己加上去的吧？”

“哪有，你的确好看啊。”江景川捏了捏池亦然的脸颊轻轻弯起了唇。

“对了，我今天没有陪你一起上台，没有跟你一起去见那些世伯，你爸爸会不会觉得我不够大方？”

方才一个人站在这里的时候，池亦然是有自我反思一阵的。拒绝是因为她觉得还不是时候，不够资格站在江景川旁边，特别是在这种外人很多的场合里，她的一举一动都要更加小心谨慎。

可反过头来想，她又怕这是江照应的一个小考验，想要看看她是不是对这段感情有信心，举止是否够大方。

所以说，学会揣摩大人的心思是一件很难的事情。

“你的做法并没有错。当然，我更希望是你能一直站在我身边，我可以向所有人介绍这是我的女朋友，我最爱的女人，我未来的妻子。”

江景川搂着池亦然，在她鬓边亲了一口：“只是你有你的想法，你觉得现在还不是时候，那么稳重一点儿也没有问题。放心吧，老江同志没那么难攻克。再说了，不是有我妈在吗，说到底，我们家里的事情，还是我妈说了算的。”

“那以后呢，家里的事情谁说了算？”

“你，你说了算。”

这一百分的反应真是不怕骄傲。

酒会结束，池亦然陪在江景川身旁，跟在江照应和林唯身后同来的嘉宾道别。偶尔有几位问起她，江景川说是女朋友，池亦然也大大方方打了招呼，江照应看在眼里，什么话都没有说。

等到所有人都离开了，江照应理了理领口处的领结沉声道：“池小姐，平日里懂得看画吗？方才有朋友送了一幅真迹，不如欣赏一下。”

“啊，好的，叔叔。”

突然被点名，还是要去鉴画，池亦然连忙站直了身答应，脊背挺得就差敬一个军礼了，看得一旁的林唯忍不住一乐，挽住她的手：“别紧张，你叔叔他也是个外行，到时候随便说几句就糊弄过去了。”

糊弄？

池亦然苦笑，她哪敢啊。

就这样，池亦然跟着江照应去了楼上书房。江景川跟林唯在客厅沙发休息，得知这一次是江照应主动开口让池亦然过来，并不是林唯在背后推波助澜，江景川有些诧异。

“你之前不是说，爸不喜欢然然，不希望我跟她交往。”

“是啊，我一开始也很惊讶。不过我也是后来才知道，你爸调查了池小姐家的背景。说起来，你自己是不是都不了解你女朋友的家庭情况？”

江景川挑眉。

他其实跟池亦然一样，在一起了那么久，都没有互相打听过对方家里的情况。现在突然被这么一问，倒有些不好意思。

他摸着鼻子的小动作一上来，林唯立马就明白了：“你啊你，谈恋爱没什么经验，做人也没什么经验吗？喜欢人家姑娘，就得先了解一下她的家庭情况，不是说我们嫌贫爱富喜欢追求门第，而是了解了，你未来才能投其所好，主动争取时间上门拜访得到一个好的印象。说起来，你爸追求我的第一天就在我家里吃饭了。”

提起自己的事情，林唯总是一脸骄傲。

江景川摇摇头：“女人，就是女人。”

“我没跟你开玩笑。你爸说了，池家在白城的地位可不比我们江家差。别看小姑娘看起来挺低调，家里条件可是很优渥的。”

“爸就是觉得人家背景不错这才松口的？”江景川挑眉，要真是这样，他反倒觉得不满。万一池亦然是贫苦人家出身，那他是不是都不会拿正眼瞧她一眼了？

“话不是这么说的。”

林唯往江景川肩膀上拍了一下，隔墙有耳，说出这种话也不怕有心人听了去。最初了解到这个情况，江照应是诧异池亦然怎么能把这个背景隐藏得那么好。做设计，从国外到国内，领过无数奖，也被舆论攻击过，可自始至终都没有搬出家里来帮忙处理这些事情，而是一个小姑娘从里到外一个人扛。

后来接了综艺节目，也算是半条腿踏进了娱乐圈。现在的媒体记者多精明啊，稍微有点热度的人，身世背景都会被扒得一干二净，除非是有公关队伍帮忙拦着。可关于池亦然家庭的新闻居然零星半点都没有。

江照应就是看到这里，觉得这个小姑娘骨子里是一个很独立、稳重且低调的人，这才想要见上一面。

听完林唯的解释，江景川沉默了好一阵子，不知过去了多久，楼上终于传来脚步声，他急匆匆从沙发上起身，抬头便对上了池亦然带笑的目光。

“画鉴完了吗？”林唯轻轻问。

“是的，阿姨。”

池亦然下楼，顺势牵住上来接她的江景川，轻轻靠近他的怀里。

“时间不早了，我们是不是应该回去了？”

随后下楼的江照应听见这句话，吩咐厨房的帮佣阿姨打包一些点心让他们带回去，江景川本来很担心，但看这情况瞬间明白——

池亦然应该是已经获得江照应认可了。

果不其然，上车之前老江同志便吩咐：“你啊，回白城之后找时间去拜访一下小池的父母，礼数一定要做周到了，别让人家在身后指指点点说我们老江家没有礼貌。”

“是，爸。”

“小池啊，下次有机会就跟小川一块回来，让你阿姨多准备些好吃的。”

“谢谢叔叔，我知道了，今天多谢您跟阿姨的招待。”

从“池小姐”到“小池”，江照应称呼上的改变说明了他的态度跟立场。林唯挽着江照应的手一脸笑嘻嘻，这边，池亦然依偎在江景川怀里，对上他含笑的目光也觉得很幸福。

回酒店的路上，江景川按捺不住好奇的心，问她：“你到底怎么拿下我爸的？据我所知，你好像没有鉴画的技能。”

“你能知道多少啊，我隐藏的技能可多了。”池亦然傲娇地扬起下巴。

事实上，上楼去书房的时候可以说是心惊胆战，她并不知道江照应会怎么为难她。

但幸运的是，江照应问起的那幅画，她碰巧见过——

“我还没有跟你说过吧，我母亲是退休的大学教授，教美术的。

小时候我没少在她的画室里打滚，长大了一有时间，也会陪她去参加一些展览。鉴画谈不上，但有些画的背景故事还是听过的。”

江照应一直没有插嘴提问，只是安静地听池亦然讲。

末了，池亦然也承认自己并不专业，只是跟随着母亲看过一些画展罢了，不敢在长辈面前班门弄斧。

就是这样谦逊的态度，知之为知之，不知为不知，让江照应很是欣赏。

“我是不是特别优秀？”急于得到男朋友的肯定，池亦然把头凑了过去。

江景川笑出声来，碰巧遇见一个红灯，停下车来后腾出一只手像是挠宠物猫一样挠了挠池亦然的下巴：“是是是，你最优秀。”

路灯下，灯光透过车前玻璃落在男人的脸上，清晰地将他脸廓棱角勾勒出来，那双温柔带笑的眉眼映入她的眼底，周围一切瞬间失色。

从前不敢想还会不会有这么一天，直到心里那颗种子长成了参天大树再也无法连根拔起的时候才恍然大悟，打从一开始就没有放弃重新开始，因为爱他啊。

Chapter 16

此后余生爱且深爱

从寒城回到白城后，池亦然一直跟林唯保持联系，一有空，林唯就会打电话叮嘱她一日三餐不能落下，要多吃水果，晚上早点休息。

取快递的频率也比以前高，一看上什么漂亮裙子跟鞋子或者是包包，林唯都会二话不说买下来直接寄给池亦然。

得到这样的宠爱，让池亦然备感幸运，自古以来婆媳问题令人十分头疼，到了她这里却有了一个像妈妈一样疼她的婆婆。

为此，池亦然没少在江景川面前表示很感动。

和好之后，她更多时间都窝在江景川的天御湾，像昨天，结束综艺节目录制便一同乘车回来，扎在厨房做饭，如同在芬兰时一样亲亲密密。

到了深夜，一瓶红酒，一夜缱绻。

不知疲倦的恩爱，等到第二天醒来已然是日上三竿。

从前经常在书上跟电视剧里听到这样的情话——我爱你，我希望此后每一天的早晨醒来，身边都是你。

过去在芬兰，她跟江景川同居的时候，也有无数个早晨令她想起这句情话。那时叫醒她的，可能是一声“宝贝”，也可能是一个早安吻。

后来一个人的时候，长夜不能眠，清晨辗转被日光照醒，下意识探手身畔的位置也没有任何温度。

如今失而复得，总会觉得过去的如同一场梦。

“又在想些什么？”一睁开眼就看见池亦然对着自己发呆，江景川勾唇，探身凑到她唇边重重亲了一口，“早安，老婆。”

从寒城回来后，他就这么称呼自己了。池亦然佯装生气地纠正了好几次发现都没有用，他一本正经地说，都见过我父母了，我父母也很喜欢，还不叫老婆跟耍流氓有什么区别。

他总有一大堆理由让她无法反驳。

“我在想，今天回家要给爸妈买些什么？”

一开口才知道自己声音都是沙哑的，池亦然提起被子蒙住脸，真的是太丢人了吧！万一到了下午嗓音还没好，回家的时候会让爸妈怎么误会。

“这时候害羞什么，昨天晚上都跟你说了小点儿声，省点儿力气，你非不听。”

池亦然：“……”

这个人怎么能这么不要脸的？

“滚滚滚，你离我远一点儿！如果不是你我会变成这样？”裸着的肩膀上都是吻痕，池亦然一边觉得害羞，一边还生着闷气，拽着被子把自己卷成一个粽子，哼了一声背对江景川。

“我发现你有个臭毛病。”江景川撑起身来，靠着床头，手指撩着池亦然的头发，“每次睡完就翻脸不认人。”

慵懒的声音说出这样的话，颇有几分委屈巴巴的模样，活脱脱把她说成是一个女流氓。

池亦然一下子就不同意了，翻过身来盯着他："有本事再说一遍，谁睡谁？"

一大早就是这么没有营养的争吵，可他们偏偏乐此不疲。

闹着玩着等到平静下来又是一个多小时以后的事情，池亦然浑身脱力地趴在他胸口上，闭着眼睛，有气无力："下午回家的，还有另一个人。"

"谁啊？"

"你认识的。"

"嗯？"

"奕忻。"

江景川："？"

他去拜访女朋友的家人，奕忻去凑什么热闹？他低头捏了捏池亦然的下巴："他去干吗？有他什么事？"

"他很重要啊，当然需要他在了。"池亦然故作认真，"他是我生命中很重要的男人，像今天这种场合，他是一定要在的。"

生命中……很重要的男人？

这话听着就觉得不对劲，江景川霍地坐起身来，低头拧眉："什么意思？他怎么就重要了？你生命中最重要的男人除了你爸不就是我吗，你还想要其他人？"

难得看见江景川这副吃醋的样子，池亦然忍不住笑出声来。

她越是嘻嘻哈哈，他越是皱眉："Yizzan，我没跟你开玩笑。"

他一旦认真起来，就会叫她的英文名字，这已经成为一个习惯。池亦然不敢再嬉戏，生怕玩大了不好收场，捂着被子坐起身来："是不是吃醋啊？"

"换作是我，说别的女人是我生命中很重要的人，你会不会吃醋？"

"那宝蓝是不是？"

"是。"

这点，江景川毫不犹豫就承认了。

“那不就行了，你有宝蓝，我就不能有奕忻？”

“这怎么能一样！”江景川深呼吸，忍着情绪向池亦然解释，“宝蓝是我的妹妹，一直把她当成亲妹妹看待的。奕忻怎么能比？”

望进江景川的眼睛里，池亦然嘴角噙着笑意：“怎么不可以，奕忻是我弟弟啊，亲弟弟。”

江景川：“……”

头一次看到这个男人的脸上，出现了呆滞的表情，像是发现新大陆一样觉得神奇，池亦然没忍住笑出声来，笑罢了，双手捧起江景川的脸：“怎么，吓傻了吗？”

“什么意思？他怎么是你亲弟弟？”

前阵子还跟她传绯闻的人，转身就变成了亲弟弟？江景川实在想不到这两个人之间居然有这层关系。

“是真的，奕忻是我亲弟弟，姓池。当初他想进娱乐圈，我爸爸不同意，说是只要他在娱乐圈一天就不许用池家的姓。所以到现在还有人以为，他是爱新觉罗的后人呢，哈哈哈！”

生怕江景川不信，池亦然翻起身来，从床头拿过手机，翻出相册找到两姐弟之前的照片给他看：“我从小就在外读书，跟奕忻在一起的时间并不长，但是我们的关系很好。之前我们分手，他就对你有很大的意见，所以后来在节目组里，会故意跟我做一些亲密的动作来刺激你。事实上，对我，他偶尔挺毒舌的。”

“你们不是很像。”

“我像我爸爸，他像我妈妈。”

江景川侧过头亲了亲池亦然的眼睛，冷不丁地补充：“你比他好看多了。”

池亦然“扑哧”笑出声来，男人啊，一吃起醋来的样子还真是可爱。

“难怪之前你俩传绯闻，他一脸无所谓，后来在你的工作室，还公开说你也是他很重要的人。敢情你们居然是亲姐弟，把周围的人耍得团团转。”

“他就是爱玩，其实我助理小良和顾皖迟都知道他的身份，只是帮忙瞒着罢了。之前没有告诉你是因为我们还没和好，今天知道你要去家里，他特地跟剧组请假。不过你放心，我叮嘱他了，不会乱来的。”

“没事，他乱来我也不会计较。因为他是你弟弟，是你生命中很重要的人，也会是我未来珍视的人。”江景川的声音里藏着柔意，随着落下亲吻的动作蔓延开来，“我爱你，亦然。”

听着情话，池亦然满足地闭上眼睛往他胸膛上靠了靠，紧贴着心口听着心跳声，轻轻回应：“我也爱你啊。”

得知奕忻真实身份后的再见面，江景川总有种扬眉吐气的感觉，毕竟以后这个猖狂的小子要规规矩矩喊自己一声“姐夫”了。

一想到这里，男人总是忍不住得意地笑。

但奕忻着实不是好欺负的人，餐桌上主动提起之前那个未来得及公开的求婚视频，要求江景川把完整版播出来看。

池亦然佯装不悦让奕忻不要多事，江景川反倒很大方地拿出手机来调出视频，原来他一直都存在云盘里。

跟上一次自己在书房里无意间看见不一样，再看时，身边坐着父母还有弟弟，池亦然觉得既羞涩又感动，控制不住涌上眼眶的热流索性躲到江景川的怀里。

十几分钟的视频结束后，池亦然的妈妈夏妍柔接过丈夫递来的纸巾擦了擦眼角，从前总觉得还小的女儿，如今也到了谈婚论嫁的年纪。

一开始听说这个人就是池亦然当初在芬兰谈的男朋友，也是因为他，自己的女儿才会经历那段特别低谷的困难时期，夏妍柔是不同意的。池亦然虽说从小就离开家里自己一个人在外面念书、工作跟生活，可说到底，也是父母心头上的肉，那段时期她有多么难受，夏妍柔每每想起来都忍不住落泪。

可池仲卿有一句话说得对，如果不爱了，也就不会互相折腾了，伤过、痛过，最后还要在一起的，那必定是爱到不能分离。

再加上儿子奕忻难得帮忙说话，夏妍柔这才答应见一见。

如今，错过的求婚视频完整公开，不论是一年前视频中那个说着要一生一世给池亦然幸福的江景川，还是一年多以后坐在女儿身边抱着她轻声哄着她的江景川，夏妍柔都看得出来，这个男人，是值得托付终身的。

毕竟时光如梭，他的眼底始终都只有池亦然的影子。

“说实话，我觉得这个视频有点老土了，换作现在谁还用这种视频求婚的老套方式。如果你想娶我姐，就重新想一个求婚仪式，我这关过不了，你就别想把我姐从我家接走。”

奕忻不愧是奕忻，网络上感动无数少女的求婚视频在他看来，轻轻巧巧脱口而出的评价竟然是老土。

池亦然红着眼睛还不忘瞪他一眼，反倒是江景川，郑重其事地点头答应：“放心，我不会让你失望的。你姐，我一定会风风光光娶回家。”

一个月后，《你是我的设计师》最后一期节目录制结束。十期节目下来，Rita的设计荣获最高拍卖价格，是当之无愧的设计大师。而池亦然的欧根纱旗袍设计系列“与你”，也在十期节目中达到最高的单次拍卖价格，使其成为这个节目录制以来最耀眼的一个明星作品。

庆功晚宴上，江景川跟池亦然第一次公开结伴亮相，亲昵地向众人宣布两人即将结婚。镁光灯下，无数镜头之前，郎才女貌相当登对。

次日，江景川所在的工作室发出一篇很长的文章，是他亲笔所写——

初次见面，我对她一见钟情，有明月与星辰做证。

在我眼里，她可以是个小女孩，有着稀奇古怪的想法，有着大胆探索的求知欲，有着嚣张跋扈的性格，当然，还有着我对她无尽的宠爱。

也可以是女神，获得过无数奖项，获得过无数赞誉，获得过无数欣赏，也获得过我对她的无限崇拜。

我曾答应过她，此生只做她的灵感，从前是，现在是，未来亦是。

我不否认在我们交往期间有过争吵、有过误会，但我庆幸能够重新追回她，拥有她。分开的这段时间里，我们生命中都没有其他人取代过彼此的位置，所有有关的舆论报道都是不实的猜想。

童话般的爱情可能很少，可不代表没有。

从遇见到现在，她永远是我心目中的唯一。

今天在这里是想跟各位说个好消息，她答应成为我的妻子了，我将用我的余生来爱她、守护她。

所有遇见，不如遇见你，池亦然，我爱你。

江景川

很多人都觉得世间数千种爱情里真正完美的没有多少，有些最初令人艳羡，觉得像是童话，往往结局都令人大跌眼镜。

可这并不代表不能相信爱情。

遇见并相知是一件概率很低的事情，而相爱，更是微乎其微。

能爱，是无法用言语事物来衡量的一种幸运，越过无数鸿沟，穿过云层薄雾，出现得不早不晚刚刚好。

从今以后，相濡以沫，唇齿相依，告别孤独、失落跟酒精。

人间一趟，当热烈爱一场。